石馬坡

秀霖——著

目次

冰清明月映石馬，千年沉冤盼昭雪

——《石馬坡》相關史料與創作解析

石馬坡與尼采之路的奇幻之旅

——寫在《石馬坡》之前

這本《石馬坡》的成書緣由，算是個人寫作歷程中，有著非常特別又環環相扣的巧妙緣分，可說是近乎奇幻的一部作品。個人犯罪推理小說《人性的試煉》，是一部從創作之始到完成，「拖稿」超過十五年的作品，先前有幸獲選為二〇二二年釜山影展臺灣IP代表作品，沒想到後來又再度幸運獲選為二〇二四年坎城影展暨坎城電影市場展臺灣IP代表作。在二〇二四年五月，和其他一同獲選臺灣代表作品的前輩們，無論是影視、舞臺劇、遊戲、文學及出版等各個不同領域的專家或文創工作者，前往法國參與每年國際影視藝文圈，極為盛大華麗的坎城影展。

由於知道從臺灣前往南法尼斯，不但需要轉機，飛行航程也很漫長，因此行前想過可以選擇一部喜歡的讀物，幻想自己能在等待所屬班機及中途轉機的漫長時間中好好欣賞閱讀。但因為臺灣代表團大家出發及返臺的班機時間都不相同，不同組別成員只有確定於參展期間在南法坎城會合。當初在挑選伴隨旅行的隨身讀物，不知道為什麼，竟想起了古典文學。

在挑選古典文學時，又想起自己因為從小就對《三國演義》的故事非常著迷，而羅貫中的原著內容，雖然國中時期就配合著當年在老三台中視所播放，由中國央視所大手筆製作，一下就襲捲亞洲三國迷，場面浩大的火紅歷史電視劇《三國演義》，一同跟著電視戲劇進度，跳著翻閱原著小說。當時很多同學們也都會每晚收看，尤其因為《三國演義》原本的故事就相當精彩，影視化後又配上電視劇中氣勢磅礡的諸多名場景，對於當時的小男孩們來說，更是別具魅力。很多同學們甚至也會時常討論前一晚的電視劇內容，而大部分同學都會對電視劇中或原著裡神機妙算的諸葛孔明崇拜不已。

就這樣東一段、西一段，跟著電視劇的播放進度，重複翻看原著中喜愛的精彩章回。儘管大部分的故事橋段，因為一段一段跳著翻閱，主要劇情都算是略知一二，除了一些比較冷門的段落，還有隨著最具魅力的主要人物諸葛亮病逝後，後頭的劇情突然很沒動力認真看完，不過勉強可以算是翻過幾次原著。但因為從來沒有把這部經典文學作品，從頭到尾一口氣好好欣賞，所以《三國演義》便成為這次陪伴法國參展之旅的最佳良伴。

另外因為故事主軸早已耳熟能詳，所以對自己來說，也具有輕快舒適的閱讀特性。或許到了一定的年紀以後，可能這之間多多少少又累積瞭解更多不同的三國人物故事或軼聞，也接觸更多不同人名背後的一些事蹟，再加上累積了不少社會經驗，更會再去思考一些書中內容。當再度重溫以往喜愛的三國故事，對於原著中精煉優美的劇情文字及人物對話，更有不同於年少時期的深刻體悟。

在桃園國際機場以及杜拜國際機場等待搭機及轉機的漫長時間，參觀機場之餘，也飛快複習了很多精彩劇情。到了法國，因為自己獨旅參訪各地的行程充實，後頭又有華麗夢幻的坎城影展，還因此有緣結識不少來自世界各地的國際文創友人及文學作家，並有珍貴而豐富的互動交流。雖然在參訪法國期間，很少再繼續翻閱《三國演義》，不過等到參展結束後，由於自己先搭機返臺，反倒因為一個人再度靜下心來，又在南法尼斯國際機場，以及因轉機而重返的杜拜國際機場，這兩座極為美麗的機場中，利用漫長的等待期間，繼續享受《三國演義》的精彩故事。

而此次歷史小說《石馬坡》，便是在法國參訪之旅中，所萌生的創作靈感。其實自己從來也沒想過，人在法國和阿拉伯聯合大公國，手中閱讀的竟是古典文學《三國演義》，事後回想起來當然相當突兀、好笑及瘋狂。但事實上這部《石馬坡》能夠完成問世，確實也是拜這趟幸運獲選為臺灣IP代表作品的法國坎城影展之旅所賜。當然更是因為這部經典文學作品，有相當引人入勝的故事魅力，所以回臺灣後，沒多久便完成一直以來不曾一口氣從頭到尾好好看完《三國演義》的小小缺憾。

然而也是在這次的閱讀過程中，對於蜀漢名將魏延的故事，因為再度閱讀《三國演義》前，已經知道相關史書記載，故這次翻閱時，對於有關魏延的部分都有特別留心，才發現原來在《三國演義》的原著中，前頭就有埋下許多細節。也因為這次對相關人物有格外注意，所以也對魏延更感受到比以往都還濃烈的冤味，因此才會萌生希望能用自己的創作，來重新詮釋這段歷史的念頭。

從小對於《三國演義》諸葛亮最後的鞠躬盡瘁、死而後已，以及五丈原撤退戰的這段故事，無論是閱讀小說或是觀賞電視劇，總會對於蜀漢名將魏延產生反感。但這或許也是《三國演義》故事中，將魏延從登場之始到最後末路，鋪陳設定為腦後反骨、日久必反的「反骨仔」，而沿路細膩劇情又有相互緊密呼應的成功之處。《三國演義》以蜀漢為正統，故在形塑蜀漢丞相諸葛亮的神機妙算，以及其為匡復漢室死而後已的故事情節，相當容易讓閱讀者為之動容。因此相信不少人對於《三國演義》中，魏延意外踢翻諸葛亮禳星續命燈的橋段，可能都會有所憤怒。

經過多年以後，自己才再從陳壽史書《三國志》的記載中，知道魏延歷史上的真實形象，與小說《三國演義》相差甚遠，算是整部作品中，被「黑化」最為悽慘的人物之一。然而先前對於魏延在文學小說中被醜化之事，在知道實情後，反而覺得對魏延深感同情，但當時也僅止於此。這次因為法國參展之旅，機緣巧合下再次重新翻閱《三國演義》，因為年齡與心境已與年少時期不同，又經過職場工作的社會經驗，反倒發現《三國演義》中有許多可以與當今社會百態及每個人不同心性相為呼應的細微之處。而自己因為從開始創作至今，已歷經二十五年，邊翻閱《三國演義》之時，同時會稍加思考為何作者會這樣編排，也試著想像對於魏延人物設定上，為何會有這樣的鋪陳與描述。因為透過嘗試思考原作者在史料記載縫隙之間的巧思，《三國演義》中關於魏延的劇情，確實算是對史實上蜀漢大軍在丞相諸葛亮死後，會出現這種至今難解歷史之謎的一種合理劇情詮釋。

不過也因為《三國演義》小說魅力太過成功，其實不僅僅是原作者羅貫中的心血，更有此前歷代流傳下來，與三國相關的說話、平話及院本，其後也歷經許多文人接力修改潤飾。最後就是毛宗崗父子對整部小說的大量潤飾、整理及改寫，比如引用了楊慎所創作的〈臨江仙〉，那闋最符合整本小說韻味的經典開場詞「滾滾長江東逝水」，以及由毛宗崗在編修時所加入，破題最為成功的經典開場語「話說天下大勢」等，經由再度潤飾改寫以後，成為流傳後世最為經典的版本。

其實現在後人所閱讀到的也幾乎都是毛版《三國演義》，正如胡適曾為這本經典著作撰序所言，《三國演義》並非一個人的作品，是經過五百年演義家們的共同著作。而最後廣為流傳的毛版《三國演義》，已可以堪稱是最為經典的古典章回小說，以至於讓很多僅接觸經典文學，而未再對正史《三國志》各個人物列傳，或其他相關史料記載，有更多接觸的讀者朋友，包含以前的自己在內，很容易將部分小說情節，誤解是真實歷史人物的行為或最終下場。

這次在寫作期間，也特別與好友聊到蜀漢名將魏延，朋友就和過往的自己一樣，以為魏延就是像《三國演義》描述的一樣自大狂妄，以至於招致最後咎由自取的悲慘下場。不過朋友有這樣的誤解，源於《三國演義》深植人心的成功魅力，反倒讓自己覺得創作這部《石馬坡》，會有另一種截然不同的寫作意義，亦即多多少少會想為被《三國演義》靈活鋪陳的「反派」魏延，給予更接近史書描寫的不同詮釋與面貌。

當然，因為翻閱很多相關史料記載，也確實發現不少記載之間的相互矛盾之處，但因為自己不是歷史大師，不過就是個對歷史題材有興趣的創作者，這部《石馬坡》並非以最嚴謹的歷史學術角度，去探討當年蜀漢五丈原撤退戰真正發生了什麼事，而是一部追隨古典文學大師羅貫中《三國演義》之筆，但以不同於《三國演義》人物設定方式，甚至可說是與經典原著《三國演義》近乎相反的人物行為與性格，重新詮釋這一段驚心動魄的蜀軍內鬨，所遺留下的千古未解之謎。

《三國演義》中栩栩如生的人物及情節，更常被後人拿來作為商場或職場上的啟發及謀略，或許在你、我的職場及生活體驗中，多多少少都有可能遇到成為「魏延」的時候。這位個人覺得算是相當具有悲劇英雄色彩的歷史人物，雖然陳壽在《三國志》中，評論魏延算是因孤傲個性而咎由自取，不過自己到了不同的年紀，覺得這樣的評論，和傳記中的一些細微記載仍有出入。再反覆細細思索，還是覺得這之間似乎有發生什麼事，故反而對魏延更有深深的同情之感。為了能為受到《三國演義》成功渲染而成為深植人心的「反骨仔」魏延稍作平反，因而創作了這部不同以往小說人物樣貌的《石馬坡》。

或許因為從年少時期就很喜歡三國人物與故事，當然《三國演義》中一些經典對白或故事段落，過往基於熱愛，還曾經特別背誦，但從沒想過這些以往喜愛的三國人物，竟然有天會成為自己創作中的筆下角色，並去設計各人物間的互動與對白，重新詮釋成為自己更想要的三國故事。另外，可能因為自己對於三國人物的特別鍾情，整個寫作過程算是非常享受，也樂在其中。

這部《石馬坡》完成以後，再回想起創作靈感的源頭，竟是來自於法國之旅，而會去法國坎城影展參展，又源自於那部「拖稿」超過十五年的《人性的試煉》。回首這十五年之間，甚至是整個橫跨二十五年的創作歷程，能夠有如此持之以恆的寫作娛樂似乎也相當不容易，其中更有許多巧妙而珍貴的緣分。在參訪南法時，曾去拜訪位於尼斯區著名的埃茲小鎮，那時最想朝聖的就是鼎鼎大名的「尼采之路」（Chemin de Nietzsche）。不過行前就查詢過這段山路沿途都是近乎原始樣貌的石頭路，走起來並不是那麼輕鬆，甚至很多人慕名而來，爬完後反因路程遠比想像中艱困，而在網路景點評分中大罵不止。考量自己當天已經先造訪過芒通及摩納哥，因為行程中幾乎都是在城鎮之間爬上爬下漫步欣賞美景，印象中已經走了合計將近兩萬步。也因此離開小鎮的下山方式，究竟是要輕鬆搭乘公車，還是要選擇徒步浪漫卻耗費體力的「尼采之路」，因為當時確實已經有些疲累，自己真的非常猶豫。

不過彷彿就和每個創作者的創作歷程有所相似，這都是一個人的獨旅之行，路途會偶遇良善的友人相助，然後也會遇到各種奇怪的難關而停停走走，但一切就是隨緣自適。正當面臨抉擇之時，在「尼采之路」的山口小徑前，偶遇一對坐在大石上休息的年輕法國男女，便上前詢問這段「尼采之路」是否難走。法國女孩馬上露出了甜美的笑容，然後自己得到了一個「difficult」的答案，但當下反而決定那更應該親自體驗一下這段鼎鼎大名的「尼采之路」為何「difficult」。

沿途果然名不虛傳，幾乎大部分都是原始樣貌的石頭路，有些路段的石頭看似平常，踏上以後才發現其實很滑或是鬆動，並不好走，一不小心可能就會因重心不穩而滑倒。很多路段都是大約三至四人並肩而行的寬度，一旁是山壁，另一邊則是山崖。雖然看起來是相當驚險的山行之旅，更多路段都是「前不見古人，後不見來者」的獨行，但這段路就是傳說中大哲學家尼采，因為適逢人生困頓低潮，長居南法重尋寫作靈感，而「尼采之路」則是哲人每日來回步行的山路，因此得名，尼采更在這段期間完成了著名的哲學著作《查拉圖斯特拉如是說》。

走在哲人百年前曾經踏過的山道，沿路海景更是絢麗如畫，愈往山下行走，蔚藍海岸上，那依山間歇收撒自如的藍浪美景，更是如夢似幻。在一個人徒步獨行「尼采之路」時，心湖格外澄淨，彷彿置身於美麗的畫作之中，遙想尼采遭遇人生低潮，而每日漫步在這段接近原始樣貌的石頭路上，除了想像哲人的心情起伏，更可以沉澱深思很多人生事，還有天馬行空的各種奇想幻夢。直到接近山腳，更是山海亮麗，渲染了夢幻的亮彩，而能夠克服這段山路，或許對年輕人來說，可能不算什麼，但對自己來說，則是很有成就及極富意義的一件樂事。這也是整趟旅程中，個人覺得極為珍貴的美好回憶。

這次在南法參訪中，也先後參觀馬諦斯美術館及夏卡爾美術館，細細欣賞大師們的作品及人生歷程而深有感觸。這些大師們在開創自己流派及特色的初期也很艱辛，甚至多有受到當時主流市場評論者的冷漠、揶揄，甚至嘲笑，但在大師們對於自己創作理念的堅持下，反而開創了新的市場觀感及創作流派，這點確實相當令人對大師們肅然起敬及深深感動。由於自己很喜愛吳濁流老師的作品，當下其實也想起了吳濁流老師的名言：「拍馬屁不是文學」，因此吳濁流老師在文學創作有著對於自己寫作上的堅持。或許在藝術創作方面，對於創作者來說，絕大部分的路程，都是獨行之旅，但大師們對於創作風格的堅持不懈與勇於嘗試，哲人們雖已遠去，然而這次有幸能夠近距離接觸，或透過欣賞作品或親自朝聖山道，自己得與大師們神遊，其留給後世橫跨時代及超越國界的藝術創作精神，仍是相當令人深感震撼與由衷敬佩。

還記得後幾日在南法尼斯與秀威資訊的伊庭經理相會，準備前往坎城前晚，在一起餐敘時，因為自己先在南法獨旅參訪各地，伊庭聊到是否有在浪漫的蔚藍海岸得到了什麼新作的靈感。我回答有，但沒有說出是什麼寫作題材。因為當初選了《三國演義》作為陪伴旅遊的讀物，結果在沿途都是山海美景的蔚藍海岸漫步中，自己萌生出的創作靈感竟然是三國故事。當時除了也不知道回臺灣後，是否會繼續構思細節及完成作品，說實在當下覺得這麼跳 TONE 的事，真的因為覺得尷尬而說不出口。

最後將這部源於法國創作靈感的《石馬坡》完成後，當交稿給伊庭時，還特別強調這部新作，萌生於法國坎城影展的參展之旅。但可以想像當伊庭收到書稿時，發現場景不是浪漫的法國蔚藍海岸，竟然是沙場上的三國故事，我想伊庭恐怕會很傻眼吧！不過人生可能就是那麼奇妙，現實也會出現比小說還扯的情節。位於中國漢中的石馬坡和法國尼斯的尼采之路，確實完全沒有關聯，卻因為這次新作《石馬坡》，而有相距十萬八千里的奇妙緣分。這個妙緣只能說連自己都覺得近乎奇幻，好似哪個環節沒有接續，若無持續長年寫作，或後續也沒有將「拖稿」超過十五年的《人性的試煉》完成，自己也不可能有後來的釜山影展及坎城影展；或是當時沒有選擇《三國演義》作為前往法國的旅行讀物，也不可能突然冒出這部在自己人生寫作規劃中，完全不曾出現過任何構思的《石馬坡》。或許自己可能真的和三國蜀漢名將魏延也有著什麼相距十萬八千里的妙緣，所以才在千餘年後，冥冥之中註定有部不同於《三國演義》的作品，希望能幫這件可能的歷史冤案與千年之謎，稍作不同的創作詮釋與平反吧！

石馬坡

第一回

仲達堅守拒出陣　孔明屯兵五丈原

詩曰：

滾滾洪流洶溷穢，
英雄聖蹟幾人真？
添花錦帛徒增豔，
撒土汙泥更滿塵。
染墨清衣白轉黑，
遮邪劣跡鬼成神。
黃河尚有明澄日，
敗寇沉冤豈可申？

成王敗寇，自古而然。勝者撰史，秉筆直書者，尚遺偏頗；文載缺遺之隙，事發無痕；同案異錄互佐，則疑信相參；況別有居心者，豈無胭飾脂抹之處耶？

《三國志・蜀書・魏延傳》載：「魏延，字文長，義陽人也。以部曲隨先主入蜀，數有戰功，遷牙門將軍。先主為漢中王，遷治成都，當得重將以鎮漢川，眾論以為必在張飛，飛亦以心自許。先主乃拔延為督漢中鎮遠將軍，領漢中太守，一軍盡驚。先主大會群臣，問延曰：『今委卿以重任，卿居之欲云何？』延對曰：『若曹操舉天下而來，請為大王拒之；偏將十萬之眾至，請為大王吞之。』先主稱善，眾咸壯其言。先主踐尊號，進拜鎮北將軍。建興元年，封都亭侯。五年，諸葛亮駐漢中，更以延為督前部，領丞相司馬、涼州刺史，八年，使延西入羌中，魏後將軍費瑤、雍州刺史郭淮與延戰於陽溪，延大破淮等，遷為前軍師征西大將軍，假節，進封南鄭侯。」

蜀漢先帝劉備在時，甚愛魏延之才，破例白手拔擢，後委督漢中大任，方其時，位與荊州督守關羽同。先帝崩殂，後主劉禪繼位，丞相諸葛亮南征北討，亦多委延重責，乃漸為蜀將第一人。忠勇護國，視兵如己，身先士卒，臨陣機變，勇謀俱全，威震於魏，亦為所忌憚者。

漢丞相諸葛亮，字孔明，琅琊人也。建興十二年，率軍五次北伐，魏軍拒兵，遂峙於渭南，屯軍武功五丈原。魏都督司馬懿，字仲達，河內郡溫人也。魏漢多有交鋒，其深知孔明好謀善斷，交戰不利，故領軍固守。孔明數度搦戰不出，更遺婦服屈辱，譏如婦孺掘巢深閉，司馬仲達亦無所動。然魏將怒而請出者眾，仲達遂以上表魏主曹叡請戰之計，覆得詔令堅守，眾將始不敢怨。

孔明無計施展，遂續分兵屯田養糧，以為長久峙軍之計，靜待魏營之變。其間兵耕混雜居人，惟百姓安堵，軍無私焉。一日孔明忽獲報，原約東吳孫權三路進兵合肥攻魏，此地亦許聯兵趁虛強攻，料使魏主首尾難應。不想魏主曹叡識破聯計，先引大軍親征合肥，更破吳軍，此聯兵之計滅矣。魏都督司馬懿堅守之意甚堅，逸待蜀軍糧盡退兵之計甚明，孔明遂召群臣議事，魏延居眾將之首，次有王平、馬岱、姜維群將，另有丞相府屬楊儀、費禕等共議。

楊儀，字威公，襄陽人也。時為隨軍丞相長史，襄贊輔佐，或可代府處事，官非至高，然倚孔明分勢傳令，眾莫敢失敬無禮，可謂權傾一身。儀善運籌規度，行伍禮儀，軍機糧草，蜀中無人能出其右。又籌度糧穀，不稽思慮，斯須便了，因以為孔明器重。然魏延性耿直，屢領丞相重任，隨軍分兵皆宜，復以厥功甚偉，行事威武，雷厲風行，旁人漸莫敢攖。惟儀倚勢而驕，以其出入丞相帳前常如私所，遂威壓文武群臣，又因器量甚小，見延不從，更與其爭鋒，兩人勢如水火。

二人各司文武，皆為丞相出師志業不可缺者，孔明惜才，不敢偏廢。然以諸葛孔明之智，亦難解兩者不容。孔明自知當今二人水火，仍能共處一軍，蓋皆因其威壓節制所以暫息也。

孔明先謂魏延曰：「文長以為當今之計若何耶？」延曰：「延以為丞相可命延分兵千人虛出，擾以埋鍋造飯萬人之勢，繞道佯攻，布流言萬人主力欲強攻直取後營。待魏軍驚察奇兵逶境而過，迫勢出營截擊相救，丞相可再使上萬眾兵，延亦掉頭回擊夾攻，彼首尾不敵，則司馬懿可破矣！」

魏延言畢，方孔明深思之際，楊儀觀孔明未見否意，即曰：「不可，方今屯田此地，糧草雖增益可期，然非足以虛擲。」延曰：「吾所謂增竈之計乃虛應耳，威公何須擔憂糧草虛用耶？」儀曰：「司馬懿絕非等閒之輩，若用文長之計，不以真糧實耗欺誘，則魏軍必破此計。然則我軍糧草吃緊，文長此計非不能行，惟不可兒戲，若計破虛耗珍糧，將嚴損我軍士氣，當先立軍令狀，以示將軍必死誘敵決心！」延聞儀語，頗具爭鋒算計之意，本欲反駁，儀又曰：「另將軍治軍甚嚴，惜兵如己，士卒效死，丞相每賦深入佯敗誘敵重任，多有不傷一兵一卒而歸榮事，將軍若領命實戰則不敗，堪稱當今天下領兵統馭之最！如此交手數次，料司馬懿早已察覺。儀以為未若依文長之計，鼇以將軍與丞相爭功失和，違令率眾出兵，獨行文長動輒時倡異道會於潼關奇計，強欲直取長安。惟文長此番須捐舍大半兵卒，以取信司馬懿。料司馬懿見勇將文長折兵損卒，必信將軍慘敗。待敵軍中計出營追擊，將軍續佯慘狀，以調離魏軍主力向後追奔，而丞相再出兵攻佔敵陣大營，將軍此時調尾為首回擊，則司馬懿可破矣！」

一聽楊儀語帶譏諷，魏延早已按捺不住，更聞儀話明褒暗貶，明知此地距潼關不近，於此時地絕非可行之計，不為腐儒無知，即刻意再提其與孔明曾有軍議相佐之事。延思儀心不軌，乃不安好心，明謀暗離，擺明插針縫隙，更欲其無故葬送親養兵卒，宛若兒戲，故大怒曰：「楊儀！此軍議重地，汝只管糧草運籌，安可胡亂指點前陣，豈敢如此放肆！」儀笑曰：「吾豈兒戲，蓋就事言事矣！況吾之所轄，豈僅獨糧草運行耶？安營拔寨，規劃分部，豈又唾手易事！將軍之言有失公允，更又視軍勤辛勞如草芥矣！若無吾等帷幄運籌，將軍空有武勇，豈能無飯食枕荒野而得勝乎？遑論將軍向以奇謀自居，故對丞相用兵謹慎頗有怨懟，當今大軍之中，誰人不知將軍不平之鳴，時歎丞相畏怯，居其帳下己才用之不盡乎？吾今以為異道會於潼關奇計未必不可，汝何故對同道者如此苛刻！況將軍向惜兵如己，其餘將領麾下每多有大半損傷，將軍若仗丞相厚愛，屢屢僅先擇易務奪功，將難事推諉他人，如此爭功諉過，無怪眾將多有怨言！」

楊儀語畢，面帶蔑視。魏延素賤其人，今儀又以俐齒伶牙，在軍機重地如此滋事，更多以渲染之事，明欲挑離其與孔明。延憤慨難耐，起身拔劍，指儀大怒曰：「楊儀匹夫，莫要含血噴人！我一兵一卒，皆為天地父母所涵養者，豈可如此輕拋易棄，汝迂儒不臨前陣，僅躲後方納歇，安敢如此妄評！況吾僅曾與丞相軍議相佐，此皆議論集思難免之事，但有面紅耳赤之爭，誰不為國耶？況退議堂後，吾何時又有怨懟！吾與丞相奉隨半生，志同而道合，可曾有任何違令，更對丞相敬重如山，延一生清譽，豈容如此汙衊！此造謠者何人？挑明直欲敗壞我軍，司馬懿所遣奸細乎？汝且放言供出，吾即在汝面前怒斬此賊！今若不交奸人，即汝此迂儒所生之事！」儀見延拔劍勃然，早無血色，更又泫然。而費禕見二人紛爭如故，早有動作。

費禕者，字文偉，江夏鄳人，時任丞相司馬。禕亦為諸葛孔明所倚重者，稱其志慮忠純，惟今文武多懾魏延之威，但更懼楊儀巧舌如簧，每見儀、延之爭，均默不敢言。惟禕性行忠直，多有挺身調解儀、延不和，見兩人劍拔弩張，早已立於儀、延之間，面承延劍之鋒而曰：「將軍尚且息怒，將軍、長史均家國棟樑，若此為奸細刻意離間我軍，豈可自鬥內鬨而為司馬懿笑哉！今日兩相冰釋誤解，亦勝埋心疑而互猜忌，則此必為我軍之鴻福矣！」禕向與眾人交好，延亦對其頗有善意，聽其言遂稍斂鋒茫而止。

楊儀見魏延洶洶來勢，怒不可遏，遂向孔明泣曰：「儀一心為國運籌共謀，丞相所知，奈何文長囂張跋扈，動輒得咎，難以議事，如此縱有異議，孰敢言之！儀何敢造謠，此皆軍中知曉之事，丞相可察，且儀若不為國，豈敢冒死直言。然文長非特再有拔劍相向，今又膽敢誣指丞相與我，怯躲陣中避刀劍而指點！所謂『忠言逆耳利於行』，然在此軍議重地，竟劍指忠良吆喝！」言畢，儀放聲大哭。

孔明見儀、延兩人一文一武，是皆左右臂膀，動輒惡言相向，早有倦怠，今又重演軍議之爭，儀再施涕淚乞憐之計，孔明更有乏意。儀見孔明未有回應，更裂肺痛哭。延見儀又重施故計，收劍向前跪地而曰：「還請丞相明察，今恐皆為楊儀無中生有鬧事，我豈可忍之！況我所責皆此人亂事，又與丞相何干。今若不逼楊儀供出奸細而斬，他日又再造謠生事，必為我軍禍害！」儀亦跪拜泣曰：「反了、反了！軍中皆知之事，我豈知源何而來耶？誠所謂無風不起浪！丞相待將軍如此厚重，卻時聞將軍諸多怨言，蓋儀早已難忍，故為丞相抱不平耳。今逆將武嚇忠臣，放言又辱文武百官，國尚有王法乎！此人豈有敬重丞相之意，不過臨難變折，並無誠心，諒丞相明察！」延見儀再逞口舌之快，怒意難掩，又欲拔劍。

諸葛亮見兩人近在咫尺，卻又續爭如故，彼司馬懿堅守陣營尚且難破，自營文武之爭卻再起鬧事，不免氣憤難奈。本欲起身嚴斥二人，奈何心頭怒氣難噓，一時昏絕足履不穩，一軍大驚。儀、延見丞相氣結，俱有懊悔，本欲上前攙扶，惟孔明揮扇制止，待端坐沉思後始曰：「罷了！爾等盡皆散去！」孔明言畢，即起身拂袖而去。

卻說楊儀自議堂退，難掩欣喜，對費禕曰：「文偉可見方才魏延那廝反意難隱而見，焉敢當眾屈辱丞相及我等文官！」禕曰：「長史尚且寬心，禕以為此乃司馬懿流言離間之計，文長忠勇任事，實不似此等背刺奸小。」儀慍曰：「文偉亦曾聽聞軍中有魏延怨憤丞相之說，若非其來有自，豈獨空穴來風耶？君子有所忍，有所不忍。今吾冒死開誠此事，蓋不忍丞相再被奸小蒙蔽，故特當眾示警，滅其氣焰，豈不即見那廝惱羞拔刀！今兩軍對峙久無戰事，魏延閒守難奈，君不見所謂：『小人閒居為不善，無所不至，見君子而後厭然。』」禕曰：「軍中傳言，僅為舊事，亦不知真實如何也。禕不曾親聞文長對丞相有所怨懟，況觀其言行，勇猛果敢。禕以為文長直來直往，實性情中人，所以怒者，乃受流言不白之冤也。」儀厲曰：「莫非文偉疑我造謠奸人！」禕惶曰：「長史、將軍均為國之棟樑，豈可入司馬懿之計而親痛仇快！」儀曰：「文偉左右皆言司馬懿，丞相治軍甚嚴，豈容敵兵在營，況今豈見奸細何在哉？文偉顯為魏延不敬之事尋開脫耳。魏延雖曾任丞相司馬，今又掛名丞相前軍師，但仍與我等文事出身者大有不同。汝且莫忘汝今為丞相府屬，丞相待我等恩重如山，但有對丞相不敬者，何須護短包庇，汝胳膊內外尚且自量！」禕貌悒悒，俯而不答。儀見禕未語附和，心有不快曰：「文偉且請莫忘，汝與公琰皆我所提攜，若非吾一心為國舉才，每與丞相善道爾等才智，爾等焉有今日矣！」

原來楊儀所言「公琰」，乃蔣琬之字，荊州零陵人也。時亦為丞相長史，惟留守成都代丞相事。因儀更早入仕丞相府，又為諸葛孔明屢次北征必以仰賴襄佐之士，其位更在琬、禕二人之上，儀亦多有以此威壓群官之意。儀見禕仍未語，又忿恨曰：「昔文偉出使吳主孫權，董恢為副，方孫權稱吾與魏延皆牧豎小人，若一朝無丞相在，必為禍亂矣。文偉與董恢以家國為重，未將魏延奸邪托大醜事外露於吳，後董恢僅謂文偉可答吳主，此為魏延與吾有私忿耳。丞相聞言稱董恢善應，還歸即入丞相府屬，又遷巴郡太守。然董恢所言並非據實，文偉方其時亦未為吾澄清，吾寬宏大肚，尚未以此為芥，思及文偉一心為國，而非騎牆之人，仍多有薦舉文偉之才。吾為國如此，豈牧豎小人哉？」禕見儀厲聲斂容，頗具責怪之意，又聽儀重提其與董恢出使吳國舊事，驚儀仍惦記舊恨，乃匆匆長揖曰：「禕今日體態微恙，多有恍意，願長史見諒！」見儀仍有不悅，禕又拜別謝曰：「謝長史宏量提攜，禕不敢忘！」

楊儀見費禕唯諾從之，遂稍解不快。待禕離去，忽有傳令丞相召儀入見。儀整冠而入，原以為諸葛丞相又循往例，靜待儀、延二人靜醒，方尋二者私曉大義調停。不料儀見丞相帳內僅有孔明一人，見其憂容滿面，乃即叩地拜首曰：「望丞相明察，儀一心為國，絕非滋事，且可詢之文偉求證！更須嚴防魏延每對丞相與儀頗有怨懟，自持功偉托大，日久恐有反意！」孔明曰：「威公請起！」儀曰：「丞相每以昔趙國廉、藺將相兩和，則一國興之前例共勉，非儀不從，蓋魏延居功厥偉，眾人莫敢異言，早已目無丞相，況於微臣乎？今儀許魏延妙謀，更讚其分兵會道潼關奇計，豈料魏延早視儀如肉刺，直難議事。儀若非為國舉事，大可閉口屈從，今屢屢犯顏極諫，不為丞相而為何者？諒丞相明察！」儀言猶未止，早已涕淚縱橫。

孔明未及回應，即申手掩口，欬聲不停。待止歇後卻見掌上有血，楊儀大驚曰：「丞相保重！」孔明曰：「近日風寒，加以政務勞形，舊疾復矣，恐傷及肺，故更期文武兩和。」儀曰：「儀願為丞相分勞，實可將二十罰以上之事，分儀解憂，丞相且請多多歇息。」孔明未語，儀即驚拜曰：「儀追奉丞相久矣，丞相行事處斷，儀可拿捏十之八九，僅為解勞，實無他意。」孔明曰：「威公心意明實，二十罰以上所以親斷，吾自有打算。而威公實乃帷幄奇才，惟文長亦難得良將，彼此小事差池，自是由來已久。然臨曹賊大敵，我軍前陣後備，皆當精銳盡出，方能匡復漢室，是以不敢偏廢。威公何不以大局為重，反兩相爭議更劇耶？」儀曰：「丞相明察，實非儀所不忍，蓋皆文長狂妄，多有爭功諉過之事，眾將亦對其多有怨言。」孔明曰：「威公且說何人生怨，何事有隙，吾自另調之！」儀慘然未語，已而歎曰：「今丞相處事多溺文長，前都鄉侯與其劇爭，儀以為威碩無罪有理，而丞相前次恐因北伐陣前失序無益，又以文長威猛，兩相權衡而遣威碩還於成都。其官位雖保，然自此失志喪氣，不敢再義言文長之短，以致智昏慌惚，招禍而死。然文長為此溢托大，眾文武只有忍讓，至多敢怒而不敢言耳。今僅存儀一人奮起直諫，他人豈敢漏怨懟入丞相之耳！威碩與吾先後同文長水火，豈獨儀之過也！若丞相亦覺過在儀矣，儀為國之大局，即刻聽令自返成都侯罪！」儀言訖，遂墮淚大泣。

楊儀所指「都鄉侯」，乃劉琰，字威碩，魯國人也。有風流，善言論，後主封都鄉侯。惟不豫國政，語多空談，領兵千餘，然多與孔明諷議而已。後於建興十年北伐陣中，軍議言語虛誕，魏延難忍，遂起喧嚷齟齬。孔明評議是非，責劉琰之過，遣還成都。自此失志縱放，後於建興十二年初，琰妄指後主與其妻有私，遂獲罪棄市。

孔明厲曰：「威公以為威碩與文長之爭，吾斷有誤耶？」儀拜首曰：「儀不敢如此妄評，但文長仍有諸多狂大之短，其對丞相怯弱之怨，即威碩所親聞，後具告吾耳。凡事如是，雖不知其餘源何而來，恐非無中生有。今丞相在，文長尚且如此跋扈，若不早日除之，實非我家國之幸也！若夫丞相一日不在——」儀止而未言，孔明對曰：「威公以為若我不在之時，文長若何耶？」儀曰：「文長順理掌旗領軍，然其無謀，統兵不易，眾將不服，必為司馬懿所潰，恐只能舉敗旗就魏而反，則蜀中之地危矣！丞相不若早日遣其離營歸返成都，擇日命其移守南中，今如仍置大敵前陣，旦夕招禍！」孔明未置可否，儀再曰：「昔丞相為聖上故，適劉封違令速禍，曾勸先帝除封，蓋慮封剛猛威武，先帝在時，尚可制約，惟易世之後終難制御。幸先帝依丞相善言，賜死封，終保蜀地除卻後日大患，此丞相之先見明智也！」

劉封者，本羅侯寇氏之子，長沙劉氏之甥也。先帝至荊州，因未有繼嗣，養封為子。後受先帝命，遣封與孟達共守上庸。及關羽敗走麥城，封、達皆不出援，致羽兵敗身死，先帝恨之，達懼慾投魏，封還成都請罪。先帝責其過，本念舊情，未至於死，然孔明因封剛猛，恐日後易主難御，故勸先帝除之，後先帝果依言賜封死，封自裁亡。孔明聞楊儀舊事重提，反覆思之，繼而對儀曰：「若旦有變故，理由文長統領大事，吾原意如此。蓋文長擁獨力統兵進退大才，雖偶有險進，惟富軍略，臨場機變得宜，故當之無愧，否則該當何人領軍耶？」儀跪地拜曰：「儀雖未曾統兵實戰，但久與丞相旦夕處事，近觀習練，不至糊塗懵懂，故必肝腦塗地，承丞相志，匡復漢室，鞠躬盡瘁，死而後已！」見儀叩地不起，孔明乃曰：「威公心意，吾自領之！」

楊儀見孔明未有駁斥，心暗自喜，又見孔明起身踱步，後持輿圖請討糧秣運籌，安營建壘之計，儀須臾便有良策，孔明聞後直稱善。再詢諸多軍機算計事宜，儀皆能如流對答，孔明自是心滿意足。別離之際，儀難掩欣喜，向丞相再三叩首拜謝。待儀離帳，孔明乃面色凝重，思索儀、延之爭，若其當有一日不測，則蜀營必有大亂，故須即刻善加處置。思及楊儀心狹，魏延性直，然各擁舉世奇才，故孔明時恨兩人不能平耳。深思之際，孔明忽又想起軍中一人，姓修名廓，隨即巧思布局良計。

正是：楊儀魏延方爭鬥，修廓才為解結人。未知修廓何人，且看下文分解。

第二回
文長將軍論備案　諸葛武侯試孺子

卻說魏延前日議散回營，仍時有氣憤難耐之情。思及楊儀當日所言，皆對其有設局構陷之意，且對孔明挑撥離間之心。延為前軍統領，率萬人大軍紮營據守前陣，距丞相孔明中軍帳營有十里之隔。當日軍議驟散，孔明不曾再找，又聞楊儀會後隻身入丞相帳內，許久方出，不知所議何事。然因儀始終對延不安好意，更令其忐忑擔憂。

方延深思之際，忽有一人報入帳營，延視其人，姿質文雅，儀容秀麗，乃帳下文書，姓修，名廓，字忠來。原來修廓祖父三世皆居隴西，後避時亂舉家遷棲漢中。至廓一代，安家立業已久，故廓幼有學藝，兼通經史，然因戰火後起，其父母戰亂雙亡，致廓一人浪跡。然廓因初生之犢不畏於虎，仗義熱腸，得罪漢中富豪，致被買通官府構陷，入於死罪。適魏延任漢中督守，臨刑前夕，延偶見廓雖垢面蓬頭，然端視其貌，氣宇不凡，狀非惡人，乃覺其中有疑，遂令重查其案。待水落而石出，方見廓遭設局，延大怒，遂斬富豪奸小及官府腐吏，還廓清白之身。廓感延之救命恩澤，又思己無安所，且察延性耿直，為可追隨之明主，故求留延帳下。延見廓資質優異，顏貌談吐信實，胸有韜略，又可善處文事，乃應所求留之。是故廓隨延多年之有，文書雜事，運籌軍機，凡皆游刃有餘，更為延帳下心腹，而廓更視延猶父。

修廓見魏延眉上深鎖，乃對延曰：「將軍何故如此愁容耶？」延曰：「楊儀匹夫前日軍議中，淨以跨大虛構之事，明欲挑離吾與丞相，是故氣憤難耐耳！」廓曰：「將軍可又拔刀動怒，而費司馬又挺身居中調解乎？」延頷首，廓乃歎曰：「將軍又入楊儀奸計矣！」延悔曰：「吾近日多加深思，確實又入奸人之計。然思及當下實有難忍，故若楊儀敢再如此，吾仍義憤拔劍，恨不能當場斬此奸人！」廓曰：「將軍尚且寬心，將軍所絕不能忍者，乃先帝、丞相、士卒耳。楊儀不敢有辱先帝，此亦為丞相大忌，故必以後兩者挑將軍之激忿。丞相深知將軍為人，軍議中憤恨拔刀，蓋因性情耿直，故難忍奸小，非真有誂嚇斬殺之意，想必楊儀恐又重施涕淚故計乎？」延應諾，廓再曰：「此乃楊儀故意在群臣軍議之中屢屢激怒將軍，以塑將軍跋扈難御之形，甚而以此布流言於眾將之間，誠不可再入楊儀奸計矣。然以丞相神機妙智，應不難識破如此奸謀，況楊儀行之反覆，丞相反對其心更有戒備！」延曰：「然丞相軍議散後未如往常，尋吾與楊儀私下調停。卻聞楊儀當日即隻身入帳久矣，不知議論何事，恐又添油加醋。且丞相其後對我未有召見，是故連日擔憂耳。」廓笑曰：「今雖反常，然依廓之見，丞相歷來秉公處事。前有劉琰之鑑，楊儀方其時，早與其連成一氣，多有連手攻訐將軍之事，然丞相公允評斷，故深責劉琰之過而遣離。廓以為丞相昔日視楊儀有才，劉琰無能，姑且忍儀責琰，以示儀警惕。惟時日已久，劉琰今已棄市，丞相依舊器用楊儀如故，但其視將軍如背刺，恐又再圖滋事，故施𦍋糠及米之計，漸次試探丞相之意有否異變耳。然丞相非偏倚片面之辭者，想必仍會再召將軍問事。將軍且請寬心，空於帳中擔憂，實無益也。」

就在魏延半信半疑間，忽有人報諸葛丞相召見，延見修廓果然聰穎，而廓察延已一掃前憂，隨即長揖告退。延整衣上馬，直奔中軍帳營，赴見丞相孔明矣。

魏延幾日不見，察孔明面有病容，驚曰：「丞相安否？」孔明曰：「舊疾復發，尚無大恙，且前軍如何？」延曰：「司馬懿堅守不出，兩軍對峙如常。」孔明曰：「文長可知我尋見之意如何耶？」延曰：「延與威公之事否？」孔明頷首，乃曰：「文長以為威公其人何如耶？」延曰：「上諂下驕，前倨後恭，口蜜腹劍，誠小人矣，是故延時有難忍。」孔明曰：「其才如何？」延曰：「軍機運籌舉世奇才，為國大業，延可忍讓，惟所不能忍者，獨丞相與士卒耳。」孔明哂之，又曰：「威公實為劉巴之後，舉世運籌奇才，惟方其時，其與劉巴才能相當，加以威公性狹，故兩人時有意見相佐，更因持續爭議不和遭貶。後吾識其才而起用之，凡所交之事，皆能安然致達。然文長真性情，故軍議之中與我多有軍略磋商，實則惠我良多。流言示以文長怨吾怯懦，吾不信耳。蓋文長軍議間直來直往，有人故意渲染滋事，雖尚不知何人，然布流言者，其心可議！然則人言可畏，所謂『千人所指，無病而死』，是以文長往後仍須多有戒忍，以免讒言又有見縫插針，恐終及至旁人無法明辨耳！」延聞言動容，即跪地拜首曰：「謝丞相明察！」

孔明扶魏延起，繼而續曰：「文長可知吾為何屢屢不採分兵會潼關，效韓信故事之奇計耶？」延遲疑曰：「丞相用兵謹慎，故不願孤注險棋。延恨不能早日呑賊，以報先帝遺願，因以涉險無懼。是故延雖屢有憾之，然軍議之中，無法論服丞相，此延之不足，故離散以後，豈可有怨！」孔明曰：「文長果然先帝器重大將，至今夙夜不忘遺德，然此其一也。但以文長威猛，領兵進退精準，此計未嘗不可一試。然吾所顧忌者，除分道線長，惟恐會闗合流不易，將使文長即便成事，仍孤立無援，且尚有糧草後備之事耳。」延疑曰：「何也？」孔明曰：「威公對文長時懷不善，吾早有所察，而我軍糧草運籌多出其手，雖吾尚難認清威公心意，究竟僅為心狹，或對文長早已恨意難解矣。若其秉公，戰線崎嶇加以分道，尚難保補給順暢，然一朝若趁文長奇計遠征之際，發狠挾怨弄之，而吾又不察，文長豈不功敗垂成而枉死乎？非但吾痛失右臂，我家國大局亦喪第一猛將，則吾將何以北進擊賊，更有何面目見先帝乎！」

魏延見孔明言之激昂，忽欬聲驟起，血濺於掌。延駭然曰：「丞相且請安歇養病，延隨即告退！」孔明制止曰：「舊疾而已，但且無妨！思及先帝知遇之恩，吾豈可懈怠！」延見孔明堅定伐賊之志，更憶先帝提攜之恩，又有丞相厚愛之情，遂不忍泣曰：「延本部曲士卒，隨先帝入蜀，是先帝拔擢宏恩，更力排眾議，使延領漢中督守而有今日，延三生難報先帝浩恩！及先帝崩殂，丞相繼志，亦對延多薦聖上而獲擢升，延亦不敢忘此大恩，豈有一日不思何以圖報矣！」孔明對泣曰：「文長過謙，此皆勇猛報國，功勳卓著所得耳。亮亦布衣，是先帝不以亮卑鄙，猥自枉屈而三顧草廬。當今益州皆思偏安而多有力反北擊滅賊者，僅文長深知我心。他日繼吾伐賊志事者，惟文長耳！」延驚曰：「丞相何出此言，延願隨丞相出生入死，生死共進，報先帝遺德，何來繼志之說耶？」孔明曰：「若我一日不在，文長須當承吾志業！」延曰：「丞相尚且莫再出此凶言！」孔明喟然，對延再曰：「文長可獨領大軍進退否？」延跪地曰：「丞相且請莫再出此凶言！」孔明追問曰：「文長可否？」延仍俯首不答。

孔明見魏延不敢妄言，乃扶延對坐曰：「所謂『天有不測風雲，人有旦夕禍福』，後事不備，恐非家國之幸。此次吾舊疾復發，又見文長與威公之爭再起，故有後備之思矣。吾與文長，皆追先帝志業死士，是故旦有變故，當由文長領軍繼志。文長前有獨自率軍入羌布局，以寡敵眾，大破魏將費瑤、郭淮大捷，實可臨大敵而自謀用兵進退，若家國有難，豈可如此推諉！」延曰：「非文長不領重任，蓋軍與國豈可一日無丞相乎？」孔明不顧延尚未應允，對延再曰：「文長領軍以後，威公如何處之耶？」延曰：「若一軍旦有變故，當以大局為重。威公雖性狹，然糧草運籌大才，舉世難得，若為家國之計，延須忍之！」孔明曰：「若其不從文長領軍如何耶？」延曰：「責之可矣！」孔明曰：「如責之無益奈何耶？」延曰：「再責可矣！」孔明疑曰：「威公不服而違軍令，文長使持節，何故不先斬而後奏，以安軍心耶？」延曰：「益州疲弊如此，將相人才匱乏，威公雖狹狷，然擁大才，若輕易斬之，實非家國之幸。應效丞相服南中叛亂之事，使其終得轉念大局之思也。」孔明稱善，後又曰：「文長為將帥大才，性耿直，故難容威公心狹，然文長終非文事之才，故以為費文偉如何耶？」延曰：「文偉聰穎，性忠純，為國不為己，不似威公俐齒，因一己私慾而僅為丞相盡忠耳。」孔明曰：「蔣公琰何如耶？」延曰：「公琰與文偉皆為國忠貞之士耳。」孔明頷首再問曰：「若大軍之中，文長與文偉共謀進退可乎？」延曰：「文偉誠信論事，為國盡忠，亦有韜略，可也。」孔明曰：「文長威猛，然實非相才，若居二人之下可乎？」延曰：「延本部曲，能有今日，乃先帝及丞相恩澤，延一心掛念者，惟擊賊耳。若再無如丞相將相兩才者，而分權外將內相，延仍願為國而擊北賊，將相內外合力，豈有上下之分耶？如能伐賊，功名浮雲，但有居下又如何。獨內相能安邦定國，使聖上不進讒言擾軍，將可全力滅賊，如此豈有天下不平之日乎？」孔明頷首稱許。

見魏延應答信實，孔明又問曰：「然文長若居威公之下可乎？」延驟曰：「不可！威公雖有長才，可作運籌規度，然其為己不為國，誠小人矣。其可行小事，但因不能容物，私忿排除異己，與劉琰同，故絕非相才。若此，則其必為己拉幫結黨，構陷異類，獨順者留，蜀中大亂矣！」孔明哂之，又歎曰：「所謂『禍患起忽微，智勇困所溺』，吾晚察威公鬥爭異己之心，然其勢至此，眾人多已莫敢不從。因此諸多情事吾實為己溺所蔽，故難有早日醒察，亦因親之信之而有所輕忽，乃至於今日，此皆亮之過，吾必力圖匡正也。然若眾將之中，王平、馬岱、姜維何如耶？文長之後又如何耶？」延曰：「王平布衣從軍，好公義，能體士卒苦，嚴守紀律，用兵謹慎，平生不識大字，惟通曉兵法，雖自魏歸蜀，而性有猜疑之損，然其赤心多事可證，可以託付進退之大任矣；姜維雖為近期降將，然武勇韜略兼備，觀其言行若無二心，可以善養而器之，來日必為蜀中大將，又因出身涼州，若伐賊有成，日後可經營隴西之地矣；而漢中尚有大將吳懿，雖貴為國戚，然可攻可守，曾隨延一同大破魏軍，亦為妥靠之人也；惟馬岱因族兄馬超而貴，將才並不顯著，臨陣或缺獨謀善斷，難有獨當一面，以至於縱橫沙場，軍功至今不彰，然其為國忠誠，雖其身無法識別變通所受籌謀良策，但若授予計謀軍策，尚可聽令執事，故仍可用也。延以為己身以後，吳懿、王平可接大任，來日若姜維忠貞可驗，亦為可造之將才也！」

魏延言畢，孔明乃歎延識將認卒之雄才，不出己見之所察。如此將帥大器，實可繼其北伐志業。然則孔明所憂，獨宿將魏延與其年紀相當，延能繼一時之志，焉能領長年之軍，其後必得再尋接任繼志者。吳懿、王平沙場著有戰功，然皆有年紀，惟觀姜維可善加培育。若安國內相，延非專擅，則須再尋他人承之。孔明先稱延言之善，後又曰：「久聞文長帳下有文士修廓者，前次遣派出使司馬懿軍營試之，忠來進退得宜，全身而退，實為胸懷大才者，文長能否割愛耶？吾今有一重任，須尋貞節之士，故想再一試也。」延曰：「忠來與延頗具淵源，故延深知其忠人之事，必不負所托，延可具保其人忠貞亮節。前見劉琰及楊儀等人善弄是非，一來不願薦忠來進朝入仕而被群小害之，二者忠來亦只願效力延帳之下，故絕非延自珍而不薦耳。今若丞相願重用之，實乃延與忠來之幸，亦為日後家國之大幸也。望丞相能親教孺子，並惜之而不被楊儀等人所弄！」孔明笑曰：「吾前已識見忠來之才，豈有不惜之意！文長為國舉才而不藏私，乃大器忠毅之士。今且有重任委之，實非奪才，事成必歸忠來，文長且請勿憂。」孔明言訖，親送魏延離營。

卻說魏延歸營，將孔明有要務委任之事，告於修廓。廓雖有惑，然亦不知所托何事。而廓前出使，即孔明為激司馬懿出戰，特遺婦服譏諷之事。蓋出使之任，實為險局，怒斬來使者亦時有所聞。況懿當下實為婦孺之譏而稍有動怒，所幸廓應對得宜，而懿久思來意，終不被激將深擾，是故有所忍讓，廓方得圓任而歸。思及前次重任，廓臆孔明又有派其出使魏營之想。

二日後，孔明召修廓入帳。孔明曰：「忠來安否？」廓見孔明顯有病容，乃拜首曰：「一切安好，然丞相似有倦容，且請保重，廓可他日再見丞相！」孔明笑曰：「小恙而已，但且無礙。」孔明言畢，持輿圖而請論修廓，廓訝異之。然幾番來往詳議，廓皆能對答如流，其所應對，不出幾日前楊儀所布者，更有些許巧勝之處。孔明再問廓，自此地而發，有何便捷安穩之路，可隱密速歸漢中，廓具答之。孔明總算明瞭魏延帳下確有能人，廓除出使應對膽識外，更有帷幄運籌之大才，如其能在魏延帳下出力，確能保其軍伍擁常勝之勢。前次孔明向延借文士出使司馬懿，因屬譏諷之故，蓋懷有犧牲之意，不料延大方出借帳下舉足輕重之士。而廓不負所望，以機智進退，得圓滿而歸。孔明知其為延堅信廓能成事，更欲藉此薦廓之能才於孔明耳。

孔明見修廓儀貌秀麗，談吐殷實，胸有韜略，任重而無懼，故甚愛其人，乃曰：「忠來胸懷大才，為國盡效，願入丞相府否？」廓曰：「廓不才，且魏將軍恩重如山，廓今生只願隨將軍左右，同將軍共生死！若將軍不幸先逝，廓必輔其諸兒，乃至於眾孫，以報三世大恩！」孔明稱善，續問曰：「若魏將軍他日舉兵就魏，忠來何如耶？」廓曰：「廓常伴將軍左右，將軍時將先帝及丞相恩澤，屢告於廓，動輒欲氣吞北賊，是故將軍絕非反節者，還請丞相莫入有心人之讒言耳！然將軍若有一日反就魏、吳，因將軍耿直清高，不結朋黨，然其忠貞亮節，必為朝中奸小所逼，則廓必從之！再者，若奸小構陷既遂，廓必為將軍籌謀洗冤之計，他日返清君側！」

見修廓如此雄才大義，言之凜然，孔明雖愛其才，然其孤心顯獨效死魏延。今廓因延與孔明甚密，故且願讓孔明借才，若一旦號令有危延者，恐廓難從。思及廓胸懷大才，惟僅聽令於延，雖延對蜀漢忠貞不二，而擴及廓者，故暫且尚無遠患。惟孔明見其矢志堅定，忽有隱憂，然因須用死士，廓仍為不二之選，乃曰：「忠來勿驚，前言戲之耳！」廓曰：「謝丞相明察，魏將軍高風亮節，群小見其不黨，而又功高，故視如針氈，屢屢群起而攻之，願丞相能不為讒言所擾！」孔明笑曰：「文長及忠來均貞節之士，吾豈不愛之惜之！」廓聞言，又觀孔明言語不欺，乃叩頭拜首而謝。

孔明再視修廓舉措儀表，進退得宜，不卑不亢，前所憂者莫名，只要魏延一日未變，廓仍可為蜀漢日後棟樑，此孺子誠可教之才也。然孔明再觀其言談舉止，思及延、廓甚密，忽又想起其與馬謖往事，不覺悲從中來。

馬謖者，字幼常，荊州襄陽人也。年少即素有才名，與其兄長並稱「馬氏五常」。以荊州從事隨先帝入蜀，後長隨丞相孔明南征北討。因熟悉兵法，能與孔明善論韜略，自晝達夜，故深得親賴。然先帝臨終曾示警孔明，馬謖言過其實，不可大用。惟孔明並未盡信，常使其伴隨左右習練，視謖猶子，多有栽培後繼之意。建興六年，孔明出祁山北伐，違眾意拔謖守街亭要道，本欲累其戰功日後服眾擢升，然謖失守兵破，致軍無所據，北伐告終。孔明為服眾臣，乃揮淚斬謖，並請罪自貶三等。

正恍惚間，孔明甚悔馬謖之憾，若依謖才而使其僅任軍帳輔佐謀士，而非率軍將領，今應如修廓尚在某將軍帳下效力才智。是故謖以後，孔明漸以為沙場宿將彌足珍稀，有其不可取代之貴。但若放眼蜀漢，老臣宿將凋零以後，人才匱乏，而楊儀擁運籌奇謀，孔明並未錯置其才，然其性狹漸顯，今則更無遮掩之意，致遠恐泥。而今儀、延之爭再起，二者忠守其份，且多能完事致達。然若兩人水火已然無解，必也舍棄其中一人。惟若平心而論，儀、延各在文武，獻力良多，著有功績，至今何罪之有耶？然則若不趁己尚在了結此事，恐夜長夢多，而若不用計探試真意，則又該何以處之耶？

孔明深思以後不再躊躇，故下定決斷曰：「今有一遣使魏營要務，須由忠來執使，故向將軍一借耳。」廓曰：「將軍有令，務請廓竭盡全力，還請丞相放心分付！」廓言畢拜首。孔明起身下階，忽扶廓對坐，並附耳低語言如此如此。雖僅分付要事，然廓性聰穎，強志提點，字句不漏。孔明言畢，又授廓書一封及錦囊一袋，並命於某時魏延方得拆解錦囊。廓領命告退，憶及丞相要旨，並反覆深思前因後果，雖未拆錦囊而視，然忽解孔明可能有何計謀。廓感佩丞相才智之餘，更替恩主魏延甚感欣慰，故必戮力完成丞相托付要務。

正是：婦裝譏諷且無用，孔明何計再授廓？未知孔明奇計如何，且看下文分解。

第三回
修廓領命使魏營　孔明查案探文偉

卻說修廓領了使書及錦囊，歸營即將錦囊交魏延，並將丞相孔明分付之事，轉報於延。惟延不知丞相其意全貌，然因丞相時有奇計，多以錦囊授之，除所囑之事外，只能靜待時機拆解錦囊。廓稍加梳洗，並備齊孔明所囑之物，便依命望北前行。

待修廓至魏營，諸將即引來使入見，魏都督司馬懿早已知其來意，故不慍不怒。廓見懿有別前次，喜怒不見於形，直是城府深密，莫窺其際，若久視則有不寒而慄之感。諸將見又有孔明來使，嫌惡之形難掩，惟懿泰然自若。廓長揖不跪，懿接廓手持大盒，啟而視之，乃未熟麥稈數根，上有一書。懿笑而未語，拆視其書，略云：

「仲達深居，別來無恙！堅守土巢，可否安歇耶？屯田養麥，即將熟矣。若不欲我麥田收割，可以請戰交鋒，一決高下。如仍不出戰，屆時將邀仲達來營共食熟成新麥。」

司馬懿看畢，只是冷笑，知是孔明故意以麥示其糧草足以久耗，然其一再請戰，更顯蜀軍心急，故取麥稈一根啐之曰：「願天下豐衣足食矣！」懿言畢，見修廓乃前次來使，儀表秀麗，甚有善感，遂令人重待來使留之。

及晚宴至，司馬懿特邀修廓旁席而坐，廓見懿側乃有二人，貌與懿似，惟年下矣。聽旁人交談稱呼，方知此二人各為司馬師及司馬昭。

司馬師，字子元，河內人也。其左目雖有瘤疾，然不減其威嚴之貌，性沉穩冷靜，惜字寡言，為魏都督司馬懿長子；而司馬昭，字子上，其性外放健言，巧語妙談，為懿之次子，師之弟也。兩人各有不同，然廓觀二者形貌，不禁暗歎，皆有大將之風，直所謂「虎父無犬子」。

修廓坐定後，見珍饈美饌，頗有驚奇。司馬懿向廓示意，並點指數道豐餚曰：「蜀營可有如此豐食乎？」廓喟然，後怨曰：「當有如此，然此豈小使能食之物，蓋將相以上才有耳。」懿笑之，廓乃惑曰：「都督何故哂笑耶？」懿又笑曰：「我笑汝誠信不欺，今日難得，可再多食矣！」

諸將見修廓話語誠信，神態自若，實答不諱，遂輪番詢問，如遇軍機要事，廓無所知，直言不解，餘則回以不欺之言。司馬懿觀其言貌，信然也。又待酒過三巡，廓現醉意，懿乃曰：「汝可知孔明之事哉？」廓曰：「小使非丞相身旁之人，然多有出使分付，故有幾面之緣，更時有聽聞營中流傳之事。誠謝都督今晚厚款，小使永生難忘如此豐盛佳餚。都督盡可放心詢問，若小使所知，除軍機實無所知，餘則絕不欺瞞！」懿笑問曰：「孔明寢食如何？」廓歎而未語，頗有醉意。懿再問曰：「如何？」廓驚醒曰：「聽聞丞相早興晚寐。」懿曰：「食如何可知乎？」廓囈曰：「都督，我乃小使，何德何能可與丞相共食哉？」懿笑曰：「汝今晚不正與孔明相當之人共食乎？」廓忽醒，惶拜曰：「小使失敬，還請都督見諒！」懿笑而未語，廓乃曰：「小使雖未與丞相共食，然識得司廚者，據其所言，丞相所啖之食，每日三、四升而已。」懿大驚，又曰：「孔明在營，兩軍既無戰事，所作何事？」廓曰：「人皆言丞相事煩如常。」懿曰：「軍營之中，仍審政務乎？」廓應諾，懿再曰：「且其政事如何耶？」廓曰：「此小使雖未親見，然營中盡知丞相實非常人，更似鬼神，故精力無窮，凡罰二十以上皆親覽焉。」

司馬懿忽能明瞭何以孔明頻繁請戰，蓋其深知兩軍對峙日久虛耗，蜀營恐有隱憂變數。然再派來使，更顯其心急，今又探得孔明寢食如此，懿乃驚顧諸將曰：「諸葛亮如此食少事煩，豈能長久乎！」懿言訖，顧視修廓，然廓已大醉睡臥。隔日懿修書一封，親交予廓，又餽贈厚禮賞之。廓再拜辭謝，取書攜禮返營。待廓離去，懿問諸將曰：「此來使何人？」某將對曰：「姓修名廓。」懿曰：「初以為孔明尚有餘詐，昨晚特試之，其與諸將共食，多有名將在內，猶神態自然，不卑不亢，進退得宜，談吐信實不驚，若非初生之犢，則蜀有人物也！」懿言畢，諸將只知懿留來使為刺探敵情，然猶不知其語意為何矣。

且說修廓歸營後，疾越前軍，直奔中軍丞相帳營。見孔明後，具告經過，又將饋禮及使書交付。孔明啟大盒視之，盒中乃一麥稈，蓋孔明原贈之物，然其上顯有咬痕，孔明觀而略知其意。再拆視上頭使書，略云：

「孔明屯麥，雖未熟成，然可口甘美。此我大魏隴畝，沃野千里，孔明當歸此地，來日共飲作樂。更當速拔營歸蜀，勸蜀主俯首歸魏，天下早日平矣。如此吾等餘年，更可共磋種稻植麥之方，同享躬耕之樂也！」

諸葛孔明閱畢，只是一笑。想起一生心願，若能興復漢室，得天下太平，當歸南陽躬耕，乃歎曰：「知我者真司馬懿也！」孔明再視其餘贈禮，顯遺修廓之物，故曰：「其餘乃司馬懿贈忠來之厚禮，毋須納也。」廓曰：「出使所得之物，皆為公也。況此丞相之任而使，亦不屬將軍之物，該當為丞相之物也。」孔明笑曰：「想必司馬懿對忠來亦有善感，且要務亦已達成，故有如此厚禮！此皆忠來所掙之物，忠來不必推辭！」然廓不從也如故。孔明見廓意堅決，審其公私分明，清正廉潔，更有惜愛之意，遂分付遣人加禮併送前營。

修廓雖略知孔明將行何計，然見孔明顯較前日更有病容，案上待審簿書堆疊如山，其中未審之書更勝閱畢之簿，乃憂曰：「還請丞相多多歇息！」孔明曰：「但且無妨，我自有打算。」孔明見廓滿面憂容，又笑曰：「但見忠來如此掛意，實乃吾之幸也，且忠來願入丞相府分憂否？楊威公雖與文長素有私忿，然吾可責成司馬費禕親領於廓。此人正直大義，圓融可靠，亦與文長交好，吾可另私托費文偉照應。而若有餘暇，吾亦親授各式丞相府事，乃至於吾所手書兵法篇籍，何如耶？」廓見孔明如此厚愛，實有動容，故遲而未語，已而拜謝曰：「廓不才而屢蒙丞相不棄，實不勝感激！然魏將軍對廓有救命大恩，若無將軍，則無今日之廓也。廓視將軍猶父，丞相若待將軍如手足，廓必敬丞相如伯叔。凡丞相有要務委任，廓必達之，故也未必須入丞相府。」孔明見廓屢屢不從，惟此次稍有退讓，又思及先帝劉備三顧草廬之恩，看孺子忠義如此，不覺一笑。心想待此番計成以後，再來勸其入仕丞相府屬而親教之，今姑且讓其暫藏魏延帳下。

幾番往來問答，孔明更知修廓胸懷韜略，前次魏延獨自領軍入羌，大破魏名將費瑤、郭淮，恐廓亦有參與軍略兵謀，故延能以寡擊眾，威震於魏。孔明一想如此，難掩欣喜，更與廓連番論議兵陣布署，一來一往間，不覺早已過午。正論間，忽報費禕來見，孔明方想起與禕有約。廓見狀後再幾句問暖寒喧，便轉身辭退。就在廓離營之際，與禕擦身而過。禕見廓面生疏，滿腹疑惑，廓乃對禕長揖而退。待廓離營，禕猶若有所思，孔明遂對禕曰：「文偉為何滿臉狐疑耶？」禕曰：「不知前去者何人耶？未曾見也。」孔明笑曰：「修廓是也。」禕更疑曰：「未知何人耶？軍中之人耶？」孔明哂之，乃又曰：「必也留名青史之人也！」禕猶不得孔明之意，然見其笑而不語，恐有保留，故未再追問。

費禕長揖而拜曰：「丞相若有病容，該當好生歇息矣。」孔明曰：「無妨舊疾，今且有要事一問，故獨尋文偉而來。」禕曰：「當否再找長史同論耶？」孔明曰：「威公已聽令往後營親盤輜重，故今日文偉務須暢言。」禕惑曰：「何也？」孔明曰：「威公與文長之事耳。」禕聽得孔明之意，乃曰：「且請丞相明察，禕以為威公及文長皆我家國棟樑，缺一不可矣！」孔明歎曰：「兩者皆為吾之臂膀，然二人勢如水火，吾獨恨不能平耳。」禕曰：「若此，禕願再往各勸兩者！」孔明搖首歎曰：「此兩人失和恐已無解，文偉以為文長有反意否？」禕驚曰：「文長性耿直，忠貞不渝，且前為丞相司馬，執丞相府事盡忠職守，後由禕繼任，亦禕之年宦長者，於公於私諸多照應。或因其功高威武，偶為大義而怒，不平而鳴，雖其無意，且皆就事而論，惟其義憤填膺，恐多有因軍議而得罪於人，是故人多不敢近焉。然禕深知其為人剛健正直，果敢堅忍，忠於國事，故不避耳。軍中若有誹語，必司馬懿遣人所布之流言也。」

孔明端視費禕，已而乃曰：「文偉可曾聽得文長對吾有所怨懟耶？」禕曰：「禕不曾親耳聽聞，蓋威公告吾此事耳。」孔明曰：「然則前日問於威公，其語之鑿鑿，斷言可向文偉求證。」禕明白孔明之意，遂驚曰：「請丞相明察，此絕非威公無中生事，蓋其聽前都鄉侯劉琰所言耳。」孔明厲曰：「威公指劉琰曾親見文長屢因吾不採其軍略而有怨懟，然眾所皆知，劉琰尚空談譏諷，對吾猶若如此，文長縱橫沙場，更為其所不能忍者，此兩人勢如水火，文長豈會在其鄙夷者前授人以柄哉？今劉琰已死無對證，前有威公與劉琰連成一氣共擊文長，文長本孤高不黨之人，如此幾番連擊，如吾不察，又未責劉琰，文長早已身陷文臣譏議泥沼，而成我軍最惡之人矣。前以為此皆劉琰因好空談生事，其人閒居無所用，故迫威公聯手，然今觀之，威公恐亦懷有異志。儀、延二人水火之勢，今者更勝往昔，前日議堂上，文長再有氣憤拔刀，吾豈不識蓋威公有意言語激怒之，更有得於寸而進乎尺之意，存心試探吾之底限有否推進，又於群臣面前示其威武耳。其更多有挑離吾與文長之意，若吾信之，文長豈不真有蒙冤而日久反動，而使流語成真乎？如今文偉莫非又想與威公聯手欺吾耶？」

費禕見孔明慍怒，即跪拜曰：「威公蓋因拔萃孤高，又聽劉琰一面之言，恐因此對文長有所偏見而懷私忿，而文長威武不群，難忍空談譏諷，兩人遂生齟齬，自是由來已久。威公雖好以俐齒相譏，徒逞口舌之快，兒撫沙場宿將，禕以為蓋其所欲，稍弭積忿耳。然其與前都鄉侯大有不同，實乃懷才俊傑，歷來對我軍輜重籌謀貢獻良多，故禕以為其絕無害人之心也。」孔明厲曰：「吾今所觀，文長雖威武義憤，然其以大局為重，即便所傳怨懟為真，吾深知其人性直，絕無惡意，蓋其恨不得早日吞賊，性情之所致，故並無殘害同僚之心。是以吾早有耳聞此事，威公亦曾多有私報，然吾始終不以為意，但若有人轉誣其懷怨而有反意，則不可不詳理慎處之。而威公之心若何，譏諷耶？存心耶？究竟有否藉故加害文長之意，則須待吾詳查耳。然則賞罰之政，謂賞善罰惡也。賞以興功，罰以禁奸，賞不可不平，罰不可不均。若有撥弄是非者，乃吾之大忌，絕不寬貸。如威公真有意圖滋事，吾雖善道至理，然若智困所溺，豈不皆為枉然空談，而蔽塞忠諫之路，實則亮之大過。故文偉且莫以威公年宦長乎爾，而有所不敢實言也！」孔明言之激昂，禕再拜曰：「丞相恕罪，絕無此事，所言皆信實也。」孔明忿曰：「枉費吾視汝志慮忠純之士，楊儀雖懷大才，辦事斯須致達，此吾所極力稱許。然若有異志，上諂而下驕，更得寸而進尺，施威壓於群臣，此等致遠恐敗我朝廷大事，何以不早報上，眾人皆使我長蒙鼓裡矣！」禕叩首驚曰：「且請丞相息怒，勿再細究此事而落入司馬懿奸謀，當今我軍更須凝萬眾於一心也。」

孔明見費禕猶不敢真言，恐皆因楊儀為其年宦長者，儀視禕為同黨之人，故也時有提攜照護，此由儀對禕多有美言薦之，不難察覺。然忠義之間兩難抉擇，禕更因其處事圓融，故兩方皆想平而和之。孔明見禕仍驚魂未甫，乃細語曰：「文偉可知吾何故二十罰以上皆須親覽焉？」禕對曰：「不知也。」孔明曰：「蓋不欲罰懲之事，流於丞相府屬所為利害之用耳。」禕惑曰：「丞相何出此言耶？」孔明曰：「吾前察有異，然無人願告實情，僅有文長敢言威公為上諂下驕、前倨後恭者。前以為文長因與威公水火，故有添油加醋者，後察威公細言微行，恐非空穴來風。若真如此，眾人豈不皆以為我寵溺奸小，即便受有威公之欺，猶是怒不敢言。若其食髓知味，施虎威於群臣，吾又始終不知，眾人豈不僅得對其唯諾是從。吾恐已有多事不察，故不欲罰懲之事再委威公，以免成其威壓群臣之利器矣。」

費禕俯首未語，已而歎曰：「還請丞相容禕再說威公與文長兩和，前有諸多之事，實虛真偽，恐已難察。望吾等皆能同心，保國治民，敬守社稷，此為禕畢生之所願。若禕此行仍無法兩和文武，且請丞相責罪，此禕之過也。」

孔明見費禕汗流滿面，始終不願供出楊儀有否冒丞相名而威壓群臣之事，心中漸有疑惑。然思及禕確為志慮忠純者，是以一心只有家國大業，不願文武兩鬥加劇，故始終不願有害楊儀、魏延兩人之言語者。孔明見其如此深明大義，前又責其特深，遂於心有所不忍，乃親扶禕而起曰：「文偉勿驚，吾自有打算。威公與文長水火之勢至此，我在之時尚且如此，若有一日不在，則如吳主孫權所言，蜀必大亂矣！」禕拜曰：「丞相且請勿信吳主之言，蓋其挾有挑離我文武兩造之思矣。」孔明對曰：「吾豈不知孫權之謀，然其所言，而今觀之，雖不中，亦不遠矣。凡人之相處，必有不合者，蜀尚有鄧芝大才者，然性孤高而易怒，故人皆遠之，況性善如禕者亦不敢近，獨宗預不避其鋒，是故兩人亦如水火。凡事如是，不勝枚舉，豈獨蜀中有之，魏、吳亦同，故眾將群臣劇爭之事，皆廣流於世，不得不慎也。然所以異者，今儀、延兩人各擁大權，又居前陣，他人皆知共臨大敵，理當為國暫置私忿，而有同仇敵愾。凡不合者事，小也，事過而怨散；不合者人，大也，累忿而積恨矣。然儀、延二人，北賊當前，猶若水火如故，人之不合也。吾慼佩司馬懿之堅守遠謀，兩軍了無戰事而居於閒守，武不出陣，文無疾籌，一旦失卻大敵，文武不和於人者，又重啟內鬥，彼可在營横槊賦詩，隔岸觀火矣！」

孔明所提鄧芝，字伯苗，義陽新野人也。章武元年，先帝因關羽兵敗遇害之恨，而率大兵攻吳，會戰夷陵大敗，後病逝於白帝城。孔明為修葺蜀、吳之隙，特派鄧芝使吳，而芝有大才，智識過人，口若懸河，遂得吳主孫權敬重，並重修蜀吳交好之盟，故芝出使之功，實不可沒也。而宗預者，字德豔，荊州南陽人也。芝因其性直，更有傲氣，喜怒無所匿，故人皆避之，否則易招其言語之譏，而費禕亦退而遠也。獨宗預不讓其傲，兩者相遇，遂時有激劇之爭也。而昔時有曹將三名，張遼、樂進、李典耳。雖三將不和眾所皆知，然漢末丞相曹操，仍派其共守合肥。建安二十年，因吳兵大舉來犯，大敵當前，三大將乃暫置齟齬，同仇敵愾，以寡擊眾，率七千兵大破吳十萬之眾也。

費禕見孔明言之激憤，心有愧意，然實不欲加劇儀、延水火，故曰：「丞相明察，威公善籌，文長勇猛，豈吳主所言牧豎小人哉？蓋其所言直欲貶低我兩能者，以擾亂我家國之安矣。今恐又有司馬懿據此添油亂事，故吾等更當凝聚，不可自亂矣。」

　見費禕仍懷兩和之意，慮其善念，孔明不忍再責，乃曰：「吾有一言，望文偉戒之哉！汝性聰穎，斗酒忞歡，謙恭恬淡，善與人交，圓融而處世，又顧全大局，盡忠於家國，來日必為頂天大樑者。汝性淑正，寬濟而博愛，雖握兩造大怨而不據此挑離，反欲各隱其惡言而和之，猶為難能可貴者，此汝之至善矣。汝資性泛愛，而不疑於人，然當為家國大義上報而不舉，養愿也；當為受陷義理挺身而不出，埋冤也。雖得一時平和，然積弊累怨依舊，欲蓋恐有彌彰，日久反誤大事。惟若過信他人而不存疑，過存善念而不設防，非長遠之計矣。若夫為家為國，則又有必要之犧牲者，當斬則斷，不可再因存善心而亂形勢，以成就保國衛民之大義，然其衡度至難，汝大樑者，須能審時度勢。戒之哉、戒之哉！」禕雖不領孔明全意，然將此語謹記於心矣。

　孔明察費禕並未全心領會，乃有喟歎曰：「雖人各有志，思各有異，然文偉終有一日能深悟吾今日所言，且好自思量矣。」禕長揖而謝。待禕正離，孔明又囑曰：「今日所語，若威公問之，文偉切莫言也。」禕惑曰：「丞相前言威公今在後營，又何以得知禕今日來營私談之事耶？」孔明笑曰：「此乃對汝之試探，若告於威公，吾必知之，然此將壞吾局，汝且細思吾今日之所言。來日通過試探以後，再授文偉解方之計，此計後局實須文偉誠心相助矣！」禕領命而退，雖禕性聰穎，然不知孔明所囑為何，行有半里，仍苦思不得其解。

　　正是：孔明諄諄戒文偉，費禕茫茫繫兩和。未知孔明試探為何，且看下文分解。

第四回

司馬都督聚眾議　楊儀長史偏私詢

卻說魏都督司馬懿自修廓前次出使離去，反時有坐立難安之感。雖料諸葛孔明如此食少事煩，又頻仍請戰，在在見示，孔明心急，恐難久矣。然縱孔明變故，蜀營上萬大軍，將有何動作，其後又該當如何對應耶？蓋若孔明雖亡而蜀國尚在，後勢更當如何應變，其利如何耶？其弊如何耶？一思及此，使懿鬱悶難耐，故聚群將而議論之。懿先環顧諸將，有其子司馬師、司馬昭，又有郭淮、夏侯霸兩將，五人共聚密議。懿先向諸將示意，後對郭淮曰：「伯濟以為若諸葛亮歿，蜀軍何人攝行耶？」

伯濟者，乃魏將郭淮之字，太原人也。淮曾多次鎮平西羌之亂，威震邊陲。後於統領隴西之時，為招撫羌人，恩威並施，民無不景仰。然建興八年，諸葛亮使魏延西入於羌，延率副將吳懿同領大軍，以寡擊眾，大破時任魏後將軍費瑤、雍州刺史郭淮，致淮永難忘懷慘敗之事。今因蜀大軍來犯，淮與司馬懿共禦蜀兵，淮備守渭水北原。因其與蜀將多有交鋒，故懿特請淮自北原來營共商大議。淮曰：「吾以為必由魏延繼之。」懿曰：「何以見得耶？」淮曰：「魏延威猛功高，勇謀兼具，必也諸葛亮之後繼者矣！」懿深思而未語，其子司馬昭先曰：「吾以為該當由其長史楊儀領軍。」又有一人驟對曰：「非也，楊儀非武人，何以領大軍耶？」懿視其人，乃夏侯霸也。

夏侯霸，字仲權，沛國譙縣人也。為曹名將夏侯淵之次子，淵亡於曹劉相爭定軍山之役，故霸誓征滅蜀以慰先父之仇。司馬師見其父司馬懿不置可否，乃曰：「吾意與仲權同，諸葛亮前於街亭之役，起用腐儒參軍馬謖為主帥守之。彼非沙場武將，毫無領兵經歷，語多兵法空談，不知臨場布局為何，乃至於咋舌慘敗，拋兵棄卒，私自慌逃，為天下笑，故諸葛亮理當甚懼再交兵符於楊儀之籌也。」司馬昭對曰：「然楊儀為長史，聽聞其在蜀中之勢，諸葛亮以下，足與魏延抗衡，恐形勢更有勝者。君不聞楊儀、魏延兩人，一文一武勢如水火耶？楊儀為至近諸葛亮者，即便諸葛亮身後有意以魏延攝行，楊儀豈能容忍耶？昔有秦皇帝身歿，至近者李斯、趙高，捷足而先登，偽命而假詔，賜死外遠長子扶蘇。前已有例，縱諸葛亮已先傳令魏延繼之，或眾以為該由其繼統大軍，然豈又後無楊儀來者可效法秦事耶？」司馬師或聞扶蘇之事，傲睨其弟，後再曰：「吾見且又與伯濟同也，蜀將魏延之位，僅於諸葛亮之下。即便諸葛亮雖亡，有魏延在，蜀軍未必退也。然子上所言楊儀一事，於我軍反非壞事，吾等若能使其內鬥自害，未必於我不利也。」霸曰：「恐非易事，蜀軍尚有我叛將姜維在，其人善謀略，實不容小覷。諸葛亮如身歿，或魏延或楊儀領軍，並非要點，眾敵將若反因諸葛亮之死而凝聚，文武兩和，為其舉喪旗而憤慨，銳勢難擋，豈可輕乎！」昭不以為然，故對曰：「吾以為楊儀、魏延均不足懼，吳主孫權早有評斷兩人皆牧豎小人，使諸葛亮一日不在，蜀必自亂耳。故吾雖以為由楊儀統兵，然諸葛亮一死，其領軍無方，眾將難服，必也撤軍而自亂。吾等屆時可大舉出擊，蜀軍必自相踐踏而敗滅，故亦不足為患也。」霸厲曰：「非也，臨大敵，遇小卒，均不可不慎也！」昭忿曰：「汝用兵過慎，臨陣恐思退，豈可如此抬舉蜀軍耶？」霸聽昭言，面紅耳赤，欲言然又止。

郭淮見二人爭論不下，遂厲曰：「吾以為必是魏延領軍，其帶兵出征不按常理，實難以捉摸，可怖之將，不可輕之也。」司馬懿哂之，對淮笑曰：「勝敗乃兵家常事，伯濟且莫因前有一時大意，而長他人志氣，滅自己威風矣！」司馬昭附和曰：「魏延剛粗，然有勇無謀，方為楊儀口舌之簧所困，空有武勇亦奈之如何。若諸葛亮不在，魏延無軍略奇計可循，牧豎小人耳！」淮厲曰：「非也，此不過吳主孫權分化儀、延兩人之計，何足信哉？若公評之，諸葛亮雖曰智詭，多有奇計勝場，然其用兵謹慎，與魏延領軍大相逕庭也。」懿甚異之，乃曰：「願聞其詳。」淮曰：「吾與諸葛亮多有交兵，都督亦是如此。若魏延依諸葛亮兵略行事，無不致達，你我領兵皆知臨敵變幻莫常，惟魏延可陣前機變，仍達要務，十計十成，可稱威猛至極。若由其獨力統兵，前以為陣中既無諸葛亮，蜀兵少又遠涉，實無足懼也。然則魏延驍勇善謀，或其帳下有布局能人，當其獨自領軍，宛若脫韁野馬，孤注險棋，吾縱橫沙場已久，實也難料其招。前與魏延交鋒，至今惶恐，其人必善養士卒，更養其眾心。延兵一出，身先士卒，衝鋒陷陣，殺敵無數，其後士卒深恐落於延後，奮勇向前，直可以一擋三，猛銳難敵。乍視險招，然其控兵精準，士氣高昂，臨大敵而無懼，行伍無不聽令，士卒無不效死，對其而言，恐實為十拿九穩之棋，是故能以寡擊眾。淮雖以為諸葛亮之後當由魏延繼任，然萬不可使其順利攝行，蓋其領軍，用兵難料，出奇制勝，實難掌握。縱領大軍退漢中而守，料其歸蜀成都，恐為諸葛亮以後，最位高權重之大將軍者。待其養兵千朝，來日必又分兵再犯我境，然其險招盡出，恐更勝諸葛亮耳，是故吾等不可不慎防也！」司馬師眉上深鎖，惑曰：「若魏延威猛善謀如此，其餘蜀將何如耶？」淮斂容久思，已而歎曰：「且聽吾一語，若魏延、吳懿在，則漢中不可取也。至於蜀將王平、姜維等，皆我魏叛將，蜀恐有疑，難予大任，餘將則不足懼也。」

聽郭淮言之鑿鑿，其人在魏國帶兵早已威名遠播，實為智勇兼備之善戰大將，更因胸懷韜略而常勝少敗。見名將猶誠惶至此，故眾人皆訝然無語。司馬懿嘗對陣而未接兵，久聞魏延剛勁，但不以為意，更只知郭淮前次與其交手大敗，然不知如此威猛善謀，故面色凝重，久入沉思矣。已而，懿斂容曰：「若魏延真有如此本事，實不可不防，亦恐為日後大患，且待吾思量該當如何處之。」淮拜曰：「謝都督願聽吾一言忠告矣！」

司馬懿再詢軍中陣營之事，與諸將多有往來商討，待密議終了，懿先環視諸將，後厲囑曰：「今日密議且請諸位莫告於他人，吾等前言均為諸葛亮歿後之事，故勿使此言流出，恐驚動敵我兩軍矣。」諸將應諾，後乃漸次告退。懿見郭淮、夏候霸離去，再起身確認無人後，方對二子低聲曰：「昔吳主孫權所言之牧豎小人，早已廣傳於世，惟恐吳主亦有意遠播，蓋其未必詳知楊儀、魏延兩人能耐如何，其言實不願蜀之大能者兩和也。吾前早應吳主之計，亦遣人入蜀地，各自散播儀對延之怨，延對孔明之忿。此二人原互有深隙，想必各將彼之不利蜚語當真，持為利器而相互攻訐，更能加深其文武不和，使諸葛亮左右臂膀互搏也。然吾原以為魏延雖曰勇猛，尚不足懼，今聽伯濟言，如親臨陣前，則蜀將魏延不得不防耳。」司馬昭惑曰：「父親前有遣人往蜀地放言乎？」懿笑曰：「此不過吾識破吳主孫權之計，順水推舟耳。軍陣之中，嚴防甚密，若要奸細潛入，實有所難，極易戳穿，故須細水長流，使流入蜀地。蜀中之大，潛於城，入於鎮，彼實有難防，故可放流言，播蜚語，民傳於官，官轉於府，使其漸次輾轉，終入儀、延、孔明三人之耳。前聞知吳主之事，早已有所準備，故經年累月，諒此必使楊儀、魏延劇烈自鬥內耗，亦使諸葛亮懊惱發愁也。」昭喜對其兄師曰：「若如此，則仲權前憂可解也，一旦諸葛亮身歿，蜀軍陣營恐陷自鬥矣！」昭言訖，猶笑於師，然師默而未語。

聞司馬昭思慮如此，司馬懿乃端視其子曰：「如此恐還不足以成事，吾尚有一連環計，承先啟後，必使楊儀、魏延自鬥不休矣！吾久思之，此二人者，或有一人真為牧豎小人即能成事，不必兩人皆入計耳。此計可保諸葛亮死，即便我軍追擊殲敵未成，彼蜀軍退守漢中，亦能大耗蜀之國力，斷絕其後再有北侵我境之思，實為一石二鳥之計矣！」司馬昭喜曰：「願聞父親之詳也。」懿笑而未答，師仍百思不得其解，故曰：「敢問父親有何連環妙計？」懿哂笑如故。

見二子滿腹疑惑，司馬懿笑曰：「二子莫急，待時機成熟，即可知我連環計有否奏效，故吾等今且靜待諸葛亮之變矣！」懿言畢，猶笑如故，顯見心寬，一掃前日陰霾。然二子皆不知其心懷何計，且因懿未有言明之意，故二子即便心悶，僅得暫擱此事而靜待其變。

卻說楊儀領丞相諸葛孔明之命，往後軍營寨親盤輜重，隔日歸於中軍帳營，即往拜見丞相孔明。儀攜帳冊數本及一小盒而來，見孔明神勞形瘁，乃長揖跪拜曰：「丞相且請保重，好生歇息。若有要務，儘管分付，儀必盡力致達，為丞相分憂，不然則儀之罪也！」孔明曰：「威公快快請起！」儀起身呈帳冊，又將小盒奉上，再拜曰：「還請丞相過目盤查帳冊，另呈上良藥數帖。此乃儀知丞相微恙以後，即特托人快馬加急，自成都疾送而來，還請丞相按時服用，早日病體痊也！」

孔明見楊儀如此用心，前幾日對魏延、修廓、費禕等言，多有斥責重罵儀語，如今見之，於心多有不忍。儀再將近期營寨有何要事稟報，何人何時何地有何言行舉止，昨日因親赴後軍，更有親聞親見之事，彙情資於精要，然詳實而有見地，巨細而靡遺缺，此亦儀過人之處也。孔明思及儀入丞相府已久，更在孔明近旁多時，觀儀形貌，對其恭敬有禮，忠心不二，所賦要務，亦皆能斯須完事，實對孔明文事貢獻卓著。然若其真為上諂下驕者，久必生亂，更為孔明所難忍。原觀儀所報營中大小情事，大抵精確無誤，然一想儀、延之爭，而儀言延之語，因私忿而顯有舔醋者，使孔明對其言已難再無存疑。孔明雖已心有設局，況前箭既發，為家國大業，不得再退，然其多有迷惘之時，儀雖心狹，然非無能者，更忠於孔明，故對儀反甚有歉疚之意。儀見孔明似有恍惚，乃低語曰：「丞相安好否？」孔明被儀點醒，方斂容曰：「威公昨日親盤辛勞，還請早日歇息！」儀笑曰：「能為丞相分勞，實則儀之幸也！還請丞相早日歇息，如有輕審微案，還請丞相分儀代勞即可，不必凡事親力而行，蓋養病乃最要緊之事也！」儀見孔明面容甚異，與往日神態有別，更有冷淡之感，恐其真有不適，故草草拜退。儀退帳後，只賸孔明一人，孔明觀小盒而啟視之，除良藥數帖外，尚有儀筆親撰帖方，又有服藥時辰。孔明久視出神，後喟然而歎，恨蜀中無人能及儀之運籌規度才能，更冀儀僅為私忿難消，徒逞口舌之快，實非有殘害魏延之意。

且說楊儀自丞相帳營退，歸返自營即喚人聽取營寨大小情事，然儀聽後不甚悅，乃疾召費禕入。禕甫入帳，儀即厲曰：「文偉昨日入丞相帳營有事共議乎？且其事為何耶？有否須吾相助之處耶？」禕雖驚惶，惟故作鎮靜無事，果然如丞相孔明言，儀昨日雖不在中軍帳營，然其仍對中軍詳若指掌，恐儀眼線之眾，早已滿布蜀軍。禕長揖曰：「丞相恐因長史昨日往後軍親盤輜重，故召禕入帳議事耳。」儀疑曰：「是文偉知我不在中軍，特有要事向丞相稟告耶？且何事如此之急，萬不能待吾歸營審酌，吾再評斷上報丞相否？丞相已有病恙，文偉安敢如此擅自叨擾！」儀語頗有責怪之意，使禕出了一身冷汗，禕遂佯笑曰：「長史且請寬心，昨日丞相召我入帳，僅問前軍、中軍布陣概況，加以問暖寒暄，並無其餘要事。禕原有意再尋長史一同共議，然丞相言已托長史往後軍，禕始知昨日長史不在中軍矣。丞相昨日氣色尚可，還請長史放心。」

費禕言畢，楊儀只是眉上深鎖，已而忿曰：「文偉此話當真耶？若非要務，何以入帳密議如此之久耶？」禕驚懼不能答，儀又曰：「丞相此前又有召魏延密議，尚有諸多不識之人進出，而在文偉之前尚有一人，亦不知其何許人也。然丞相近期何以密議如此之繁耶？昔有密議者，丞相多召吾共入帳記事，為何近期皆無，文偉可知何故耶？」儀傲睨於禕，禕不敢久視，儀恐實有諸多眼線在營，而能掌握軍中詳情，遂俯而未語。雖不知丞相孔明有何布局，然思及其所叮囑分付，不可將前日密議內容告儀，否則必壞大局。禕乃曰：「長史且請寬心，兩軍久峙無戰，丞相恐也發慌，想必又思量長史多有事煩大任，故尋他人問事解悶耳。禕昨日與丞相談，蓋多有閒話往昔之事矣。」儀聽丞相與禕熱情閑敘，卻對其甚為冷淡，不覺心生怒火，本欲駁之，然忽報趙直來營，儀乃迎其而入。

趙直，豫章人也。任都尉，擅占夢，蜀中之人，無論貧富貴賤，皆喜求問夢於直。其占解眾人篤信，影響甚巨，群相名將爭相邀訪，故楊儀聞其自來，即轉怒為喜，特親迎之。儀容驟變之速，使禕瞠目訝然矣。直入見儀、禕兩人，即笑拜曰：「參見楊長史、費司馬，今有喜事特來報矣！」儀笑曰：「都尉可有何喜事耶？」直曰：「吾今自前軍而來，方為魏將軍解夢，故特來相報。」儀聞魏延，即由笑轉忿，難掩怒氣，直不知其意為何，仍笑曰：「今吾有事而往前軍，與魏將軍中道巧遇。將軍乃問占，昨夜夢其頭上生角，是為何意耶？」儀厲曰：「且為何意？」直笑曰：「魏將軍領兵陣前禦敵而暫無戰事，故其夢占乃云：『夫麒麟有角而不用，此不戰而賊欲自破之象也。』我軍如此屯田久峙，雖敵怯戰堅守，然若我軍長治久安，彼恐因朝中生變，而賊營將自滅，是大吉之兆矣。是故今又途經中軍營寨，特來報此喜訊，長史、司馬可再將此喜報於丞相，使丞相心安也！」儀聽其言，面色凝重，已而怒曰：「魏延那廝時對丞相懷有怨懟，更輕慢吾等文官如涕唾，汝豈可如此胡言亂語！丞相早知魏延對其恐有不忠，懷有二心，汝此言若傳入丞相之耳，依吾平素與丞相伴處所知，必使丞相大怒，亂其當前所欲防範之事耳。丞相信賞必罰，吾惟恐都尉因放此偽言，反漲魏延不忠之意，亂我軍心，一旦若其有反，都尉必為同黨，而被捉拿下罪矣！」

見楊儀意甚憤恨，趙直跪拜曰：「還請長史息怒，吾雖在軍中亦曾聽聞魏將軍對丞相有怨之事，然因直與其相處，未有如此之感。只知其剛猛，不知另有城府，故也並未多想，恐魏將軍對直有所隱瞞耳。」儀恨曰：「汝何其不察也！魏延此人桀驁不馴，以其功高厥偉，多有忤逆丞相之事，又四處大怨丞相怯懦，忿身在其下，處處受制，己才不能用也。丞相在時，猶若如此，其日久恐有反意，丞相早已有察，並命吾等嚴加布局防範。此賊日後恐會反旗違令，汝今若又在營中散播此事，徒增魏延囂張氣焰，而擾亂軍心，更壞丞相大事，且看吾等敢不敢上報，先將汝拿下治罪！」直聞儀言，汗流如珠，已而直又再拜，後驚懼曰：「長史且恕直因不近中軍帳營，更不知丞相身邊事。今若丞相有此顧慮，吾豈可壞丞相事，還請長史代直向丞相請罪。魏將軍之夢，實可另解之，望長史息怒矣。其夢亦可解為：『角之為字，刀下用也；頭上用刀，其凶甚矣。』故魏將軍若對丞相懷有二心，必自招禍，還請長史放心！」

楊儀一聽尚有如此差異，遂難掩欣喜曰：「都尉還請心安，原來尚有此解。吾必將此夢占稟告丞相，使其對魏延恐反之事，稍解寬心矣。然都尉若不欲壞丞相事，不可再言漲魏延反意之占解。後者之解，能使魏延警惕不反，若散播之，對我軍心反有助益，是故可也！都尉尚請放心，前占乍似我軍大吉，然徒增丞相憂慮，但前軍或已聞知此事，久必入於丞相之耳，惟吾可向丞相稟告，此乃都尉畏懼魏延跋扈，一有不順其意，即拔刀威嚇，故不敢真言，乃虛應耳。然則都尉出前軍帳營，性命可保後，始敢實言，才將後占之解告於他人矣。」

趙直聞楊儀之言，再跪拜曰：「誠謝長史寬宏大量，處處為直著想，直實有大過，不知丞相顧慮，竟被魏延所誆。今直大幸，先來向長史稟告，而得長史諄諄教誨與遠禍解方，不然直必被魏延利用而受牽連，命終難保矣。往後直必遠此懷二心之人，否則惟恐又再自招禍矣。」儀笑而親扶直起，再曰：「望都尉戒慎，魏延實非耿直者，常懷怒斬忠臣之逆，故眾人皆遠而避之，汝當戒之哉！吾乃長史，為丞相分勞解憂，蓋吾之重任矣。故常人若有丞相府事，必先與吾商討良策，一來吾為替丞相解勞，必先濾其所求之輕重緩急；再者因吾與丞相朝夕相處，頗知其意，故吾必對來問者，思慮保全來者之解方矣。吾所作所為，皆為我家國大業，及助我忠臣義士，不使奸人構陷耳。然吾此仗義之行，多有得罪朝中奸人，是故魏延對吾甚為忌憚，此乃我兩人所以交惡之始末也。」儀言畢，笑容可掬，而直見儀如此寬宏任事，乃再叩拜稱謝告退。

費褘在旁全程觀之，知楊儀所言，並非全然屬實，多有添油者，故坐立難安，心更難耐。想起丞相前日教誨之言，褘當有所稟告，甚該對此有所反駁，然見儀口舌巧簧而無懼，撥弄是非而無愧，前倨後恭而無疚，於朝中之勢，或因丞相長久難察，早已盤根錯節。而眾以為其必諸葛亮之相位繼任者，因儀性狹而必報讎，則孰敢罪之。故其能威壓群臣，人人甚恐無不敢從，今儀又變本加厲，褘實對其更懷畏懼矣。然褘思及丞相言，與其承諾再兩和文武之事，故久思以後仍犯顏長揖曰：「長史且請寬心，褘以為文長縱使桀驁威武，人不敢近，或真對丞相有怨，然其早年即追隨先帝，為難得忠誠宿將，堅貞護國，應仍不致於有反意。」儀叱曰：「汝為丞相府屬，當為丞相解憂防患，未雨而綢繆。今已見微知著，豈可待火患驟生，始有曲突徙薪之舉，其為時晚矣，汝且膽敢負此鑄錯重任哉！」儀言畢，見褘久思未語，乃再厲曰：「今且救得良臣趙直一名，望文偉亦能引以為鑑。吾雖未知魏延真意為何，惟思大義，非害其人，身為長史更須為家國及丞相防患於未然耳。汝與魏延向來交好，然一日若其真有反意，汝恐難逃牽連，此乃夷三族之大罪也！」禕深知儀言威嚇之意，細思其言更非毫無至理，己身亦難保魏延日後絕無反意，又聽儀大言族誅重罪，故俯而未語。儀傲睨於禕，禕實不知如何應對。既不知所措，禕乃興逃離告退之意。然當此之際，忽報有書信來矣。儀特留禕，當其面拆視，其書信層層包裹，禕甚異之，其形頗似密函，儀再啟而視之，蓋魏都督司馬懿親筆來信也。儀笑覽其信，已而付禕閱之。

費禕端視其書，乃司馬懿之書信密件，欲招降楊儀。又言前軍統帥魏延，因對丞相孔明累有怨懟，早已與魏營交往甚密，並附其往來書信證之，故望儀亦能識時務共舉反旗，就魏必任達官。禕視其文書，頗有疑義，恐反間之計，故曰：「此顯為司馬懿離間技倆，當向丞相稟告！」然儀哂笑如故，頗有炫勝之意，自禕手中拿回文書，後緩收其信，顯不欲上報其事也。禕見儀面如此，不知其意為何，然久視其容，不寒而慄矣。

正是：魏延謀逆煞有實，楊儀大義豈為真？未知楊儀將拿書信如何，且看下文分解。

第五回

仲達歡愉非狂癲　孔明臥病見勞瘁

卻說魏延在前軍帳營，後幾日亦收有魏都督司馬懿密函，然延閱覽後，久思其信，仍不為意，取而置燭之上，將欲焚毀。時修廓有事而入，見延正焚文書，乃暗奇之曰：「將軍且焚何文書耶？」延曰：「蓋司馬懿離間密函也。」廓惑曰：「其內文為何耶？」延曰：「信函具告於吾，楊儀與魏營早交往甚密，並附有往來偽信數封為證。如此雕蟲小技，直欲分化我軍，吾雖與楊儀勢如水火，然吾知楊儀忠於諸葛丞相，故絕無謀反之事，吾一眼即可識破其乏燥奸計矣。果然如費文偉所言，我軍之中，恐已有司馬懿奸細，藉故布流言擾亂耳！」廓忽驚曰：「將軍且請保留此信！」延雖聞言，然事已至遲，信函燃盡成灰矣。

見修廓面有懼色，魏延乃曰：「忠來何故如此驚惶耶？」廓悔曰：「雖知為司馬懿離間小技，但將軍實當留此信函為證！」延惑曰：「何故也？此信函任誰閱後均知離間，不可因吾與楊儀有隙，則依仇讎而信之，或藉故據此鬧大報復也。即便稟報丞相，亦當毀之，豈可留而自亂，是故不必再擾丞相矣。」廓曰：「廓思楊儀恐有類似信函，然所載內容應反言將軍與魏營早有來往。」延曰：「如此均為小技，楊儀聰明如此，豈有不識之理耶？」廓曰：「將軍剛正耿介，乃直不為意，故當即毀棄。

然楊儀性狹，若其反持之鬧事，對將軍恐有不利。」延拍掌而笑曰：「楊儀若敢據此鬧事，則孰信之耶？不過更顯其器小性狹矣。吾乃追隨先帝入蜀宿將，對我家國大業盡忠如此，行正坐直，即便有人言反，不過鄉里笑話耳，何足懼哉？況丞相乃最知我者，有丞相在，必會主持公道，忠來且不必憂心矣。」延言畢，廓本欲駁以丞相不在之日則危矣，然此為不吉凶言，是故廓忍而未語。

即便魏延如此坦然處之，修廓仍心有不安，然書函業已燃盡，只能再思他策防範。待廓將營中要務稟告後，延因今日有丞相孔明召集軍議，乃起身欲移往中軍營寨。然當此之際，忽聞敵營方面傳來震天吶喊，延恐敵有動作，欲帶兵襲營，遂披甲戴盔，捉大刀上馬前奔。廓亦心有不安，追逐而去，然延速雷厲，連人帶馬早已不見蹤影。延快馬奔前線，蜀兵見將軍至，斯須便已投袂荷戈，列陣而待，惟敵營吶喊仍不絕於耳。延再定睛而視，方知敵營東南角，群聚上千人，然人人眉飛色舞，大聲同稱「萬歲」，不知其意為何。延策馬觀之，依舊歡欣鼓舞不止，待廓後至，聲猶未止，廓亦不知魏兵何以如此歡愉。延恐司馬懿有詐，不敢離前軍營寨，乃遣人入中軍報諸葛丞相。

孔明聽得此事，亦大惑不解。時護軍姜維在中軍陣營練兵，孔明能聞蜀兵吆喝聲，出帳遠望其操兵帶隊貌，實則青年才俊。又想維曾在魏軍陣營，不知有何見解，孔明乃喚左右而上小車，往維之所在也。

姜維，字伯約，涼州天水人也。自幼博覽群書，兵法武藝，無所不通，是故魏延極讚其能，而孔明亦有器重之意。建興六年，維原為魏將，丞相孔明軍出祁山，時魏聞蜀大軍忽至，諸縣措手不及，遂紛紛響應而降。維出巡而歸，然前已有諸縣叛逆，維亦受魏營所疑，恐其心有異，而不啟城門納之。維因受疑，於兩城間奔波均不得歸，乃詣孔明而降蜀。孔明觀之，甚愛其才，與時任留府長史張裔、參軍蔣琬書曰：「姜伯約忠勤時事，思慮精密，考其所有，永南、季常諸人不如也。其人，涼州上士也。」又曰：「須先教中虎步兵五六千人。姜伯約甚敏於軍事，既有膽義，深解兵意。此人心存漢室，而才兼於人，畢教軍事，當遣詣宮，覲見主上。」孔明欲重用之，惟因屬近期降將，雖觀其忠貞，然尚難保其心意十足，更恐眾蜀將不服。是故孔明雖欲器而尚未大用，然其後諸次北伐，均點將隨陣而出，實欲待其為蜀漢累奇功而示忠堅，則眾將服也。

諸葛孔明見姜維練兵專注，實不願打斷，故在旁暫候。有蜀兵已察丞相至，然因維有號令，故不敢止歇。待維練至段落，方詢維見何如。維因專注而未察，後見孔明已等候多時，乃跪拜驚曰：「未察丞相久候，維之大過也。」孔明笑曰：「伯約快快請起，此吾欲觀我軍威儀，故不願其中斷耳。」

孔明將魏延所報事，問於姜維，維惑曰：「昔在魏營，未曾聽聞如此風俗習慣，實不知其意為何也。」孔明因魏延鎮守前軍營寨，慮其武勇機變，又暗有修廓輔之，原不以為意，然聞維見如此，更甚異之，遂心生暗奇，故決意往前軍親探。因孔明所乘小車速緩，又深知司馬懿老謀深算，恐其有詐，即先遣姜維分兵五百，速往前軍助魏延駐守。然孔明又恐此乃懿之調虎離山，趁其遣兵往前軍之際，早已翻山而來，藏匿林中等候多時，圖謀直襲中軍營寨，故啟程前又先回營，再喚王平而來。

王平，字子均，巴西宕渠人也。本養於外家何氏，後復姓王，原為曹操征漢中時從屬，後降先帝歸蜀。平從軍甚早，其所識不過十字，而請人口授作書，平皆能明其意理，是故托人朗誦，亦得通曉兵書之事。建興六年，孔明以馬謖為主帥守街亭，平屬參軍為副，謖違丞相孔明令，舍水上山，平屢勸之而謖拒諫，乃大敗。謖舍士卒脫逃，惟平領千人抗魏，滯魏軍一時難進，後方率將士還。孔明誅謖等，然平進位討寇將軍，封亭侯，以彰其功。其後孔明多次北伐，平因用兵嚴謹，能體士卒苦，遵履法度，言不戲謔，故多有建功，亦為孔明長年器重蜀之良將。

待王平至帳前，孔明先問魏營吶喊之事，平因距其前屬魏營之時更遠，故亦不知司馬懿之意。孔明對平惑曰：「司馬懿老奸巨猾，魏兵豈會無故如此歡愉！」平見孔明憂容，又觀其身形疲憊，乃曰：「丞相且請勿憂，前軍有魏將軍鎮守，諒司馬懿聞風喪膽，不敢出兵。若丞相仍有掛意，平可領兵三百往前軍視之。」孔明搖扇而曰：「召子均而來，乃因吾欲親往前軍營寨一探究竟，然恐司馬懿對中軍有詐，故請子均慎守此處。」平見孔明面有病容，實不願其往前軍奔波，然丞相已有此令，平不多語，領命而去。孔明臨行前，又召楊儀分付中軍事，並命儀傳令軍議延期。儀見孔明虛弱，仍欲動身，又不願孔明獨與魏延會面，故曰：「丞相且在營安歇，實無須勞動，儀可代丞相視察否？」孔明搖首曰：「吾欲親往前軍，一探司馬懿有何用意。」儀拜曰：「丞相仍有微恙，儀可伴隨而去，沿路好有照料。」孔明曰：「召威公而來，乃欲威公留守，若真遇兵事，吾前已分付王將軍，子均謹慎妥靠，可命其善應之。」儀再拜曰：「儀仍以為應當與丞相同往。」孔明搖扇卻之曰：「此乃留守大任，望威公慎防也。」孔明語畢，出營帳而就小車，儀見丞相孔明啟程而去，雖曰留守重任，然過往無論遠近，均攜儀相伴而行，以襄助大小文事。此次命平守護中軍之事，實非要務，昔皆由儀傳丞相令，孔明今卻召平而親命之。儀思及孔明近日對其冷淡，恐非體態不適所致，乃有意為之，故心實有不悅。

楊儀正氣忿間，又見王平在營寨內帶數兵巡視，遂召平伴問曰：「王將軍有何要事在此？」平拜曰：「長史安好，丞相往前軍，故奉丞相命鎮守此處。」儀見平面無喜怒，又想起丞相冷漠之事，心有忿恨，乃對平厲曰：「丞相有命，分付吾代其職留守中軍。丞相此行恐非一時半刻可回，吾將坐鎮丞相帳營，有請王將軍每時辰均來回報營中兵事。此丞相命吾重任，而吾代司其職，戒慎恐懼，望王將軍切莫懈怠。若有疏失，吾必代丞相究責矣！」平見儀趾高氣昂，然因儀確為丞相長史，孔明多有命儀傳令之事，惟儀素上諂下驕，對武人更有鄙視。況平近不識大字，對文臣頗有自卑之意，實也莫可奈何，故隱忍曰：「謝長史叮囑！」平本欲長拜而去，然儀又曰：「子均乃我蜀之良將，丞相與吾皆大賞將軍雄才。吾時與丞相言將軍之武勇善謀，丞相亦稱善，故望將軍能為丞相及我家國大業盡忠職守！」平曰：「丞相厚待如此，平必效死報國！」儀見其不知應對，未對己身懷有謝意，實乃不悅，惟仍佯笑曰：「丞相前已有察魏將軍對其頗有怨懟，又恐其積怨日久而有反意，子均可知丞相親往前軍是何故耶？」平曰：「親探司馬懿有何用意。」儀搖首，後對平附耳低語曰：「非也，探司馬懿為假，察魏將軍有無通敵之嫌為真。丞相與吾皆視王將軍為忠貞之士，將欲大器，故吾實不瞞耳。平日丞相皆命吾傳令，今日特親召王將軍分付，蓋欲試探將軍之忠誠耳。吾今再試之，將軍果然忠堅大將，丞相之死士也。來日丞相必有密計托於將軍，且請將軍勿將此事告於他人，更不可再問丞相。除驚動魏將軍，恐亦驚擾其在我軍之連通者，而亂丞相大局，又將陷吾於不義矣。吾等已手握魏將軍恐有通敵之證，且靜待丞相親往前軍查明此事後，再聽其分付矣。」平聽儀言，煞有其事，故眉上深鎖，然觀儀面容，又似真非假。惟平仍有疑，本欲再詢其事，然儀早已往丞相帳營而去。

且說姜維分兵五百，疾奔十里外前軍。待至營寨，乃見百名蜀兵列陣以待，而魏延提刀端坐陣前，威風凜凜。維見延後，下馬拜曰：「參見魏將軍！」延曰：「伯約安好，魏軍有如此異狀，丞相可有何見解耶？」維顧魏營，其東南角仍聚上千人，依舊不知何故歡欣鼓舞，遂惑曰：「丞相亦不知何故，惟恐司馬懿有詐，故先令維領兵五百，來前軍助陣，而丞相後亦來此巡察。」延曰：「吾觀魏營已久，恐其中並無兵計。前眾魏兵齊喊『萬歲』不止，現雖已暫歇，然歡笑依舊，甚飲酒作樂者眾，恐有喜訊，然不知何事也。吾久觀無異，念士卒勞苦，先遣散兵陣，僅留百人守之，惟吾恐其有詐，故仍坐鎮矣。」延如此推斷，前更有帳下謀士修廓，亦覺司馬懿雖有詐，然非兵計，故無戰事之危，勸延可收兵。惟延不從，廓乃往盤整輜重與營寨文事。

魏延見姜維領兵五百至，不忍身後百名士卒持戈待勢已久，遂起身分付列陣蜀兵歇息。然百名蜀兵見將軍猶守陣前，故皆欲隨延續守。維見延親養士卒如此效死，不覺驚歎延之領軍將才，己身實難追矣。維曰：「魏將軍且先回營歇息，此處由維領五百兵守之，否則士卒見將軍猶勞瘁，豈敢棄將軍而自歸憩耶？」延久量維議，見青年思慮確有精密，乃應諾。延之士卒見維領兵交守，而延亦歸營，百名蜀兵始有離守返憩。

姜維既接替防守，又觀魏營歡愉依舊，實不知司馬懿有何用意。及丞相孔明至，維見魏延已伴其身旁而來。時序入秋，有大風起，維恐孔明病體加重，乃急至孔明車前擋之，然見延早已喚人持披風至。魏兵遠見孔明四輪車至，忽又歡聲大起，齊聲大喊「萬歲」不止。孔明親觀其貌，亦不知其意為何，與延、維來往商討，仍不得要領。已而，維曰：「魏軍營既歡愉如此，恐有好事，然此必司馬懿故意命士卒所為，丞相不如遣使問之。」

孔明思姜維之語，不無至理，又不見修廓在此，乃遣左右之人，出使魏營詢問。及使者入於魏營，不久魏營亦有使者伴其而返。魏使者入蜀營後，長揖拜見諸葛丞相，孔明問其故，使者乃曰：「今日吳朝有使至，請降也，是故我軍歡愉同慶不止。」孔明聞其言，不覺暗笑。時又有大風至，孔明忽欬聲驟起，使者驚察孔明身形勞瘁，體虛羸弱。待孔明欬止後，見使者神色有變，遂對使者哂笑曰：「吾計吳朝必無降法，司馬懿乃六十老翁，何煩詭詐如此！汝可速速帶回此言！」孔明思及司馬懿前次待修廓至厚，遂分付左右遺來使攜重禮而歸。

及魏使者歸營後，其東南角千人聚眾，恐因司馬懿詭計不成，而忽有鳥獸散也。魏延與姜維前聞孔明之語，後又見魏兵驟散，對司馬懿如此雕蟲技倆，卻騙得蜀兵勞師動眾，又使孔明勞形，二人對懿計之無德實有怨懟。孔明不以為意，分付維領五百兵，伴其返回中軍營寨。臨行前孔明對延低聲曰：「為何不見忠來身影耶？」延曰：「忠來觀之直斷，此乃司馬懿心計，雖不知其意，必無兵危之險，力勸不必布陣待勢，然延見不同，未敢大意。惟忠來仍斷必無戰事，故前去處理營寨文事也。」孔明聞言稱善，修廓果然來日蜀之大才者。忽又有大風起，孔明再度欬聲不止，維見如此，遂令蜀兵列陣擁護丞相四輪車，以阻寒風驟至也。歸營途中，維策馬伴於孔明小車之旁，孔明曰：「伯約以為司馬懿此計何如耶？」維忿曰：「無德之計，騙我勞師動眾，有失大都督氣度，實為小人之技倆耳。」孔明深知懿謀用意，然懿亦入孔明之計耳，故孔明笑曰：「仲達此計高深巧妙矣！」孔明言畢，維不得其意，雖察孔明身形虛弱，舉止緩慢，但又見孔明哂笑如故，實不知其深意何也。俄而，孔明取錦囊一袋交予維，維有所惑，孔明乃對其附耳低語，分囑某時日方可啟之，且不可告於他人。維仍不知其意，然領首領命也。

待姜維護送孔明歸於中軍丞相營帳，楊儀與王平已先接獲快馬通報，此乃司馬懿無德技倆，故無兵事之危，遂解除兵巡，在帳前等候多時。見丞相歸來，二人俱長拜曰：「且請丞相入帳好好安歇！」孔明揮扇示意，然待其自小車起身，忽有不穩，竟昏絕於地，一軍大驚矣。

正驚慌間，楊儀疾呼叱左右扶丞相入帳臥榻，再經眾將急救，半晌方甦。孔明喟然歎曰：「此番舊病復發，如此久不能癒，吾恐不能生矣！」儀聞此言，即跪拜泣曰：「丞相莫再出此凶言，且請好生歇養！」其餘諸將見狀，亦對孔明跪拜，姜維、王平皆面色凝重，久拜不起。孔明見諸將如此，不覺再歎而流淚。儀見孔明仍氣虛體弱，念及該當靜養，遂屏退諸將，親自照料孔明起居。及眾將退去，儀親送平、維二將出帳，並分付中軍兵事，後乃望北忿啐曰：「魏延匹夫，既知丞相體弱患病，竟膽敢計誘丞相親往前軍陣營。今日風大而寒，果然害丞相病重，此非奸謀，更為何哉！」平聞儀言，又思其前所語，乃對延事更疑。

及楊儀退入丞相營帳後，王平與姜維並肩而去。然行不至數里，平忽對維曰：「伯約可知魏將軍近日有何異狀否？」因平素寡言沉默，今且主動問話，維乃驚之，恐其實有他意，然仍佯曰：「今觀魏將軍，仍得威風八面，更見識統兵大才，其所親養士卒皆忠誠不二，維所難逮也。」平聞維言，延未有異狀，惟因儀前已有叮囑，不得將丞相對延疑慮告於他人，又聽得延在營中恐有連通者，但不知其為何人，故不敢與維多言。然維見平頗有憂容，乃又曰：「王將軍莫非掛意楊長史之言乎？」平恐維有試探，遂佯惑曰：「不知長史之意為何耶？」維曰：「維知楊長史與魏將軍素勢如水火，今見丞相忽病重如此，長史恐亦心慌，乃至於責罪魏將軍也。然維今日奉丞相命，先領兵往前軍探之，見眾魏兵異常如此，實不知其意為何，故此絕非魏將軍之過也。」維言畢，平久思其意，仍不得儀、維之言，孰為是耶？孰為非耶？故心又更疑矣。

且說孔明於楊儀細心照護下，次日雖略有好轉，然時有欬聲不止。孔明見儀忠誠至此，心有所動，又察儀面有倦容，故對儀曰：「威公已照料多時，且先退營歇息。」儀拜曰：「儀如有照料怠慢之處，望丞相責罪也。」孔明曰：「威公不必過謙，實則細心照護，故吾今日已有好轉，且由他人交替照料即可。」孔明言畢，見儀仍不願退去，又曰：「營中仍有諸多文事，待威公代為處之，豈可因此疲乏勞累耶？若無威公相助，則吾該如何安心養病。」儀聞丞相言，不無至理，見丞相復重其能，欣喜難掩。孔明再曰：「昨日軍議延至何時？」儀曰：「本延至今日，然丞相昨忽病重，慮丞相養病為先，儀已傳令暫且延後三日。」孔明見儀臨亂猶能善處其事，乃稱善。後再分付儀其餘營中文事，另特囑儀歇後再辦，儀察孔明關愛之意，遂面有喜色，領命再拜而退。

見楊儀離帳而去，孔明更識其對己忠貞之心，不容再疑，又想起近日對儀多有冷淡，更對其心有不忍。然儀對其雖至忠，多有為己非為國之意，且因性狹，不容未服其者，故始有儀、延激劇之爭。惟矢在弦上，不得不發，況司馬懿亦已入其計，楊儀、魏延二人水火至此，非事之不合者，蓋人之不合也，始終必得舍棄其一，否則日後蜀中不得安寧。即便孔明如此深思，然仍不願舍棄兩和之計，故將布下最終試探。孔明雖猶氣虛羸弱，惟又思及尚有諸多文書待審，昨又耽擱一日，累下更多待審案件，只得扶榻而起。孔明憑案而讀，不覺勞瘁，移時便已批閱數冊文書。然正覽間，先是手抖筆落，忽又欬聲大作，驚動左右入帳察之。左右見丞相又昏於案上，口溢鮮血，文書更因之染紅，乃呼人急救，一時間丞相帳營內外又有大亂。

正是：魏延楊儀二擇一，孔明啐血仍心繫。未知孔明性命如何，且看下文分解。

第六回
月垂淚雨蜀營寨　星落秋風五丈原

卻說諸葛孔明再有昏絕，經眾人急救，半日方甦，然其病益重也。孔明雖仍掛念軍議，但楊儀已先再延。儀深恐孔明又抱病閱覽，擅將待審文書暫且移出丞相帳營。孔明雖知此乃儀之善意，惟仍心繫審案，故有所不悅。後強命儀將重要文書，由其伴榻之側，儀口述而孔明聽之，再由孔明評斷，儀再抄寫於文案之上。幾日後，經臥榻安歇，孔明病狀稍有好轉，故軍議始得安排進行。

及軍議日至，魏延自前軍營寨而來，先入軍議堂。時雖未到，然眾將多已至矣，獨不見孔明、楊儀、費禕與馬岱等。延先入武將位列首席，而王平在側。平幾日內，屢思儀之所言，甚困擾之。平因武人出身，近不識大字，性自輕而又侵疑，故易生疑心，又自卑其人，此平性之損也。平觀延神態自若，又思儀言，心又更疑。延察平若有所思，乃曰：「子均以為前所議之『重門之計』若何耶？」平因延言，始驚醒對曰：「平以為將軍之計善矣，能以精兵而扼守險要，留重兵而待機變，其勢難破，故魏軍不敢犯也！」

原來魏延所言「重門之計」，乃延督守漢中之際，詳察其地勢所思之防守布陣。昔漢中之守，多有重於城郭禦守者，然延觀漢中之勢，其東、南、北門外，多有關隘窄口險要之地。於此布強將銳卒守之，輔以強弩居高齊發，各關隘間輕騎疾行互援，則可以少量兵力，而守三方險要。其餘重兵，則可留守城內與關隘之間，機變對應。延任漢中督守，以此布陣，然因魏兵不敢進犯，未知其忌此計難破而不進，或實因尚未遇有戰事不曾用得，故延亦不知「重門之計」其效如何。延因曾任守漢中，而此地又為蜀前要關，脣亡而齒寒，若漢中破，則蜀地危矣，故延為家國大業，仍時有心繫漢中安危者。延若遇有精善兵事者，則請討之。延知平通曉兵書，前有請議，然因平近不識大字，延乃親指輿圖，以口授之。平雖無法以文記事，然其因對「重門之計」多有讚歎，故強志而習之，又對延時有詢問往來。延後又知姜維胸懷韜略，再以「重門之計」商議，然維不置可否，延知其意，恐疑此計不可行，惟不敢言也。故延有所惑，趁今日平在其側，而軍議未啟之際，遂再問平重門守事矣。

王平不想魏延忽提「重門之計」舊事，又思楊儀之言，不知延意為何，乃又疑若與延通敵有關，恐延欲獻魏漢中地，則須先自破己陣，故有試探耳。然平又觀延實非有異心者，何以儀言如此，又稱其為丞相令，故使平心擾亂耳。延見平若有深思，原想再探，然忽有一人進議事堂，眾將私議驟止，端視其人，乃馬岱也。

馬岱，司隸右扶風人也。其族兄馬超，字孟起，因起兵反曹操，為其所敗，而操依謀反大罪，夷其族人二百餘人。超與族弟岱，後投漢中張魯，再降先帝。先帝為漢中王，封超為左將軍，假節，後遷任驃騎將軍，領涼州牧，進封斄鄉侯。超入蜀後，始終掛念惟一族弟岱，故於臨終上疏先帝曰：「臣門宗二百餘口，為孟德所誅略盡，惟有從弟岱，當為微宗血食之繼，深托陛下，餘無復言。」岱性庸實，因族兄超而貴，將才與超顯有落差。因無法自謀而斷，故難獨當一面。說一作一，不知變通，然若未有號令，則無法行事，實非良將之才也。惟念其行事雖不假思索，仍可聽令執行而致達，故丞相孔明猶納北伐陣容。

諸將見馬岱遲來，雖未至軍議之時，然年宦尊卑有序，而最上位者魏延，更遠從前軍而至，故諸將均在延前早已列位就坐。眾將皆知姜維將才遠在岱之上，然因岱在蜀中年宦較長，故席列維之上位也。岱因依憑族兄馬超而貴，惟行事多無遠謀，雖能依令任事，然無法機變而援他人，時有因此險壞大局之事。蓋岱若無號令，始終不知如何助陣，乃至於縱橫沙場已久，仍戰功不顯，故眾將多不喜與岱為伍。而延、平二人，因部曲平民起家，更對岱之豪族出身與其庸實壞事，兼又難體士卒苦，故而時有慍怒。僅有維因近期歸蜀，不敢與岱為不善矣。

馬岱就坐後，見眾將默然無語，又不見丞相孔明等文官，乃與鄰席姜維低語曰：「今似過早到場，仍不見丞相也。」維察岱猶不識年宦有序，前已有聞對其怨懟者，故曰：「維恐丞相仍有不適，將軍且請耐心等候。」岱笑曰：「丞相鴻福，豈有不癒之疾，恐其與楊長史等尚有要務而遲來也。」維知岱常未知營中之事，顯見其尚不知丞相孔明重病，魏延與王平一旁聞言，皆對岱之遲至及無知懷有不耐，惟岱猶不自知也。維早已察延、平不悅，故僅對岱示意而不再言也。

又過一刻，始見楊儀與費禕扶丞相孔明入帳。眾將見孔明雙頰凹陷，面有病容，更益於前，故無不駭然。孔明雖重病，然其所掌軍議，仍思路清晰，猶規度運籌布陣如常。而後十日，因有大量新輜重自蜀而來，孔明乃再命儀親往後軍盤整一日。儀、延二人，或因丞相孔明身染沉痾，兩人議事分外平和。及軍議散，孔明特留儀、延，命二人伴其共巡兵營。儀求孔明歇息，延亦如此，然孔明不動也如故。二人莫可奈何，只能共伴孔明巡營。孔明強支病體，出議事堂後，令左右扶上小車。

孔明先巡後軍，蜀兵均知丞相身有病恙，卻見丞相孔明親來，莫不動容，即跪拜高喊曰：「丞相，保重！」其聲勢之大，斯須傳遍後軍營寨，聞者無不悵惋。楊儀在旁早已潸然淚下，而魏延亦熱淚盈眶。及巡中軍營，蜀兵亦叩首祈禱。孔明遍觀中、後各營，又至前軍營寨，蜀兵見丞相拖病至，均即拜首。孔明後又命左右將小車推至高處，登高遠望，魏營就在目前。

思及先帝三顧草廬之恩，孔明默然流淚，恍如昨日之事。再想起三分天下之計，劉孫赤壁大捷、先帝登基之日、伐吳夷陵大憾，既而先帝托孤、五月渡瀘、北伐討賊與淚斬馬謖，自隨先帝以來，無不戰戰兢兢、夙夜憂勤，以報先帝興復漢室遺願。孔明先淚眼看向魏延，再望楊儀，又分付左右退去，而後對兩人長歎曰：「昔趙國有宿將廉頗，驍勇善戰，另有相國藺相如，善理內政，然兩人互有鄙夷閃避，廉頗忿恨日增，故文武勢如水火。及趙國臨危，兩人為國而合，摒棄過往嫌隙，將相兩和，而後趙國興矣。」孔明言畢，淚流不止，然見儀早已哭倒小車之旁，而延俯而未語，或不願儀見其貌，乃默自抹淚。孔明再對二人曰：「若我死，文長且先鎮守此處，莫驚如故，勿來營也，否則司馬懿必有所察，我軍恐有自亂矣；而威公且先密不發喪，攜柩而歸蜀也。」儀聽得孔明交辦後事，更哭至撕心裂肺，而延則頻頻拭淚。

孔明見兩人如此悲傷，然實難期身後會有文武兩和，是以此事乃其終生大憾。再望向遠方魏營，孔明一生最大敵手司馬懿即在此中。孔明深知懿之老謀深算，然司馬仲達實又為其今生難得可佩之棋逢對手者，亦為最知己之人。若無敵對戰事，當可結廬壟畝，把酒言歡，笑談天下事，是故有敵若此，實令孔明不禁哂笑。惟此番孤注一擲之計，望能事成，一舉勦滅司馬懿，則北伐志業，或可成也。時斜陽未落，卻已月垂蒼穹，而秋風大起，孔明自覺涼風吹面，徹骨生寒，又因悲從中來，淚下難止，乃仰天長歎曰：「亮若再不能臨陣討賊，悠悠蒼天，曷此其極！」孔明言畢，淚流滿面，再望滿營蜀兵，夕陽流光灑落，使蜀營半明半暗，一想不知蜀漢將何去何從，孔明更是老淚縱橫。

臨別依依，魏延親送孔明離去。延止於前軍營寨外，見孔明小車遠離，行不數步，孔明再度回首揮扇。延見其體虛羸弱，猶如此掛念，再思及此去深怕再無相見之日，延已難忍，墮淚不止。

且說孔明回到帳中，病轉沉重，只能臥榻。而蜀中聞孔明病重之事，後主已先遣李福自蜀來營慰問。李福，字孫德，先帝定益州後，福為書佐、西充國長、成都令，後又遷任巴西太守、江州督、楊威將軍、尚書僕射。

孔明半睡半醒間，忽見李福立於榻前，乃曰：「吾且知公之來意也。」福見孔明病沉若此，即驚拜曰：「福奉天子之命，來問丞相要事也。」孔明先屏左右，再令楊儀退去。然儀初且不願退，孔明再強命其去。福見四下無人後，惶恐而曰：「若丞相百年以後，誰可任大事者耶？」孔明曰：「吾死之後，可任大事者，蔣公琰其宜也。」福再曰：「若公琰之後，誰可繼之耶？」孔明曰：「費文偉可繼之也。」福又再問曰：「文偉之後，誰當繼者耶？」孔明不答。而後孔明再請福俯身於側，附耳低語如此如此。

及李福出營，楊儀在外久候多時，見福一出，未接替入丞相帳，反先問福曰：「丞相可有何要事交代耶？」福因孔明先屏退儀，又知孔明屬意之繼大任者，後再有丞相分付之事，乃識得儀詢之意，故曰：「此稟告聖上之事，未可透露也。」儀知福有防範，仍佯曰：「吾為丞相長史，恐丞相病重志事不清，故須先詢而志之，別無他意，公且勿誤吾也！」福見儀態如此，心有厭惡，然知儀在朝中之勢甚大，仍不敢得罪。前聞孔明未屬意薦位予儀，已頗驚之，再見儀言行如此，果然如丞相孔明分付之事，故又曰：「長史且莫為難，實有聖上要務在身矣。」儀見福不從，心有不滿，然念其為後主所遣來使，故不敢怠慢，時天色已晚，遂召左右重待福也。

楊儀再入丞相帳營，對孔明旁敲側擊均不可得，乃於處理賸餘事務後離去。儀離丞相帳後，往自營而去，蓋其已有分付於其營中厚待李福膳食也。孔明於帳內問左右，知儀、福回營共食後，遂喚費禕至，交予錦囊一袋，分付暗藏而出，不得告於他人，某時日方得啟也。禕雖不知孔明之意，然其前已有識，恐其所防者儀也。

且說楊儀盛情款待李福，然福口風之緊，儀實難探也。待酒過三巡，福顯醉狀，儀再問之，仍不可得，儀乃藉酒裝瘋，痛叱福也。福前已有聞儀在朝中威壓群臣之事，然尚未親臨其勢，今見儀如此，遂酒醒大驚。儀察福有懼貌，又逼問曰：「孫德以為諸葛丞相以後，誰能繼大任者耶？」福不知儀真醉耶？假瘋耶？故惶對曰：「吾雖不知何人，然長史在丞相府，如此功勳高而年宦長，何等人也，故曾聞朝中有人以為長史可任重位也。」福見儀真形如此，乃幸丞相之明薦也。一夜飯食，即深瞭儀功雖高，卻仍不列孔明之繼任者，蓋其性狹狷也。然儀以為福雖有後主命而不敢明言，惟在其威逼之下，暗示以何人繼丞相大位，故又欣喜難掩，對福好言勸酒，再付左右添肴加盤。

待杯盤狼藉後，楊儀與李福皆倒榻而寐。及晨至，福因有天子要務，更懼儀之威迫，早已快馬離去，急奔歸蜀。儀自以為應繼大位，即便宿醉猶未清醒，仍欣喜梳理，後往丞相帳營而去。儀見丞相孔明又晨興審理文書，遂勸其好生休養。原以為孔明病徵或有好轉，過午以後又轉病重，孔明乃又臥榻不起。又一日，孔明半睡半醒，病情時好時壞。及某日晚，孔明忽召楊儀、費禕與姜維等入帳，眾見孔明面白肌瘦，無不駭然。孔明對眾人沉語緩曰：「群臣眾將隨吾討伐北賊，盡忠為國，然吾惟恐大去之期已不遠矣。」儀、禕、維等人聽得此語，即叩頭跪拜，更聽得儀已啜泣不止。孔明氣若游絲，淚流而下，再低語緩曰：「我死以後，令延斷後，姜維次之；若延或不從命，軍便自發。」眾人至此，皆難忍受，儀更嚎啕大哭，而禕、維等亦淚流滿面。孔明見眾將如此，亦憂從中來，潸然流淚，然不移時，孔明又昏睡而去。

次日，孔明稍有好轉，又再一日，有大量新輜重自蜀而來，楊儀依孔明令，當往後軍親盤矣。而禕據孔明之囑，開啟錦囊，又依其中號令，往丞相帳營而去。禕想既為丞相密令，當僅有其一人，卻在帳外先遇姜維。禕曰：「伯約何故來此耶？」維亦大惑，對曰：「莫非丞相有召費司馬來耶？」禕見維容如此，惑又更疑，再曰：「吾亦應丞相之命來也。」維忽通曉其中之故，乃附耳低語曰：「莫非司馬應丞相密令而來耶？」禕聞維言，豁然此事而曰：「是也，恐丞相有密令共托吾兩人耳。」

及費禕與姜維兩人共入丞相帳營，卻見楊儀長跪丞相榻前，不動也如故。禕、維以為儀已至後軍盤整輜重，卻見丞相帳中，兩人皆有大驚，猶以禕因畏懼儀之威勢，深怕丞相密令為其所識，更是驚恐不已。儀轉頭而望，雙目通紅，默然淚流，其容可怖也。已而，儀大泣曰：「丞相薨矣！」言訖，儀哭絕於地。禕、維聞此言，乃疾行而至，見丞相靜躺榻上，雙目緊閉，已無血色，亦無生息，而嘴角流有血痕，端視確實亡矣。時建興十二年秋八月二十三日，漢丞相諸葛亮，壽五十四歲。後杜工部有詩歎曰：

長星昨夜墜前營，
訃報先生此日傾。
虎帳不聞施號令，

麟台惟有著勳名。
空餘門下三千客，
辜負胸中十萬兵。
好看綠陰清晝裏，
於今無復雅歌聲！

白樂天亦有詩曰：

先生晦跡臥山林，
三顧那逢賢主尋。
魚到南陽方得水，
龍飛天外便為霖。
託孤既盡慇懃禮，
報國還傾忠義心。
前後出師遺表在，
令人一覽淚沾襟。

見丞相忽薨，費禕與姜維雖有驚恐，然因孔明早已病重多時，雖偶有好轉，蓋回光返照之跡，眾人早有後事預料矣。楊儀凝視二人出神，而後忽醒呢喃曰：「切莫驚慌、切莫驚慌。」禕未曾見儀心慌至此，眼紅散髮，其形可畏。霎時，儀忽斂容，自懷中出示一物，再對禕、維二人厲曰：「吾今晨依令往後軍盤整前，因掛念丞相，故先來探視。見丞相氣若游絲，又忽召吾至榻前，丞相先交兵符，又交代諸事，其後不幸薨矣。」禕、維聽儀之言，又想起孔明生前對自身多有拔擢器重之事，乃默然流淚。儀再舉兵符而厲曰：「今丞相兵符在此，眾將聽令，依丞相遺命，由吾代掌其職，先密不發喪，吾亦將速謀拔營撤軍之事，軍中必須安靜如常，不可驚動。上萬蜀軍命懸旦夕，望二位均能傾力相助也！」禕、維見儀容可怖，雖心有所疑，然見丞相兵符在手，儀言又與先前丞相召眾人所托後事相差無幾，故莫敢不從，乃長揖而拜也。

楊儀早前已依丞相命而備有大龕，先出帳喚左右親信入，命其取大龕搬入營帳，再將丞相遺首殮坐龕中，令心腹將卒三百守護，厲囑有敢洩漏者斬。儀再命費禕密知相關人等，某時召開撤軍密議，又令禕速報後寨準備先行，接續一營一營緩退。見禕先領命而未離去，儀又令姜維準備斷後事宜。維察儀命甚異，雖有領命，仍對儀惑曰：「丞相先前遺命，應當由魏將軍斷後，而維次之。若由維斷後，吾等皆撤兵離去，則上萬前軍何去何從耶？豈不孤立而無糧繼，自生自滅矣。」儀見維膽敢質疑，頗有怒意，乃大聲叱曰：「汝前幾日不也親聞丞相遺命，丞相早知延或不從，汝可知其為何意耶？」維見儀眥目而怒，遂低聲曰：「因前軍臨敵大陣，若有驟退，必使司馬懿有察，而或傾全軍之力追擊，我軍將有潰亂之危矣。是故丞相知魏將軍臨陣機變，評斷可否與大軍共退矣。」儀聞其言怒不可遏，故忿曰：「汝何等人耶？魏賊之降將也，丞相遺命要我多觀汝行，有否二心。丞相早疑魏延有反意，更察其臨前陣卻有通敵之嫌，故丞相早前已將其與司馬懿往來書證託付於我。蓋丞相知其不在之日，魏延必也反旗投敵，是故遺命舍棄前軍。觀汝此前與魏延多有善意，丞相雖曾疑汝恐為魏延之連通者，然吾觀汝行忠貞之士，故勸戒伯約，瓜田李下，勿復此言矣。」維見儀如此憤慨，又言之鑿鑿，心雖仍疑，然儀言不無至理，又與丞相親言遺命未有多少相違。況儀以其為前魏將之事威嚇，此乃維之大痛，故其在蜀營之中，始終謙遜低聲，蓋其知降者易受人擻弄生疑也。

費禕見姜維低頭不語，又看楊儀勃然瞠目，雖知儀言魏延之通敵書證，若非丞相另有新物，恐乃其前所見偽信。儀語皆為丞相遺命，然禕等實難辨真偽，然因儀為最近丞相者，若其聽得更多丞相密言，皆屬合理之事，真假恐難拿捏，故禕乃圓場而曰：「長史且請息怒，禕以為伯約未有此意，實則因當今蜀營之人，未如吾等曾親聞丞相遺命，故會有此疑惑。禕以為丞相遺命，尚不知魏將軍真實心意，才有言延或不從。惟禕可受此重命，一來丞相之薨，魏將軍乃我軍最上位者，若不密會而忽撤軍，其雖無反意，然吾等若此，實逼其無援而降。再者，禕仍以為魏將軍實乃我家國棟樑，前多有司馬懿離間之計，故軍中才有不利魏將軍之流言耳。禕願隻身往赴前軍，再探魏將軍真意，甚而說其為家國大局而共謀退軍之事矣。」維在一旁，因前已受儀叱責，故早已不敢有言。儀聽禕言，踱步久思，而後對二人厲曰：「文偉之計可行，然汝須以身家具保。若文偉膽敢藉機投魏延共謀反旗，此乃夷三族之大罪，諒文偉好自思量矣。」儀言畢，忿而拂袖，步出丞相營帳。待儀離去後，禕、維二人仍對看無語。

正是：未聞敵聲先內鬨，腥風血雨早滿布。未知費禕試探結果如何，且看下文分解。

第七回
費文偉來營共商　司馬懿領兵追擊

卻說魏延在前軍悶守多時，知丞相諸葛孔明身形勞瘁，恐不久矣。然丞相有令，不可再往中軍，恐大敵司馬懿有察，故僅得堅守營寨練兵如常。惟見帳下謀士修廓神色自若，延甚異之，然廓因未再多言，故延亦默然。一日，廓在前軍他營，而延守自營，忽報丞相司馬費禕自中軍加鞭乘馬而來。延見禕面色慘白，遂疾召禕入帳。

費禕甫一入帳，作揖疾曰：「將軍別來無恙！」禕言訖，猶俯首色凝而環視，延知其意，乃屏左右。禕見帳內無人，方對延附耳低語曰：「丞相不幸薨矣！」延雖早有預期，然仍懵然。已而，禕復曰：「長史有議，使將軍斷後，而後軍、中軍將相繼拔寨速撤，不知將軍之意如何耶？」延聽得楊儀之命，先是一陣怒意，接續來回踱步，久思而後曰：「萬不可驟撤，司馬懿何人也，若後軍、中軍皆不在，則前軍孤弱，如此疾退則全軍危矣！而我軍此次屯田，糧秣尚稱充足，故仍可久峙緩謀，絕不可慌亂。楊儀一生未臨大敵，有所不知，司馬懿所久待者此也。況丞相遺骸萬不可有損，亦恐為司馬懿所強攻劫奪，以辱我軍，故宜先速速密送還都，否則大軍有如抱卵而行，不利軍伍進退矣。」禕知延意，甚有至理，遂頷首曰：「將軍思慮果然周延，不知大軍之行該當何如耶？」

魏延見費禕行事依舊明理，思及丞相雖薨，前已令延攝行其事，密持喪去，然統帥絕不可慌亂，更須堅定自立以安軍心，乃斂容鎮靜而曰：「行軍用兵，實虛相參，彼料我必慌退而趁虛強攻，我軍必自大亂而殞斃。故丞相雖亡，吾自見在，府親官屬便可將喪還葬，吾自當率諸軍擊賊，云何以一人死廢天下之事耶？且魏延何人，當為楊儀所部勒，作斷後將乎！」禕見延如此，雖有呑賊豪氣之言，然實有因丞相孔明之死，惟恐軍心震盪，而有故作鎮靜之意。禕知延真意，又知其領軍節度更有籌策，況其始終惜兵愛卒，故絕不躁進損害，必有進退深謀遠慮，禕熟思後遂長拜作揖稱是。

見費禕亦對此布局頗有附和之意，魏延恐楊儀臨大敵仍不知屏舊隙，續撥弄是非而狡詐生變，乃欲與禕共作行留部分，令禕手書與己連名，告下諸將。然禕思及儀言悚然，以夷三族大罪嚇之，儀、延二人之勢當今仍有諸多未明，若有差錯，禕深知儀心性可怖，恐難保全己族。而延雖孤高難近，但為深明大義者，故禕權衡之下，欲返中軍說儀從延，然懼留有與延共書之證。蓋恐日後即便安然撤軍，又遭儀害牽連生事，故禕乃推托謂延曰：「今千鈞一髮之際，且禕言已出，望將軍莫疑，禕當為君還解楊長史，長史文吏，稀更軍事，必不違命也。」禕既探得延無反意，其布陣更有深謀遠慮，遂欲告退辭行。延見禕急歸傳命，又知其人忠純耿介，不疑有他，便使禕離去。

費禕出帳馳馬而去，後修廓遠觀禕疾去，入帳有疑，魏延具告之。廓乃驚曰：「將軍實應留費司馬於營，若強滯不成，退之則應作共議手書，否則楊儀狡詐，恐有不利將軍之處。」延聞廓言有理，尋悔之，乃遣人追之已不及矣。廓雖有憾，然仍鎮靜自若，延甚有異，故再遣人覘儀等，惟中軍、後軍未依延令續留守而密送丞相遺骸返都，諸營反相次引軍還。延聞之大怒，蓋儀縱不從命，或另有他見，卻未再來商議，逕隱而未告，即拔營疾撤，使其輜重後援驟斷，恍置前軍不顧，如此則士卒危矣。延怒欲起兵追之，惟廓提示先啟丞相所遺錦囊。延啟而視之，忽有驚駭，蓋丞相孔明早料此情景，更歎孔明深謀布局已久。延再細究丞相遺命，即披甲戴盔，手持大刀乘馬，又喚左右布陣，令前軍半數兵馬暗藏而隱，又付賸餘半數將士嚴陣提防，觀魏營前軍之任何動靜。然延親率蜀兵皆面往中軍陣營待勢，而廓亦相伴延側。

及夜色昏暗之際，中軍全員已拔營後撤離寨，果然如丞相錦囊遺命，見遠方密林若有動靜，已而塵土飛揚，有大軍狂奔而出。定睛而視，蓋司馬懿親率士卒驟馳，直欲強攻後撤中軍。延見司馬懿引軍強襲，猶仍自若，然待敵軍長驅而入，延忽高舉左掌而伺。懿軍直入，聲勢震天，惟後撤蜀兵，雖無驚恐，然尚未及敵軍步入蜀營所棄大寨，且未待敵尾陣見於延軍之前，即反旗轉向，鼓噪喧天。蜀軍陣前忽又見丞相四輪車，而諸葛孔明手持羽扇端坐其上。廓驚見中軍調度有異，又遠觀細察孔明之貌，遂阻卻延進軍之令，已而仰天長歎，又跪地大泣曰：「事有生變，計乃難成，丞相恐有難，或果然薨矣。」延見廓氣沮如此，知大勢驟變，廓更恐另有敵凶，延乃依廓議緩兵嚴守不動。

且說費禕前自魏延營寨疾返，即入丞相帳營而見楊儀。儀容可怖，先喚左右離去，禕乃依儀所示入坐，誠慎具告之。儀聽禕言而大怒曰：「丞相遺命，乃令魏延斷後，然料有反意，故早知其或不從命，今果然通敵反矣！」禕見儀意如此，早已滿額大汗，起身作揖而曰：「魏將軍並非反意，蓋臨陣審度，大軍驟退，又兼護丞相遺骸，司馬懿必傾全力追擊，則我軍恐有危矣。故其意乃不欲我軍士卒先知進退動向，否則自擾軍心，待密送丞相遺骸還都後，大軍進退，屆時再判，如此方可保全我軍安危矣。」儀聞禕言拍案叱曰：「丞相早有遺命撤軍，又命魏延斷後，汝方其時亦在場親聞丞相所言，吾知汝向與魏延相善，更早疑汝與魏延通連已久，故處處對其有所擁護矣！」禕俯首不敢直視，儀示兵符而再怒曰：「此何物耶？丞相既將兵符託吾，命我代掌三軍大事。魏延前有通敵之證，今既已抗命而反，汝豈敢共謀插旗造次，此乃夷三族之大罪矣！為我家國大業，豈能再容騎牆之人。汝未留前軍而返，諒為深明大義者，尚有效忠朝廷之心。今既返中軍，我軍已將速速拔營後撤，魏延必視汝欺瞞背棄之徒，故恨不得殺汝。當今局勢如何，汝且好自思量！」儀言畢，即叱禕出帳備撤。禕至此方知其已入儀之計，今且失信於延，而儀勢甚強，進不得再與儀諫，退亦不得再返延營共謀大局。如此進退兩難，禕實已無左右局勢之力，乃暗自長歎不已。

及費禕甫離丞相帳營，即見帳外諸將早已疾走奔波，顯依楊儀號令行事準備，更有姜維持丞相羽扇遺服，接續入帳密議，似有奇謀獻策。禕見眾將如此聽令效命，中軍、後軍顯已為儀所掌制。禕知魏延絕無反意，而丞相薨亡，眾人原以為應由延攝行大事，故禕甚疑由儀代掌丞相職之遺命。然儀握三軍兵符，更為最近丞相者，而儀言鑿鑿，眾皆真假難明。況禕雖位居儀之下，然為公理大義，猶時有逆儀言者，惟儀動輒以夷三族大罪嚇之，餘者恐再無他人敢諫於儀，是故禕僅於往返前軍之際，儀已穩掌蜀軍大權。禕欲疾返自營，然其行不過數里，即聽聞蜀兵交耳，除儀已召諸將多有撤軍密議，兵又皆謂楊長史遣費司馬往前軍營寨試探延意而回，方知延因時有輕侮丞相之舉，故不聽丞相之令撤軍，仍欲自留前軍迎敵，恐有異志，故傳令眾兵警戒前軍恐轉向反撲。禕知其為儀截其言而曲解，實乃遠非延意，更有添油者，使人散布於眾。禕又憶蜀中曾有奇謀之士法正，儀之智謀雖不可及，然其可怖心性恐更過矣。

法正者，字孝直，右扶風郿人也。少通五經，兼曉讖緯，學無常師，名才高矣。因深富謀略，為先帝器重，昔定軍山奇襲斬殺曹將夏侯淵之計，則出正策也。正歷累軍功奇計之位，僅次於諸葛孔明，亦有伯仲之稱耳。其人著見成敗，雖有奇畫策算，然不以德素稱也。正性恩怨分明，睚眥必報，方其得勢之時，前有點滴恩惠者，必湧泉以報，曾有過節者，無論巨細，亦必藉故膺懲，故擅殺毀傷者數人。其後於先帝立漢中王翌年卒，時年四十五。

費禕憶起法正之事，又思及丞相生前諄諄勸戒之言，望其能為受陷者挺身而出，然知易行難矣。今見楊儀可怖之心，更勝往昔正者，然魏延顯已為儀計所迫，惟禕懼儀勢，前不敢與延連名手書，後怯懦再與儀直諫到底，所欲保全者，乃己身也。禕見大勢難轉，又力不從心，遂遠望前軍營寨仰天而歎。

卻說魏都督司馬懿早已有察，諸葛孔明將不久於世，故前次再以歡愉鼓譟之計，誘孔明親往前軍觀之。兩營來使交替，見孔明氣若游絲，已如風中殘燭，懿更知其病情益重。懿思孔明將亡，然魏延尚在，後更將攝行蜀營大事，其人驍勇善謀，險招難防，前有猛將郭淮交手大敗，至今餘威猶存，故孔明即便不在，仍難以應付，如此則蜀軍未必後撤也。

司馬懿雖知孔明亡後，必密不發喪，以免軍心動搖，然魏延久歷沙場老將，必也鎮靜攝行，穩守大軍不退。然其與楊儀水火之勢，眾所皆知，而儀更懼延代孔明之職，若延為狹怨報仇之徒，如此儀恐性命難保，則儀未必聽延令而固守陣營，是故此前懿早有離間兩人之計，所望者乃儀為保命而力抗延命，藉故棄守前軍之變矣。懿左思右想，仍獨以延為大患。只要延軍一日橫阻前陣，則懿軍跋前躓後，進退維谷，而蜀營屯田，軍餉更勝疇昔，終難期蜀軍糧盡退兵矣。故懿巧思布局，密囑其子司馬昭，先率大軍繞道五丈原外密林，直指蜀營中軍。又付司馬師及夏侯霸在營整軍待命，以伺蜀軍之變，懿亦往密林親領駐軍，先潰後撤蜀軍，使其自亂陣腳，再全力回擊，與師軍前後夾擊延營。如此分截儀、延二營，更能使兩者互生猜忌，斷不相救。而延乃蜀中死士，即便此計可成，圍而強攻，必也不降，故僅得殺之，一舉除卻魏軍大患，以圖長治久安也。

且說司馬昭領父命，先率大軍隱蔽繞道而行，紮營駐軍伏於五丈原外密林。一日，昭遠觀蜀營中軍有異，乃遣人快馬密報司馬懿。懿聞急報先交付司馬師及夏侯霸夾擊魏延之事，若蜀兵前軍回救，則師先領大軍強襲延營。分囑既畢，懿又輕騎直奔密林與昭相會。懿觀蜀營中軍已有燒營後撤之舉，而前軍未有動靜，延營似非斷後，如此輜重不接終將絕盡，恐為楊儀所棄。懿知宿敵孔明果然已亡，雖心有哀傷，然見大計可成，乃對其子昭歎曰：「孔明真死矣！前離間之計已效，今孔明一日不在，蜀營果然分裂。吾等可先以伏軍速追撤兵，使其自亂陣腳，後再與本寨大軍夾擊魏延，如此則我軍大患可除矣！」昭因前多有受孔明奇招大虧，或疑孔明又有詭計，然見其父神色鎮靜，料此次布局已有十足把握，遂漸緩其懸掛之心矣。

待夜色昏暗，蜀營中軍盡退，而前軍仍無動靜，司馬懿乃揮軍下令，一時魏兵大軍自密林傾巢而出，頓時塵土飛揚。懿與其子司馬昭，身先士卒，魏兵恐後，爭先狂奔，殺聲響地震天。懿、昭率騎兵先行，而步卒緊奔於後，已而伏兵盡見，其勢長尾數十餘里。蜀營撤兵見魏軍驟見，又有魏都督大旗，乃懿親率伏兵大軍追擊，眾皆戛然忽止。懿見蜀兵恍若呆然，更喜其大計將成，遂快馬加鞭，直欲擊潰蜀營退兵。

正當司馬懿領兵直入，尚未近蜀營棄寨，卻驚見蜀兵驟變，鑼鼓震天。原先蜀軍掩旗而撤，一聲礟響忽又舉旗而返，眾將群卒手持刀劍，喊聲大震，殺將而來，更有姜維縱馬率先奔馳，直欲氣吞敵軍，其勢可怖，觸目駭然。懿驚見此局早已心亂，蜀兵前陣忽又飄出中軍大旗，上書大字曰：「漢丞相武鄉侯諸葛亮」，懿再視前陣之中又有一輛四輪車，而眾兵擁護，更見諸葛孔明手持羽扇，身披鶴鼈端坐其上。懿急勒馬回身，險有跌足而驚駭曰：「諸葛亮布此詐死誘我之局已久，又中其奸計矣！全軍速撤！」昭見其父如此惶恐，又想蜀營前軍尚有猛將魏延待勢，若其此刻趁勢出兵轉向夾擊，則魏軍必被圍在垓心，如此則眾皆亡矣。昭知其父必有此憂，故接連回馬反撤，慌亂之中亦險些墜馬。魏兵見領軍將帥如此惶恐急退，又察諸葛孔明尚在，而蜀兵早有準備，以逸待勞，眾皆大駭不已。人如亂湧，馬似山崩，軍士自相踐踏，死者不計其數矣。

及司馬懿勒馬奔逃數十餘里，沿途魏兵早已魄散魂飛，丟盔棄甲，撇戟拋戈，潰不成軍。司馬昭緊追其父，又再加鞭策馬，然終難與並駕齊驅。昭後二員魏將見狀，急策其馬迎頭趕上，而後扯住懿馬之環叫曰：「都督勿驚！」懿見魏將相伴，惟餘悸猶存，手摸頭曰：「我頭在否？」二將曰：「都督休怕，蜀軍追擊十餘里，即未再前行！」懿喘息半晌，見其子昭貌慘然，亦面無血色，二人乃相視無語。懿見久無追兵，後遂漸安，始徐徐按轡，與昭引眾將尋四散魏兵集結，再依小路隱途奔歸本寨。

二日後，有百姓奔告魏營曰：「蜀軍仍往南退，進入谷中之時，始揚起白旗發喪，其哀聲遍地，聞者莫不哀戚，孔明真死矣。前日蜀將姜維斷後，車上孔明乃木人也。」後又有魏兵聽聞百姓為此諺曰：「死諸葛走生仲達。」懿聞是言先有長歎，而後苦笑曰：「吾能料生，不能料死故也。」後人有詩歎曰：

長星半夜落天樞，
奔走還疑亮未殂。
關外至今人冷笑，

頭顱猶問有和無！

司馬懿既知孔明死訊為真，遂再引兵出營，復見蜀營前軍大寨如常，然遠望雖仍有大旗飄揚，守兵駐紮，惟近觀其士卒乃皆著衣之木人也。及入寨觀之，原來營中器物已毀，蜀兵早已遠撤。懿與其子司馬師及司馬昭，並駕案行蜀軍營壘處所，後又奔往蜀兵中軍營寨，觀前軍、中軍布陣雖有差異，其中又多遭燒營毀棄，然其構建雖依地勢而異，惟前後左右，整整有法。懿乃對二子歎曰：「天下奇才也！」師、昭二人諾諾稱是，而懿知二子以為其所讚者獨孔明耳，故再歎曰：「吾歎孔明奇才，更歎楊儀果然運籌安營之奇人，無怪乎孔明如此器重難舍矣！」昭惑曰：「父親此言何意耶？」懿斂容曰：「楊儀真乃安營布陣之奇才，若其與善戰猛將魏延兩和，縱使諸葛亮亡，魏延攝行接任，來日必續犯我境，則我軍必有大凶矣。」昭聞父言駭然，所幸儀、延二人始終勢如水火，猶以前日蜀營前軍遭棄，後姜維雖有奇計反擊，而延軍按兵不動可證。

及司馬懿等人行至赤岸，懿乃欲領兵而還，司馬師見其父此舉甚惑，又想起懿前有提及魏延之事，師先若有所思，後對懿問曰：「魏延前軍後撤不久，父親何以喪此良機，不再發兵追擊，反引兵返還耶？」懿笑曰：「此所謂窮寇不逼也！」師仍有所惑，故再問曰：「延軍新退未久，若我軍此刻發眾兵急追，彼中軍、後軍已入谷為諸葛亮發喪，如此緩行慢退，必也怠慢前軍撤兵之速。此時若順勢出兵，尚能背擊攻之，甚得擒賊而誅。賊將魏延如此驍勇善謀，此次若不藉此可乘之機一舉除卻，日後必為年年侵擾我境之大患也！」懿哂笑如故，昭見其父如此，亦深感困惑。懿見師、昭咸有疑惑，已而對二子笑曰：「楊儀、魏延二人，各擁當今難得奇才，是故諸葛孔明始終難舍其一，二者實非吳主所言無才之人。然吾早有星火燎原之計，必使楊儀、魏延自鬥不已，至死方休，則二者恐僅得一人留存，而我等皆可高枕無憂矣！」昭聽父語，仍不得要領，乃惑曰：「敢問父親之計為何耶？」懿大笑曰：「所謂人無遠慮，必有近憂。遠謀欲成，在於早發。而星星之火，可以燎原，今僅得熖火一把，足使孔明身後大局盡皆焚毀矣！」師、昭聞言，猶不知其父之計為何，然見懿成竹於胸，始有心安之感。於是懿等返營寨後，不久便領兵歸還長安，並遣調眾將，命其各守隘口。如此分付完事以後，懿再回洛陽面君去了。

正是：死亮乍似勝活懿，仲達尚有星火謀。未知司馬懿之計如何，且看下文分解。

第八回 楊威公扶柩南撤 魏文長輕騎疾行

卻說楊儀代丞相諸葛孔明之職而掌兵符，先令姜維斷後，又從其所獻奇計，以孔明木人及四輪車，僅率千名蜀兵擊鼓反旗，便追擊敵軍十餘里。因夜色昏暗，更使司馬懿伏兵以為蜀有大軍反撲，盡皆驚慌失措，落難而逃，自相踐踏，死者無數。儀親見維行事謹慎穩當，又胸懷韜略，乃更有拔擢拉攏以為己用之意。維原即對儀言魏延異志有疑，然儀斷言，若司馬懿領兵突擊中軍，延必在前營袖手旁觀，則其有通敵反意將自明矣。

及姜維追擊司馬懿伏兵，縱敵軍早已大亂崩解，魏延前軍營寨果然依舊寂靜。維雖仍疑楊儀所言，然其心已惑。維見懿軍慌亂自傷，了無戰意，便勒馬回撤。儀見維可成大事，乃一改素賤降將之姿，熱情盛讚維計之功，又向左右分付前軍延營，必已投敵，故斷後蜀軍仍須防延領兵反撲。待蜀軍撤退入谷以後，見司馬懿早已落荒而逃，亦不見延軍來襲，遂更衣發喪，揚旛舉哀。蜀兵原已有察，然因密不發喪，僅得暗自臆測丞相有難，不敢多言。今陣中揚起白旗，儀又領頭扶柩而行，丞相孔明果然已死，眾皆趺撞而哭，其聲哀戚難耐，聞者無不墮淚。

楊儀見蜀兵哭倒者眾，其亦於行伍之前嚎啕大泣，眾將群卒見丞相長史臨危繼志而不亂，又如此忠於丞相孔明大業，實為孔明之後繼者，乃有人對儀叩頭拜首。其後接續叩首者，更連綿隊伍行列而去，視儀如見丞相孔明。儀見眾人傷心欲絕，又想士卒急撤疲憊，遂下令原地歇息。於此停歇之際，儀又急召眾將群臣密議。

待群將會集，有王平、馬岱、姜維、費禕等。楊儀端坐大位，因其長隨丞相孔明之側，故舉手投足間，均仿孔明之姿。維性聰穎，可識儀舉用意，宛若示其必為繼任丞相者。雖儀自撤軍以後，頻對維示拉攏善意，然維見儀貌如此，更有憎惡之心。儀先指維讚曰：「伯約斷後立有大功，除使賊將司馬懿大亂急退，更令投敵叛將魏延不敢對懿助陣，況乎追擊我軍，可謂保全我方之最大功者。」維聞其言，知儀始終直指延已謀反，然維心雖曾有惑，仍不敢全信儀言矣。平見維未有附和，乃疑儀而問曰：「敢問長史有何明證，可示魏將軍已然投敵耶？」儀見平有未服之意，遂手示信函數封而曰：「汝等可知何以兩軍對峙已久，前軍始終不動如山而未出陣，蓋有意為之也。此乃反賊魏延前與司馬懿通敵之往復書信，實欲待我軍糧盡退兵，再與敵軍合流反向共擊矣！丞相早知其有異志，示吾保藏此等文書，以備不時之需，更謂我軍之中有與魏延連通者，故臨終又特誡吾須有慎防。」儀將書信傳於眾將，維覽其信，果然司馬懿親書延信，況軍營之中又有諸多對延不利傳聞，維前更親見大敵入侵而延軍袖手旁觀，至此維心亂矣。及信函傳至平手，儀知平近不識大字，便令維口授內文，平聞之而大驚矣。

費禕因楊儀用計，前已失信魏延，必為其所憎恨。禕縱知全貌非此，卻早已進退不得，只是一側冷眼旁觀。儀見禕若有不服貌，而王平更是眉上深鎖，或驚或疑，儀乃對禕縱聲厲曰：「因費司馬向與反賊魏延相善，故吾前以為丞相遺言所謂與反賊暗通者，乃文偉也。然此次依丞相遺命急撤前，吾遣文偉再探魏延之意，更為試探文偉之忠誠耳。文偉果然忠臣，探知魏延不服丞相遺命，此賊除仍始終對丞相抱有不敬外，又特意藉故滯留前營，終見其欲與敵軍相通之貌。然文偉機巧脫身，疾回中軍營寨急報魏延實有反意，我軍方能舍反賊斷然而退，此文偉之大功也！」禕俯而不答，儀再曰：「文偉親入叛將陣營，性命垂危，歷險難而歸，餘悸猶存，然其忠誠可證也。」儀再怒視群將，忽縱聲叱曰：「文偉通敵之嫌已除，伯約斷後更立有大功，早隨先帝者，向來忠於朝廷。餘與叛賊魏延相通者究竟何人，如今魏延反態已見，我等已洞燭機先斷然撤營。為我家國大業及丞相遺志，勸此人早勵良規，復效忠朝廷，吾歸蜀後必面報聖上，往後不計前嫌。若否，此乃夷三族之謀反大罪，望此人好自思量矣！」儀言之威嚇，眾皆默然。儀雖未指名何人，然其先讚禕、維，又暗表馬岱可信，乃對餘者平意有所指。平知儀語之意，含沙射人，卻難對其有所辯解，一陣臉色漲紅以後，遂俯首不敢言語。

見王平不敢再疑，楊儀放眼目下已無人敢有不從，乃暗喜不已。儀掌兵符在手，左一段丞相密命，右一句孔明遺志，眾早已真假難辨，復以儀威壓群臣，莫敢不服。而眾見儀威勢如此，是非虛實巧舌交錯，恫嚇勒迫手腕過人，早已穩握大軍，更以為儀入蜀以後，必為丞相之繼任者。前有法正者，得勢後藉故盡殺曾有過節之人，而儀胸窄性狹，猶恐過之，是故眾人更為提防，未敢再有得罪儀見眾不敢言，遂再命費禕曰：「文偉忠誠義士，素有善譽滿蜀，可先具名擬稿，上表魏延叛逆，而吾亦同步急報聖上，嚴防逆賊領兵攻蜀！」禕實有不服，然其更懼儀入蜀任相，狹怨報復，故僅得佯從不拒，惟其心另有所思矣。

及密議散去，楊儀特留馬岱，先屏左右，再對岱曰：「將軍勇冠三軍，然屈居反賊魏延之下，吾時對丞相抱有不平耳。吾嘗對丞相言，將軍乃我家國大樑，然前因魏延自恃丞相厚愛，直挑輕便戰事，爭功而諉過，見將軍奇偉可懼，遂拉攏群將力壓將軍之才，而使將軍難有戰果而屈就其下，是故吾不得不歎惋也。」岱聞儀對其讚譽有加，又想起蜀中群將對其多有輕蔑之意，始終不知何故，原來是延刻意為之，岱乃對延心生憎惡。然岱因儀為最近丞相孔明者，如今更已統領大軍，而岱早已因難有彪炳戰功鬱悶多時，是故岱對儀之力讚，自是難掩飄然欣喜。儀見岱喜出望外，又曰：「丞相與吾皆知將軍乃舉國無雙忠義之士，然有人密報將軍恐為與魏延暗通者，但因將軍為人正直，吾所不信，故痛斥其人而退也。惟將軍仍當謹言慎行，以絕悠悠之口耳。」岱聞其言，訝然無語。

楊儀已而佯憂長歎，馬岱見狀顯有不知所措，忽拜首而曰：「多謝長史明察，岱絕非不義之徒矣！」儀見岱有惶恐，遂再出示錦囊而曰：「費文偉搏命獨入賊營，姜伯約奇計斷後，皆已示其對丞相及我家國忠貞不二之心。今乃餘將軍尚無良機立功，以示堅貞，斷絕奸小撇弄。然丞相與吾深知將軍大才可用，故丞相早有遺命於此，望將軍姑且安然行事如常，之後仍須倚重將軍之大力矣。」岱聞孔明及儀原來如此照護，一想多年飽受群將欺凌，隨即跪地泣曰：「還請長史分付，岱肝腦塗地，使命必達矣！」儀急扶岱起，再指錦囊而曰：「將軍且莫心急，待時機成熟，必依丞相遺命行事，此要務須至誠不惑者方可致達，故非將軍莫屬也。若吾返蜀以後有幸再接更重大任，屆時家國大業須有將軍襄助矣！」岱見儀何等器重，前未有如此殊遇，思及儀應為丞相孔明之繼任者，岱乃大喜不已。儀觀岱雖有武勇，惟簡純易弄，果然為布局可用之人，雖有暗喜，悅色仍不外見矣。

卻說魏延在前軍營寨親睹姜維奇計退敵，然因修廓察覺事有生變，丞相四輪車上之人紋風不動，恐為木人所偽，故知維僅為精兵佯攻。若延軍如期強攻司馬懿伏兵，彼行伍尚未全入蜀營棄寨，而維兵薄弱，如此驟然出陣截其荒逃軍伍，恐在混亂之中，反遭魏營前軍出寨夾擊，故延軍實乃進退不得矣。

及司馬懿全軍慌亂而退，魏延原欲揮軍撤退，卻遭修廓力勸橫阻曰：「楊儀如此違命急撤，恐早已先散不利將軍之流言矣。」延曰：「楊儀奸小，驟棄我等不顧。如此糧草斷截，而後援空絕，司馬懿雖受一時欺瞞，後必有察而領兵再來，我軍豈可愚守此地坐以待斃耶？」廓曰：「費司馬前至我營，恐有試探之意。其推託不與將軍留有共書，實乃虛應佯從，更可知其恐原就懷有異心也。」延怨曰：「枉費吾對其如此深信不疑，原來實與楊儀朋比為奸之徒也！」廓來回踱步，若有所思，而後忽曰：「中軍如此未依丞相之令行事，廓只怕楊儀探知丞相真意，反為該等奸徒所挾，故才與丞相所授之計異也。」延眉上深鎖而曰：「即便楊儀有異志，反挾丞相以令群臣，則其又如何服眾將之口。馬岱且罷，而費禕恐早與楊儀合謀，然王平、姜維直非等閒之輩，楊儀豈能輕易瞞人耳目耶？」廓再曰：「故還尚有一解也。」延惑曰：「何也？」廓斂容曰：「丞相無法親上陣前，而以木人頂代，若不為其受楊儀所挾制，實乃丞相真薨，故楊儀方能任意假造遺命矣。」延聞廓言之有理，悲慟以外，更焦急矣。

修廓見魏延心急如焚，乃細思靜想，廓料昔延收有司馬懿與楊儀通敵之離間偽信，然延已毀棄，恐楊儀亦有此信，然其人必留而造謠，惜延已無此證，足以示人自清。廓再凝神靜思，而後遂心生一計曰：「今局勢至此，已無可挽回，然我軍無援，不得不撤矣。惟楊儀奸人，必也在蜀軍之中稱將軍造反北就投敵。前姜維佯攻之際，其僅率斷後少量精兵虛張，我等腹背受敵，實動彈不得，然弄巧成拙，楊儀必也據此放言將軍通敵，是以冷血袖手。故將軍此刻若急起直追，驟與中軍會合，楊儀必早已下令迎戰，如此則我等勢必舉兵相攻。惟司馬懿其後必察姜維之詐，再重整大軍追來，則我等亦不可不急撤矣。」延曰：「忠來可有何計耶？」廓曰：「吾有一計可破楊儀奸謀，又可保蜀兵互不相殘，然將軍恐須涉大險矣。」延面無懼色而曰：「大丈夫何懼艱險，且願聞其詳！」廓再曰：「今且未知楊儀有否確實放言將軍已反，然丞相前早已遺命將軍攝其身後大事。而楊儀違將軍之令，更恐有偽造丞相遺命，方能揮軍驟撤，棄置我上萬蜀軍於敵前，是以早有謀反違命之實。故廓將先擬文上表，將軍再遣可信之人，輕騎具名急報聖上，告以楊儀挾丞相棺柩而反矣。」延頷首稱善，而廓再曰：「另將軍為破楊儀流言，還須輕騎疾行，若大軍南撤，儀必已放言將軍叛逆，惟恐兩方交戰一觸即發，反入儀計矣。將軍前督守漢中多年，通曉鄰近暗道，若尋捷徑而先往南奔，反親見列隊迎於彼撤軍之前，則楊儀若有構陷將軍投敵，其奸計可不攻自破矣。而前軍雖有急撤，然不得與中軍接壤，待將軍見於眾將之前，使疑雲散去，示以眾人自始即無謀反之事。即便楊儀流言暫且根深，將軍示以南歸之身，可使群臣猜忌儀語，更使眾將生疑，只敢按兵不動，其後我軍方可與彼先撤大軍安然合流矣。」

魏延左右思之，乃深覺修廓之計可行，故允諾備行。然於此之際，廓又曰：「惟將軍仍須謹慎而行，此去恐有凶險。一來暗道疾行，恐多險惡，再者還須嚴防事有驟變。蓋即便將軍見身而破流言，惟恐楊儀反心慌直令親信強攻將軍滅口。是故將軍此行雖曰輕騎疾行，實須率軍馬一千，以禦突襲，而廓亦隨行，已備不時之需矣。」延久未應允，而後再曰：「不可，既為破流言者，豈可重兵而見，吾先領兵三百疾行可也。」見廓仍有遲疑，延再對廓曰：「吾欲忠來固守大軍疾退而緩接中軍。一則忠來胸懷韜略，如何避我軍舉兵相攻之重任，則非忠來不可成就也。況我軍若遇司馬懿追兵，以忠來之智，可伺機應變退敵。再者吾輕騎之行凶險，福禍難測，故不欲忠來涉險矣。吾將率諸子及輕兵南返，身家俱全而返漢中，再滯諸子予暫守漢中吳將軍為質，以示吾絕無反意也。吾惟恐司馬懿知丞相已亡，領傾巢大軍分兵多路來犯，故須與吳將軍共商禦敵大計矣。若司馬懿未率軍進犯，吳將軍乃剛直之士，請其具保清白，則吾再隻身歸蜀面聖，明釋楊儀狹丞相遺骸假造號令之事，由聖上獨斷是非曲直矣。」廓原欲反駁，然延又先曰：「忠來無須擔憂，吾將親命偏將，全依忠來號令退兵，如有違命者斬！忠來應知吾向視親養士卒如己，故絕不欲任一兵卒因司馬懿及楊儀奸謀邪計而有枉死，忠來擁運籌軍機之才，是故實應擔此更重之任，且莫再推託矣！」延言畢，無視廓意為何，即親交令劍予廓。

修廓見魏延之意已決，思及殿後退兵安危機變重任，確實須有人襄助，方能確保大軍安然合流，乃領劍受命，規度拔寨燒營之事矣。延見廓不再拒之，遂急召軍議，親命眾偏將領兵後撤，然均須聽命於廓，又令牙將守於廓側，寸步不離。諸將皆延軍死士，又早已見識廓懷大才而常伴延側，更知延視廓猶子，且其多有奇計助軍制敵。今延為破流言而先行，雖將軍遠行，然留廓在營共退，眾將亦得心安。而廓在營中素謙沖待人，與延諸子交善，故眾將聽命，無有不服者。及延領諸子及輕騎三百，正欲南行，廓知延此去涉險，又想延如其父，恩重如山，乃對延叩頭拜首辭別。及延等離去，廓即令眾將依其規度疾籌撤營之事，再命士卒備木人而著蜀兵服，廣置營寨前陣。大旗木人陣列之後，因不敢燒物生煙，故所有設置皆由人力毀棄，以防敵軍有察。待大事已定，廓始與眾偏將領兵共撤也。

且說魏延率諸子及輕騎疾行，因楊儀早率中軍、後軍急撤，故延知恐落後已遠，乃先遣死士持修廓所擬羽檄，快馬疾馳入蜀，急報後主楊儀叛逆之事。延所過之處，聽聞百姓皆謂有蜀之前鋒將軍，率大軍北就投敵之語，果然儀已四處流言造謠，故延實須輕裝南下而破流言。延再領輕騎三百，奔走小徑，避彎截直，歇少馳多，逐追距而近矣。後行於某處，延因多年未及小道，景色稍異，忽有迷失，然見遠有屋舍，遂詢農家南向，復得正途。延思及士卒軍馬勞苦，心有不舍，因恐侵擾民家，便下令距農舍十里之外小憩。待軍馬就地而歇，忽有一農豢養豬趨近，已而低頭就草，延見其口鼻埋草堆而不食，故甚異之。延觀之愈奇，思及俗謂豬銜草，則寒潮到之語，再觀天象及其軍馬所處之勢，突號令眾曰：「群將聽令，即刻起身趕路，有違命者斬！」諸子及眾兵不知延意為何，然知延向惜士卒如己，故心雖有疑，仍聽命驟發。

及延軍前奔未及數里，原歇息之處暴雨驟急，近山泥石傾洩而下，若軍馬仍停留是處，則全軍覆沒矣。眾將回首如此情景，始知延意，見延領軍愛卒惜士，更有機巧領兵之能，無有不感念者，是以更為延受大屈而抱有不平矣。延等續接大路而行，如再過依山棧閣之道，即能入於漢中。然延等勒馬而至，卻驚見閣道遭人燒毀，阻遏歸路。延觀此貌，恐楊儀早已領軍逕先南歸，所過燒絕棧閣。延雖知尚有槎山可行，過則抄出棧道之後，然其崎嶇險峻，躓礙難行。延再想楊儀何故毀棄棧道，恐欲迫延等改走槎山。此險道若有楊儀埋兵於此，因路狹道窄，僅容一馬，則軍馬進退難行，恐遭王平所領之兵，通曉山戰之部曲伏擊覆滅。正當延不知該當何往，忽又想起尚有一途，雖路遙而遠，然若非延前守漢中十餘年，詳知鄰近地勢，恐所知者極罕。延先遣一死士，再發羽檄至蜀，急告楊儀反叛，後再遣一人，攜密函往漢中具告吳懿，二人皆卸甲微服走槎山捷徑。待密使皆領命而去，延乃快馬率軍望某處而奔矣。

正是：將軍方欲破流言，棧道燒絕壞速奔。未知魏延另途結果如何，且看下文分解。

第九回
馬岱出率軍逆賊追　將軍百戰身名裂

卻說楊儀領大軍南歸，退入棧閣道口，卻驚見遭人燒絕。儀大驚而切齒怒曰：「恐反賊魏延，因熟知南返捷徑，已先率兵通行棧道，然為阻卻吾等歸蜀，故過而燒絕矣！」姜維在儀之側，聞儀言而大惑。雖知延熟道識途，可後發先至。然若其率先南歸，則儀言其北就投敵，豈不自相矛盾。況延若燒毀棧閣，反能阻攔魏兵疾速前行，更不知其用意為何，故維甚異之。

楊儀見王平、姜維難掩異色，恐其心有懸念，故入於沉思矣。已而，儀始對眾人厲曰：「反賊魏延，北附通敵，今恐受司馬懿之命，截道取捷，率疾行之兵欲先入漢中。此地乃魏延舊屬，雖有吳將軍留守，然其若為巧言所惑，漢中反被叛賊所挾，而後開城獻於司馬懿後發大軍，則蜀地恐危。故吾等須搶得先機，早入漢中，具告吳將軍實情矣。」禕聽儀見延軍並非望北投敵，反歸於南，原以為儀恐難圓其謊，聞儀又有新釋，禕雖心有所惡，然對其巧舌亂事至此，不知者恐真假難辨，實有感佩矣。而平、維雖仍有惑，然因大軍早已聽命於儀，更有眾兵視儀如丞相之後繼者，兩人心雖懸疑，亦不敢再有多言矣。

大軍見棧閣燒絕，又聽得儀言鑿鑿，遂信以為真。眾更懼兩營蜀兵須反目相攻，因丞相薨亡，實乃傷悲欲絕，更也身心俱疲，早已無力應戰，故皆有面沮之色矣。維見此景，心有不忍，為穩軍心，隨即對蜀兵大喊曰：「此鄰近之處尚有槎山通道，雖崎嶇難行，然過則通往棧道之後矣。」士卒聞維言，冀能更早歸蜀，甚而異道避戰，故漸露喜色。

楊儀聽得姜維之言，遂有大喜。一來維知另有他道，則絕途能解，再者維自提解方，暗有順從之意。儀自撤軍以來，見維有大才，幾度欲攏難成，今維見善意，故儀欣喜難掩，於是又思得妙計，對王平曰：「王將軍素為我軍赤血忠誠大將，請將軍率兵先疾行槎山，務追反賊魏延而阻之，莫使其領兵先入漢中，否則蜀有大凶矣。」平雖有疑，但更懼延真如儀言已有謀反，如此則蜀中險矣。然平亦暗想若能先追及延，更應當面問之，加以儀威壓如常，前有影射平為暗通延者，今既命為前鋒，又稱其赤誠，乃稍解疑義，更為立功除嫌之良機，故平惑不敢外見，只得領命而去。因平所領之軍，有南中夷漢合混部曲，精於射術，且素有山行作戰之技，號曰「無當飛軍」，前已數度立有戰功。儀乃號令平先領兵翻山疾行，更遣人再急報後主，魏延通敵先領兵南行，直欲強取漢中獻城，而再攻蜀矣。

見王平領軍而去，楊儀又密召馬岱至。儀將前次所示之丞相錦囊，交岱命曰：「此乃丞相遺命，吾先遣王平領飛軍翻山疾行，命其先阻卻反賊魏延而拖之。馬將軍素負行伍疾行之名，務必率軍趕至，吾料飛軍勢薄，可阻難攻，必也馬將軍之鐵騎疾擊，方可誅滅逆賊。將軍可在飛軍未能擒殺魏延時，開啟錦囊視之，勿使反賊先入漢中，否則其必據此而獻北賊，則蜀地恐亡矣。冀將軍成此大事，立顯目之功，洗通敵之嫌也！」岱見儀如此信任器重，遂跪地叩首領命而去。儀待岱率騎疾行以後，再命餘等整軍飭兵，望槎山小道進發。

原來楊儀恐王平為魏延所惑，對平始終放心不得。遣平先行，乃看重飛軍山行之速，使其先追延軍而耽之。故再命岱率大軍，鐵騎疾行後至，冀岱能討滅逆賊矣。而姜維機巧，尚未完全心服於儀，且費禕向與延善，儀知其口服而心不從，然二人各擁大才，皆為儀返蜀後，若能繼得相位所須之左右臂膀，故儀特留兩人隨其扶柩而行，更有就近看察之意矣。然禕、維皆非愚者，儀雖言器用任重而隨其側行，惟禕深知儀對其特有設防，但因儀已穩掌退軍大權，故也只得陽奉而陰違之。

且說後主在成都，知丞相孔明病重後，前遣李福探視，及福返而具告所見，故知孔明恐不久矣。福又將孔明言語及在營經歷，細述一遍，是以後主自此寢食難安，動靜不寧。不想多日以後，忽報丞相長史楊儀表奏魏延北附魏營造反，後主大驚孔明已亡，更駭魏延謀逆。後主思及孔明如父，頓失所倚，乃大泣曰：「天喪我也！」遂哭昏於地。及眾人搶救，後主方甦，然思及魏延叛逆之事，忽又焦慮不已。未料於此之際，又有緊急表到，乃延奏儀等違令拔營，棄置前軍，又挾丞相棺柩號令大軍，更反誣延投敵。而後延、儀又再相表叛逆，一日之中，羽檄交至。

後主將李福在營所見，除孔明所密薦後繼者外，其餘均有轉知，更疑問侍中董允、留府長史蔣琬。董允者，字休昭，掌軍中郎將和之子也。先帝立後主為太子時，選允為舍人，徙洗馬。後主繼位，允為黃門侍郎，當丞相孔明北征之際，因允秉心公亮，乃薦為宮中侍郎，後遷侍中。允義形匡主，翼贊王室，亦為孔明器重之大臣也。

董允先覆後主曰：「長史楊儀性雖威厲，然擁才敏達，故為丞相所重用，必不背反，況又有費司馬具名上表，言延恐有反貌，與長史之言相映。而將軍魏延孤高難近，厥功甚偉，雖允未親見，然嘗聽聞其對丞相因細故而有怨懟矣。」後主聞允言，實有大驚，蓋其所知延向為蜀中良將忠士，更為丞相孔明最器者，前未曾聽得延對孔明有何不滿，何以允語如此。然儀亦孔明左右臂膀，儀、延二人各言其辭，故甚異之。後主再視蔣琬，琬仍反覆詳覽各表，儀、延兩方立場相異，互表背叛。其中延奏之事，從一而終，延原令儀等密送丞相遺骸歸蜀還都，惟儀違命不從，反棄置前軍驟撤，使其孤立無援，更阻其歸返漢中禦敵之事。然儀則先言延叛，北附投敵，後又表延受司馬懿之命，截道抄捷，欲先入漢中獻城，更沿路燒毀棧道，實則欲與司馬懿共圖蜀矣。

蔣琬思量其中差異，再覽費禕表奏，其與楊儀所言若有同聲相應，然禕非斷語直言，僅表延未從丞相遺命斷後，恐有異志矣。琬深覺禕表有詭，然不知其異何在。後主觀琬仍在細讀，乃不敢追問，然見琬久而未語，後主愈形焦急。琬再入於深思，然忽識得禕表玄機，若依特有序次，則其文藏有密語，非詳查不可得也。琬湊其字，遂滿額冷汗，其密語略曰：「延未反，儀已穩掌諸將眾兵，若逼之甚急，儀恐率軍南攻或北附投敵。」琬識得禕留密語後，不想違命者實儀也，更因禕有深誡，儀掌大軍，若有急逼則必反矣。琬乃鎮靜未動，不敢使驚恐外露。已而，琬置書表後奏曰：「以臣愚見，楊長史為人雖稟性過急，不能容物，至於籌度糧草，參贊軍機，與丞相辦事多時，若丞相臨終委以大事，實屬合理，故決非背反之人。然將軍魏延累至偉厥功，人多不敢攖其鋒，故其若未依丞相遺命行事，恐有其故。惟楊長史雖謂非反之人，然魏將軍亦為忠義之士，其間兩者恐有歧異誤解，是故互表叛逆，望陛下明察矣。」後主見琬、允均有咸保儀意，二人雖具疑延，然實又不敢斷定。後主思及兩方互指難解，又皆為蜀中棟樑，乃詔命琬率宿衛諸營赴難北行，好言釋勸撫慰，務使兩方不可舉兵相攻。待二者均安然入蜀以後，再有評斷發落。

卻說魏延與諸子領輕騎奔走，歷經疾馳，繞路而行。因暗道知之者罕，先迂迴而有路南彎，且地勢甚安，雖有伏兵，途雖遠然道平而緩，反能有急奔之速。延等過南走暗道後，復行十數里，乃抄出棧道之後，至南谷口。延見眾人及戰馬均有疲態，又察其輕騎三百，竟有數十士卒軍馬，因連日疾行而有負傷。然因眾兵甚敬仰延，更為其受冤而抱有不平，故皆咬牙忍痛，毫無怨懟。延見士卒如此忠貞，於心更有不忍，又想不知儀等究竟前後，遂下令駐紮歇息，再遣人先密入漢中探詢。

於此休憩之際，魏延仍不敢歇，思及前後均無楊儀軍陣，百思不得其解。延前見棧道燒絕，以為儀已領兵先行，恐其直奔漢中造謠，或歸蜀而先進讒言，故也已難追趕。然放眼漢中城外，沿途百里若無軍陣守禦，顯見儀軍恐尚未入城，惟儀扶柩而行，若因延截道急奔，故儀等反落其後，則燒毀棧道者何人耶？延復察眾士卒見將領未歇，皆不敢懈怠，延乃攜諸子入帷幕而憩，眾兵始稍有弛息。

方魏延苦思之際，忽有一將入帳報曰：「有農家近來，見是魏將軍至，因前於將軍督守漢中之時，多受照護之恩，故欲自獻飲水糧食也。」延見帳外農家殷實之人，於是召見。農家見延即跪拜叩謝，自言延任漢中太守以後，行事清明，守軍護民，十餘載未有戰亂，民方得安歇養息，是以軍民對延均擁戴不已。然前幾日聽聞有蜀兵燒毀棧道，退守漢中，皆驚曰魏有大軍將至，因而毀道阻拖。是故民今見延將歸漢中與吳懿共禦大敵，皆有心安之感，更有稱呼萬幸者。

魏延後親送農家而去，見民感念至此，延甚有欣慰。然對其言有蜀兵因魏軍大敵將至，故先燒絕棧道之事，乃甚異之。其為楊儀遣人佯令先發棧閣守兵之偽命耶？或儀等早已率兵先至漢中，而沿路毀棄之虛情耶？甚或實為司馬懿已領大軍追擊，而殿後修廓為求破釜沉舟之計，故疾遣人斷絕蜀兵後路及懿軍前行之道耶？如此則廓在前軍交鋒，則不知結果如何矣。然當延深思之際，忽有巡哨者報蜀兵自槎山小道而來。延惟恐來者不善，甚為儀領兵而至，如此則交戰難免，遂號令輕騎列陣以對。

且說王平領楊儀之命，先率飛軍入槎山暗道，路雖崎嶇艱險，然飛軍素善翻山越嶺，故連日疾行，即抄出棧閣之後。及平等至南谷口，因飛軍跋山如履平地，猶無疲累之慼。然眾等至此，卻見魏延早據地禦守，更列陣以待，平乃命兵戒慎緩進。平見延如此，果然如儀所料，延等早已取捷道而先至，且沿路燒毀棧道。然延未直入漢中，以謀奪其城，卻在此駐紮，平性原就多疑，更不知延意為何矣。

王平策馬向前，而魏延亦縱馬趨近數步。兩人對峙良久，卻皆不知雙方意向為何，惟平實不願同軍自相殘殺矣。已而，平叱延先登曰：「丞相待汝等不薄，如今新亡，身尚未寒，汝輩何敢乃爾！」延聽平語，再察平率飛軍趕至，乃知儀等實落後於己，故先遣飛軍翻山疾追，則燒毀棧道者何人耶？延想來甚異，然見平雖有怒，卻未下令出擊，則其恐未對儀言全然信服，更似有與延意相合，實不欲舉兵相攻矣。延策馬再近，平未有懼色，延知其心仍有疑，未全然以為延有反意，延乃對平低語問曰：「楊儀匹夫有否縱放流言，吾等北附投敵耶？」延見平欲言又止，遂再曰：「若吾等投司馬懿而去，何以如今反在南行之處，又如此輕裝而行耶？」平見延貌誠然，惟實有口難言，延又厲曰：「丞相前有遺命，令我於其身後攝行大事，楊儀何故未依吾命，先由丞相府屬密送遺骸歸蜀。吾前陣觀勢，司馬懿何等人也，故吾等須原地禦守，莫使敵軍有察丞相事，否則抱卵撤退而行，敵若又強襲直追，我等軍心恐自亂矣。況楊儀偽丞相遺命，自掌大軍，棄置上萬前軍陷險，使吾等幾臨受敵包圍覆滅之危。今我軍規度大亂，更恐司馬懿傾全軍之力來犯，故吾先率輕騎截道，欲先返漢中與吳將軍共謀禦敵矣。」平聽延語，駭然不已，蓋其言本為平所疑之處，今當面聽延明釋，始更覺延語可信，儀言有疑。然思及儀威壓之勢，又動輒以夷三族之大罪迫之，則平實心有兩難矣。

魏延見王平面有難色，心想其雖對己言有信，然必懼於楊儀之勢。儀能號令大軍，必以丞相偽命而掌兵權，故平實有所顧忌矣。延知其難，故再附耳低語曰：「前有農家來報，傳司馬懿將領大軍來犯漢中，後再進逼於蜀。雖不知真偽，然則吾等萬不可同室操戈，使司馬懿坐收漁翁之利，吾等將為天下笑也。今吾率諸子輕騎同行，乃欲入漢中後以諸子留城中為質，再請吳將軍具保，若司馬懿未領軍來犯，吾再隻身歸蜀面聖，盡洗楊儀流言，造謠之嫌矣。」平聽延意圖如此，不無至理。蓋吳將軍乃吳懿，字子遠，陳留人也。懿原隨劉焉入蜀，劉璋時為中郎將。後降先帝，更納其妹為夫人，而懿為護軍討逆將軍。建興八年，懿為延之副將，大破魏名將郭淮、費瑤等於南安，進封高陽鄉侯，遷左將軍。此次丞相北伐，懿受命暫守漢中，而因延與懿多有共事，故更能深知延之為人。況懿因其妹為太后，懿又貴為皇親，若其能具保延之清白，則延疑之身，必能有所澄明矣。延知平實有難處，若其能止兵於此，實則助益匪淺，延又恐其親養士卒受累，故再對平曰：「吾今散士遣卒歸汝，未有反意之明證於此。望子均能視渠等如己部所出，莫使楊儀害之。一日若子均督守漢中，亦期能待此地軍民如子矣。」延言畢，見平仍未語，乃策馬回伍，令所率輕騎三百，盡歸平軍之中。延軍原有難從，然延曉以平可信之人，必不虧待，又因魏軍大敵恐至，命其等歸平軍先共守此處，眾始有從命，延遂率諸子往漢中奔去。

　王平見魏延尚未遠去，卻聞後方有鐵騎千人陸續蜂擁而至，蓋馬岱受楊儀之命而來。岱察平未能阻卻延進，乃有怪罪之意，然見延未有隨行眾兵，僅有諸子伴隨，岱甚異之。岱問平何故縱放，平俯而不答，於是再問平所屬飛軍，乃云兩軍對陣，平大叱延軍忘丞相宏恩而亂，延士眾似知曲在其主，莫為用命，故軍散而歸於平，延遂攜子數名逃往漢中矣。岱知平雖未竟阻延之任，然其以大義散其部眾，仍有高功，故不再有追究之意。

　馬岱忽想起楊儀所囑之事，乃啟錦囊而視之，似為丞相孔明之字，然因岱罕見孔明文書，故也頗有生疏，其略曰：「吾亡後，則魏延必反，延狡詐，時有似是而非之言，惑將迷卒。然馬岱似有疑，可遣其為前鋒，試其忠誠，若能斬殺反賊立功，此人必可重用。然若其縱放反賊歸漢中或蜀，此人必為賊黨，當夷其三族，以警昭天下也。」岱閱畢，毛骨悚然，出了一身冷汗，忽縱馬加鞭，率鐵騎千人，望漢中急奔而去。

及馬岱追上魏延，已至漢中城府北門外里許，延聞岱疾追大叱曰：「反賊魏延休走！」延再快馬加鞭，然因戰馬早已疲憊多時，更漸為岱軍鐵騎追及。已而，岱軍千人團團將延與諸子圍在虎頭橋。因該橋乃平地整列數石，其下並無溝渠，殊不成橋，故鐵騎千人躍馳反轉，將延等圍在垓心。岱見延駐橋上，雖被包圍，然毫無懼色，岱乃先曰：「反賊魏延，膽敢叛逆丞相遺命，快快受死！」延見來者不善，神態猶仍自若，反對岱曰：「叛者楊儀也，其違令拔營，棄置前軍，汝莫助紂為虐矣！」岱思及丞相錦囊遺命，延乃狡詐之人，故知其能使離間之計，遂大怒曰：「丞相特囑汝何等狡詐善辯者，我且來斬你此等奸人，獻頭予長史！」言訖，岱便拍馬挺鎗而鬥。

魏延見馬岱來勢洶洶，隨即拔刀躍馬來迎。岱挺鎗直殺而來，延乃飛馬舞刀，鎗影刀光甫一交會，岱又把鎗望後一招，延擋鎗而反擊，岱險些中刀。岱怒而使鎗搠來，延亦大喝一聲舉刀撥鎗。二人鬥了四五十合，卻也不分勝負。及岱戰馬不穩，而延略有疲態，兩人始有停戰。延、岱二人未出勝負，又互見疲意，遂皆收刀掩鎗，而延喘息先曰：「今吾等恐再臨司馬懿領大軍南犯，豈可被楊儀離間而舉兵相攻，更為司馬懿笑耶？我軍一兵一卒，皆天地父母養者，豈可自相殘殺矣。吾今將赴漢中城，以諸子質於吳將軍，我心自有明澈矣，馬將軍且請隨我同赴漢中與吳將軍共商禦敵大計。」岱聽延語，猶為可信，然思及丞相錦囊遺命，岱又不敢大意。

當此之際，遠方又有千人蜀兵將至，定睛而視，乃長史楊儀親領眾兵而來。岱見儀至，一想其言語恫嚇及丞相錦囊遺命，乃綳緊全身，再拍馬挺鎗而刺。延甫一回馬，見岱心慌有隙，一個反轉大刀，便將岱鎗撥繞，飛往天際。岱失其鎗，自知受死，然延未再出手，見岱如此冥頑不靈，乃眥目而對眾怒吼曰：「魏延反否！魏延反否！魏延反否！」三聲怒喝，受冤忿恨，直貫天際，響徹雲霄，聞者無不驚懼駭然。

魏延策馬轉身離去，眾兵見其怒髮衝冠，又皆知延愛兵惜卒，恐真受流言所害，實則無過矣，遂自讓出路，而使延等前行。延縱馬而馳，回首楊儀率軍將至，一想若儀非性狹，如能同費禕忞性泛愛之籌，則文武豈能不合，蜀豈有不興之理也。延思此遺恨，遂抱至憾而大歎。馬岱知儀領大軍臨近，若其親睹岱使延入漢中城，岱恐難逃一死。一思及此，岱又縱馬而行，驟取一旁士卒大刀，藏於身後，及追至延後，方出刀猛砍。延因連日疾行，奔多息少，又已有年事，更因前與岱纏戰多時，早已身心俱疲，又以為前饒岱不死，其策馬而近，乃有事商議而來，故疏於提防。岱忽出背後一刀疾揮，延方回首，卻因一時大意難察，竟被岱驟斬馬下。蜀兵見延被岱所追斬，慘死虎頭橋上，一想其忠奸尚有難辨，更惟恐錯殺棟樑，於是多人墮淚不止。然岱見其要務已成，遂大喜之。已而，岱策馬而返，及至後方楊儀陣前，將延首致儀，儀起自踏之而曰：「庸奴！復能作惡否？」岱見儀對延首如此輕蔑，猶見自身之首遭儀踐踏。岱再思及延之忿語，又想其手下留情，始有不知何人忠奸之憾，更悔其有否錯殺良將。因是非善惡實有難辨，更使岱心大亂，後遂懵矣。

楊儀領大軍至，後再以魏延反叛投敵大罪，立斬延諸子，又夷其三族。及修廓所領前軍與蜀軍合流，以為成功說得雙方避戰，後卻驚聞延已遭害，延之親信者皆怒不可遏。而延前所親領輕騎，雖歸王平，亦怒火中燒，平止之不得。眾死士集結殺向儀等，然寡不敵眾，終被擊滅。其餘被逮之人，均縛送漢中城，對儀罵聲不止，然儀又以反叛通敵餘黨之名，盡皆處斬，而廓在其中，死者計百餘人矣。儀見大勢底定，討逆誅賊立功，扶柩護軍歸蜀，其繼任相位之事，幾可高枕無憂，儀乃終日躊躇滿志，難掩欣喜矣。

正是：楊儀馬岱殺叛逆，功高未必得賞賜。未知楊儀繼位丞相結果如何，且看下文分解。

第十回　公琰掘跡繼大位　威公現形自毀滅

卻說留府長史蔣琬受後主詔命，率宿衛諸營北行。琬因識得費禕上表所藏密語，故知違命者楊儀也。然因儀已穩掌大軍兵權，故琬未敢言於後主，儀似有抗命而陷魏延，反與侍中董允咸保儀而疑延。否則蜀中斷定儀反之事，若傳於漢中，儀自知難逃一死，如此逼儀甚急，恐使其率軍北附投敵或南下攻蜀。

蔣琬率軍望北疾行數十里，因楊儀、魏延兩人皆蜀之棟樑，今已天喪丞相孔明，蜀中更有驚慌失措，又逢文武之首在外紛亂內鬥，朝廷內外早已風聲鶴唳，惟恐儀、延二人舉兵相攻，殃及蜀中，或反引魏軍趁虛來犯。琬雖心亂如麻，然其既無戚容，又無懼色，言行舉止，蓋如平常，實不欲蜀中自亂矣。琬反覆思索，當須對儀、延好言相勸，切勿同室操戈。琬知延雖孤高難近，然費禕曾言，其為深明大義者，且愛將惜卒，自是不願同軍相殘，當盡其所能驅凶避戰。琬料延因督守漢中十餘年，多有所屬舊部，若其深受流言所陷，當先返依漢中守將吳懿而滯。若其能入漢中城，受懿具保，因料其原無相殘戰意，延應得自保而不受害。惟琬雖與儀同丞相府屬，儀又為琬之年宦長者，但其性狷狹，比於法正，恐有過之，故琬深知止爭關鍵在於儀也。儀性威厲，琬不知如何說之，若以理勸戒，恐無效用，更使儀怒而毀傷。故該當順從其意，先誘入蜀中，使大軍安然而歸，再由後主評斷儀、延二人功過，如此才能安保文武之首俱全，而撤退蜀兵無傷。

正當蔣琬煩擾之際，忽見遠方有蜀兵攜表來報，蓋魏延已為長史楊儀遣馬岱追擊伏誅。琬聞之，雖有大驚，然不形於色，乃下令旋軍而歸。琬神色雖仍自若，然其深知儀之勝出，恐敢言延善者必被盡除，此文武之爭，今後將僅存儀之片言矣。琬知延必有受冤之處，然更知儀必竭其所能，奪取蜀之大位也。惟儀若為此得勢，其性狹而忌，難容異己，恐重燃法正之駭，實非蜀中之幸矣。

及楊儀等扶孔明靈柩至成都，後主因先獲儀上表報延受誅之事，乃領百官而出，盡披孝麻，親迎喪伍。上至文武官僚，下及黎民百姓，觀儀在行伍最前，扶櫬入城，見者盡皆痛哭，哀聲遍地。儀見眾人如此，更是撕心裂肺，痛不欲生，幾近昏絕矣。後主看儀赤膽忠心，實有不忍，急命左右扶儀安歇，再令百官接續扶柩，停棺丞相府。儀臨去前，跪呈後主書表，蓋孔明生前所遺也。後主還朝後覽之，其表略曰：

「臣家有桑八百株，田五十頃，子孫衣食，自有餘饒。至於臣在外任，隨身所需，悉仰於官，不別治生產。臣死之日，不使內有餘帛，外有餘財，以負陛下也。」

後主覽畢，放聲慟哭，歎孔明之耿介清廉，故從其遺願，擇吉日親送靈柩至定軍山安葬。再謚孔明號忠武侯，又下詔建廟於沔陽，四時從簡祭之。後杜工部有詩曰：

丞相祠堂何處尋，
錦官城外柏森森。
映階碧草自春色，
隔葉黃鸝空好音。
三顧頻煩天下計，
兩朝開濟老臣心。
出師未捷身先死，
長使英雄淚滿襟！

又杜工部詩曰：

諸葛大名垂宇宙，
宗臣遺像肅清高。
三分割據紆籌策，
萬古雲霄一羽毛。
伯仲之間見伊呂，
指揮若定失蕭曹。
運移漢祚終難復，

志決身殲軍務勞。

且說丞相孔明後事已定，惟仍留有魏延反叛一案懸而未決。後主察丞相長史楊儀，為國赤膽忠心，然延前亦忠義之士，何以兩者反目互指叛逆，卻也使後主煩擾不已。後主前遣李福至營中問孔明所薦後繼者，福歸報乃蔣琬也。原來孔明在北伐以前，早曾密表而舉琬，其略曰：「臣若不幸，後事宜以付琬。」故此次福詢所得者，實非意料之外也。然因蜀中皆以為延反而受儀所誅，儀又護丞相遺骸而歸，功勳卓著，更為最近孔明之人，故時論皆以儀當為孔明之繼任者。惟因儀性狷狹，眾人不敢罪之，更不敢有疑延事，是以朝廷內外早有瀰漫詭譎氛圍矣。

後主雖欲追尋魏延未反憑據，然儀上表細呈，直指延叛證有三：一曰延未依丞相遺命斷後，反欲北附投敵；二曰謀逆之事東窗事發，延欲改取漢中而獻敵，故延棄前軍不顧，截道直奔漢中；三曰延為阻儀等所領撤軍，使其受敵軍追擊，延先行而沿路燒絕棧道，若非另有他道繞行，恐全軍因撤無可退，軍心大亂，早受敵軍包圍擊滅矣。所幸丞相孔明在時，早疑延日後必不從其命，而有遺計使馬岱佯敗詐降，況延乃狂妄者，自以為武勇無人能及，然岱亦通曉武藝，比之而有餘。故趁延志得意滿，輕狂縱喊三聲「誰敢殺我」之際，岱再依孔明遺計出其不意斬之。

楊儀所言三證，後主再命人詳查，更詢之案關者，有費禕、王平、馬岱、姜維等。儀書表所述命魏延斷後者，實為丞相病榻前親囑遺命，禕、維皆可證之。丞相薨亡，禕受儀命，往前軍探延意，延果然不從丞相遺令。後延又取捷徑而疾馳，反先於儀，待儀等後至棧閣之口，卻見棧道已被延所燒絕。儀命平先領飛軍走槎山小道追擊阻延，再命岱領鐵騎千人次之，平先遇延於南谷口，曉以延軍大義，眾兵知曲在延，反離散而歸平所領。後岱依儀命率鐵騎追擊，再依孔明遺計斬殺延於虎頭橋上。然延叛軍知其賊首伏誅，難逃同罪，上百餘黨滋事，故盡皆處斬，且夷延之三族矣。

然若再詢費禕等人魏延疑案，或因不敢罪於楊儀，皆含糊其辭，稱聽令丞相遺命及楊長史行事，餘則未知也。蔣琬雖知禕有察細節疑竇，然琬亦知禕等親見儀夷延三族之懼，實乃儀以私忿殺大臣，更有警惕眾將群臣順從之意，故眾皆莫敢有明言延之善者，琬亦有此畏也。後主觀覽案關書表，猶不得其解，蓋延乃隨先帝入蜀重臣，更為孔明極力拔擢者，故薦後主賜以假節，後又再授使持節者，可代行天子部分事也。後主雖知延案恐有冤，然眾皆不敢言，而儀證歷歷，故又難翻其案，乃密詔琬入矣。

蔣琬晉見跪拜，後主請其起身而問曰：「長史且請實語，卿以為魏延叛逆一案可有疑竇耶？」琬終日心有鬱悶，今後主密詔之，忽有一傾煩擾之欲。琬先入於沉思，莫使他人遭儀毀傷，更不可陷費禕而言其上表暗藏秘語之事。琬熟慮良久，而後奏曰：「臣以為魏延乃聖上所賜使持節者，應當為可信忠誠之人，更為先帝親拔壯士，故亦為丞相所大器者。魏延既有使持節，如其欲叛而殺楊長史，直可以楊長史違抗軍令偽命殺之，先斬後奏可也，如此則無人可知楊長史有否違命，臣覽案關書表，魏延反有正直行事之感，此臣之未解一也。魏延督守漢中十餘年，行止清明，軍民擁戴，其又深知漢中地勢，能截道先登，然其武勇善謀，若北附投敵，何不與司馬懿合流，舉兵齊攻，或獨領前軍攻之，儀等恐非敵手，魏延反棄所屬大軍而先登南谷口，其行止更似避交鋒而南走，此臣之未解二也。魏延既已先登，而沿路燒毀棧道，若其早領先於儀等，意在直入漢中，何不加鞭疾奔，反耗時毀道，此臣之未解三也。魏延善養士卒，遠近馳名，眾多效死，惟延命是從，既率死士先行，所從者皆精選之兵，而王將軍一語大義，即散其死命者，可謂不通之論，此臣之未解四也。魏延孤高難近，然非狂妄無知之徒，其用兵乍似出奇，實皆在其掌握之中，是以驕兵必敗，其領軍卻鮮有敗跡，而蜀中雖有其與丞相不和之說，恐非實矣，更似流言，否則丞相何以如此器之，況依丞相行事，前有劉封者，知其日後恐有危害，丞相乃早早除之，以防患未然，豈容留於身後速禍，故魏延受誅前放聲狂語，實非其性，此臣之未解五也。楊長史既已命馬將軍斬殺魏延，及其伏誅，餘黨早已無力抗衡，而楊長史非持節重臣，卻踰矩下令夷魏延三族，又殺餘黨百人，此乃異於常規之處，此臣之未解六也。聖上下詔詳查此案，然眾皆言楊長史之益，全無魏延善者，臣以為因楊長史威厲，眾所皆知，且渠等親見楊長史殺盡魏延一黨，又時論皆以楊長史將繼任丞相，惟恐日後遭其毀傷，故皆有所顧忌，反使證辭皆利楊長史而惡魏延，臣欲詳問疑處，眾皆避走，若有鬼神至，況費司馬與臣交善如親，猶亦同矣，此臣之未解七也。臣以為魏延疑案已矣，其是非曲直，儀善延惡，早已散於蜀中，深植民心，而案關之人皆戒慎恐懼，三緘其口，或未知或不察，既已留有查案證辭於前，眾等雖各有所疑，然往後必不再語，故恐已難有翻案餘地，否則我蜀中一干重臣良將，盡皆因此案而有違誤矣。聖上若欲楊長史接任大位，臣以為依其大才必可勝任，然則往後須當留意有否私忿冤人之事，以暢保忠諫之路，如此則能續祐我家國之安泰矣。」後主聞琬語，戰慄不能言，蓋琬明點其連日之所疑，然盡皆延案關鍵，延恐實有受冤之處矣。

後主既知魏延疑案恐有冤屈，實非叛逆，然眾皆因楊儀威勢而不敢有疑。後主更憶孔明曾言儀性狹狷，今聽蔣琬之論，始能確信延案有冤，然更如琬語，此案恐難洗雪。後主再觀琬貌，復思其言行進退，敏達而幹練，方整而威重，乃知孔明何以屢薦琬繼任，於是讚許琬之公允大義而退之，後再獨自深慮如何處置矣。

卻說楊儀立有保國護柩大功，又使逆賊伏誅，前受後主詔命暫留自府安歇，再賜金帛珠玉，然實則後主見案多疑而欲詳查也。惟儀猶未知之，又聞街坊眾議皆唾魏延而揚儀等之善，更論儀有殊功將任大位。儀想丞相孔明薨亡，而延已受誅，丞相府屬更無年宦長於儀者，是以時論皆有此言，實也不無至理，於是儀更有志得意滿，鎮日難掩欣喜矣。一日，因論功待賞仍有未明，儀留府歇養無趣，且日漸以為功勳至大，將代孔明秉政，又聞都尉趙直為公至鄰，儀乃特召其入府深款。儀請直為其以周易筮之，然直滿額大汗，默不敢言。儀以為直仍懼其餘威，或不敢亂言政事，遂有遲疑。今儀既以為將任大位，自是神清氣爽，故對直哂笑曰：「都尉且請直言無妨！」直猶豫再三，而後低語曰：「卦得家人矣。」儀見直貌甚懼，因不明卦意，又追問曰：「此卦何意耶？」直戒慎對曰：「風火家人之卦，家人者，內也，故長史能善齊家矣。」儀聞言，乃得善守一家之意，儀思其擁大才鴻志，此格局何其之小，顯有辱也。儀雖有惱怒，然不敢外見，遂默然不悅，而直亦驟退矣。

及後主定案，吳懿遷車騎將軍督漢中，王平更安漢將軍副之共守，費禕為後軍師，蔣琬擢升尚書令，楊儀拜中軍師，然儀實無所統領，虛位而已。至於魏延一案，未再有任何評論處置。儀自許年宦先琬，才能逾之，況其護國有功，又誅殺逆賊，然琬擢位其上，雖非丞相之名，然已為天子以下最權重者。而儀雖拜新位，然明調暗貶，毫無實權。是以儀怒不可遏，怨恨見於聲色，嗟歎發自五內，醜弊心性皆外露矣。於是時人咸畏其言語不節，更不敢近之，遠而避也。

後軍師費禕見後主如此處置，雖不言明，然顯對魏延叛逆並無認可。禕見楊儀頓失大勢，一想再無威脅，於是心有所緩，惟案關人等，仍對延案細節絕口不提，宛若不曾有事。儀因前多有威逼橫行之勢，今乃被拔除朝廷以外，百官多有暗喜，更有落井下石者。禕雖不喜儀之性狹，然其猶為年宦長者，更曾拔擢禕也。禕見儀潦倒失意，於心難忍，遂往慰省之。儀見禕至，初以為訕笑者，後察禕仍待之以禮，儀乃對禕恨望，云前云後，咒罵琬等，更又對禕歎曰：「往者丞相亡沒之際，吾若舉軍以就魏氏，處世寧當落度如此，實令人追悔不及矣！」禕聽儀言，大驚不已。蓋延反之案，原就疑雲重重，今聽得儀由衷之語，欲謀反而奪大位者實儀也。儀語畢，心仍有難耐，復叱責琬等之不是。禕見其言無遮攔，實當避之，遂虛應而去。

費禕既退，思及楊儀言語驚悚，其心緒因大失所望而早有混亂。再細想儀言，禕更有驚駭。若儀心思如此，滿懷僅想上位，則其恐無所不為也。故禕想起丞相薨亡之事而有懼愕，實不敢再深入追究矣。況蜀今在蔣琬政事之下，清明生息，漸有復甦之勢。禕雖難解儀前所控魏延謀叛之事，尚有諸多細節有待釐清，惟既無人敢言，又日久平息，恍若事發無痕，故已罕見有人再提此案。然儀因心亂，難以自控，他日若將其陷害魏延之事，或真或假，早已不得而知，惟一旦放言於他人，虛實相參，加諸以訛傳訛，復又加油添醋，則蜀恐有亂事再起矣。

見楊儀何等落魄，費禕又心生惻隱，然再憶丞相孔明曾對其諄諄戒勉之語：「當為家國大義上報而不舉，養愿也；當為受陷義理挺身而不出，埋冤也。若夫為家為國，則又有必要之犧牲者，當斬則斷，不可再因存善心而亂形勢，以成就保國衛民之大義。」禕知事已至此，眾皆三緘其口，己亦有畏，故難再有為受陷者挺身之舉，惟為家國安泰，其仍可因大義而上報。禕苦思再三，雖儀對其曾有拔擢，且若非魏延之事，儀可謂待其不薄，然為家國大業，不可再有猶豫。故禕先將儀言，具告蔣琬，琬聞其事，亦驚於儀語，遂勸勉禕密表其言也。禕後從琬建言而上表，後主為之震怒，乃於建興十三年，據儀危言，拔其官職，又廢為民，再徙漢嘉郡矣。

及楊儀遷至徙所，忿恨愈劇，除琬等以外，又叱罵費禕不已。儀終日罵聲不絕，而面目可憎，再無敢近之人也。儀見眾叛親離，又想其堂堂丞相長史，一生辛勞，且功勳至大，先有遷虛位之辱，後又廢為庶，而淪落至此，遂對蜀懷大恨。儀氣湧如山，難以宣洩，乃再上書誹謗，或言禕等前與司馬懿通敵，共謀叛蜀就魏；或指琬等與魏延合謀反叛，待延伏誅，東窗事發，琬又舍延，坐收任大位之利也；或曰孔明庸碌無用之徒，寵幸逆賊延等，乃至於屢次北伐皆敗。其辭指激切，然言不及義，顯為無的放矢，傳於後主之耳，再下郡收儀，自陷於囹圄。

楊儀於獄中，又大鬧不止，日復一日，漸入狂顛發癡，時又羞愧難耐，懊悔不止，後遂自殺矣。禕等聞儀自戕身亡，雖皆有歎惋，然魏延疑案相關人等，事發之際或驚或疑，而儀挾大權又巧舌威壓，直是無力阻儀，後又察疑點重重，故對延懷有歉疚。惟歸蜀後因恐儀繼任大位，若言延善者恐受毀傷，致不敢有疑。後主雖欲詳查此案，然案關證言皆含糊閃避，眾人自是不願再提此案，希冀日久漸淡，事過境遷。不想儀未獲上位，反再自提此事喧鬧，而使眾皆驚駭，今見儀口自毀，往後應再無言延之人，心雖對延受冤有憾，惟更有寬心之感矣。

丞相孔明卒後翌年，因馬岱前有率軍擊殺猛將魏延之蹟，似有更勝延才，希冀替補失延之憾，於是命岱率眾伐魏試之。然岱實難自想方略軍謀，又無臨陣機變之才，僅得聽命行事耳。岱臨行前自以為才高於延，乃意氣風發而行，然實有勇無謀，為魏將牛金大敗，蜀兵被斬千餘人。上知岱實無能，與延差距甚遠，後遂不再委以重任矣。

尚書令蔣琬，原魏延本意，但欲破楊儀構諂蜚語而南行，實不便背叛，然此案依後主之意，已不再評斷論處。琬追訟延之前勞，又多戰功，復察有人收葬延遺骸於漢中北門外虎頭橋，其二里許外坡堰處，或親兵或城民，乃為延事所不平耳。琬後暗囑於此厚禮建其墳，又於墓前加置石馬一對，雖未明昭姓字，然此地居人皆知其為魏延墓，往祭者不絕，甚有氣忿難忍之人，罵聲不絕，惟未敢明目張揚，故僅傳之故老矣。

正是：多人疑延未叛逆，親歷卻又不敢提。未知魏延疑案後續如何，且看下文分解。

第十一回 姜維繼志伐北賊 降將漢中祭南鄭

卻說尚書令蔣琬，繼任孔明後事，然於新喪丞相之初，眾皆危悚，知難再有與孔明相當能人。惟琬出類拔萃，處變不驚，動靜行止，有如平日，由是眾望漸服，而使蜀中轉危為安也。琬後又兼大將軍，錄尚書事，封安陽亭侯，而費禕代其為尚書令。延熙二年，琬再加官大司馬，是以權傾一時也。

東曹掾楊戲，其性簡略，無過譽之讚，不實之毀也。然其與蔣琬言論，時不應答。或以為侮慢，而對琬曰：「公與楊戲語，不見應答，其情怠慢，何以忍耶？」琬曰：「人心不同，各如其面。人前從之，背後謗言，古人之所誡也。戲欲贊吾是耶，則非其本心，欲反吾言，則顯吾之非，是以默然，是戲之快也。」於是人皆讚琬、戲二人，傳之後世矣。又督農楊敏曾毀琬曰：「作事憒憒，庸而難達，實不及前人也。」琬後聞其言，未有慍怒，乃曰：「吾實不如前人，故無可推也。因不如也，則事不當理。既事不當理，則憒憒矣，是故何毀之有耶？」後敏因事繫獄，眾以為其前有謗琬，必死無疑，然琬心無適莫，依法治罪，未有藉故加之也。琬好意存道，皆類此籌，故人皆讚矣。

蔣琬雖擁大才於政務，然其軍事方略，實則有未及丞相孔明之處也。琬以為昔孔明數進秦川，因其道路艱險，故不能克。是以當乘水東下，由漢、沔襲魏興、上庸。然眾論其策如不克捷，舟師之往雖可順流而下，然還路甚難，故實非長策也。惟琬仍欲行其規度，延熙三年，命尚書令費禕、中監軍姜維等喻指，自上疏請命整軍而備，獲准再命維為鎮西大將軍，領涼州刺史。而琬以涪水陸四通，惟急是應，是故率軍屯兵於涪，禕遷大將軍，錄尚書事。又拜王平為前監軍，鎮北大將軍，方其時，因漢中督守吳懿已病卒，暫由平代守之，琬乃再命平繼懿之任而督漢中。然此軍略驚動於吳，其將領步隲、朱然等各上疏曰：「自蜀返還者，皆言蜀背盟與魏交通，多作舟船。蜀之蔣琬守漢中，聞司馬懿南向，不出兵乘虛而入，以為犄角之勢，反委於漢中。其事彰灼，無所復疑，宜為之備。」然吳主孫權未之信，反謂蜀軍布局，竟自無謀，以破群臣之疑，是故蜀吳同盟未因之而有嫌隙矣。

延熙七年春，魏大將軍曹爽，見蔣琬遣蜀軍所部主力，自漢中而徙兵於涪，以為有機可乘，遂率步騎十餘萬向漢川，任夏侯玄為征西將軍，又以猛將郭淮共為前鋒，其聲勢浩大，蜀兵聞之喪膽。時漢中督守王平，其守兵不及三萬，眾將無不驚駭，遂有裨將勸曰：「今力不足以拒敵，當速召守關兵將，返郭固守漢、樂二城，待涪軍來救關矣。」平聞此言，想起魏延在時，多有與其議論延所布陣「重門之計」，當以強將精兵，嚴守關隘險要，各隘之間輕騎疾行互援，則可以少量兵力，而守三方險要，其餘重兵，則可留守城內與關隘之間，機變對應。如此方能不使敵兵入谷，避毀傷於漢中黎民，而延臨終遣散士卒之際，又囑平若他日督守漢中，當待其軍民如子矣。平思之甚久，而後乃對裨將曰：「非也，漢中去涪距千里也。賊若先得關，便為禍也。今宜先遣軍據興勢，守關隘險要之地，而吾為後拒，機變馳援。若賊兵分向各關隘，則吾自率千人臨之，如此持久堅守，則涪軍之援可待，此計之上也。」護軍劉敏與平意同，遂行延所遺留「重門之計」，又急報涪及蜀中之援。

且說費禕在成都，有疾報王平在漢中告急，其守軍不及三萬，而蔣琬在涪，重病難起，魏軍十餘萬來犯興勢，急須蜀中遣兵派將來援。於是後主假禕節，又命其率眾軍禦之，光祿大夫來敏至禕許別，不想敏竟先求圍碁弈棋矣。禕未卻之，遂應允對奕。期間兵馬羽檄交馳，人馬擐甲，後嚴駕已訖，禕始終從容不迫，留意棋戰，色無厭倦。臨行之際，敏有歎曰：「前之求奕，乃聊觀試君耳。君誠可囑託大事者，臨危不亂，處變不驚，必能退賊者也！」於是禕率大軍疾行馳援，而漢中依重門守勢，敵軍因山為固，關隘險要難破，又有強將精兵居高連擊阻卻，魏兵實不得進矣。平軍依魏延遺計，以寡禦眾，遂安保漢中城於關隘之險矣。

及費禕領大軍而至，涪諸軍相繼而來，蜀兵士氣大振，共議反擊之計。魏軍因久攻難進，負傷糧少，遂有思撤軍退兵者，大將軍曹爽不悅而連卻之。魏太傅司馬懿，因爽前忌其勢甚大，故早奪兵權而虛位以為太傅。懿原即對爽此役不然，惟止之不能禁也。懿雖未隨軍出陣，然其子司馬昭為征蜀將軍，在夏侯玄營副之，故懿乃急信勸玄，略曰：「昔武皇帝入漢中，幾近大敗，今興勢至險，蜀已先據。若進不獲戰，退見徼絕，覆軍必矣，將何以任其責耶！」玄懼，言於爽，爽始察至危，方有引軍而退之意。後王平夜襲昭之營寨，魏兵大亂，而平幾近擒昭，然昭軍因有人獻奇計，平乃退也。昭雖脫險，然驚魂未定，再勸玄曰：「費禕據險拒守，吾等進不能攻戰，退則有受截之危，當即刻回師，再作後算矣。」玄遂再說爽引軍而返，爽見大勢已去，魏軍陣行甚危，終下令退兵矣。禕知敵軍驟撤，趁隙進兵據嶺截其退路，爽軍爭險苦撤，僅乃得過，飢渴重疾之兵眾多，死者不可勝數，魏軍於是大耗也。蜀軍依延之遺策，以寡禦眾，使魏兵大敗，十餘年未敢再犯，而保漢中之安泰也。平思及延之遠謀，及其待軍民如子，更由衷感佩，若延仍尚在，則蜀中之勢或有不同矣。平再想延前受楊儀構陷之冤，而群臣眾將先因儀之威壓未敢言疑，後主又定調此案不再論處，故終無為延平反之人。平思慮至此，心有大愧，亦抱憾無窮，遂終日長吁短歎不已。

魏大將軍曹爽經此役慘敗，其聲望驟降，而使太傅司馬懿之勢再起，終為懿計所害，而司馬氏後漸蠶食奪魏之大權也。十餘年後，姜維籌謀禦守漢中之策，雖未撤魏延「重門之計」，然其以為此陣適可禦敵，卻不獲大利。維乃改以退就漢、樂二城固守，且重關鎮守以捍之。若遇有事之日，則誘敵入關，堅守固城，再使敵攻關難克。因此間野無散穀，千里懸糧，自然疲乏。待敵糧盡引退之日，諸城領軍並出，與游軍合力搏之，此殄敵之術也。惟後有魏將鄧艾、鍾會、諸葛緒，領三路大軍來犯，及入關隘後，蜀遊兵移守不及，又有守將棄陣投敵，漢中乃為魏軍所破，此是後話，表過不題。

興勢戰後，費禕因功封成鄉侯，仍留守漢中至年末，後始返成都。而蔣琬原就有疾，駐涪期間，舊病害癒不定。及興勢之戰，魏軍來犯，琬亦病重難行。後琬疾轉增劇，難以視事，禕復領益州刺史，輔琬之政，是以禕之當國功名，漸略與琬比。至延熙九年，琬病卒，謚號恭。琬逝後，禕繼之，以大將軍攝行蜀中政務，姜維遷衛將軍，與禕共錄尚書事。禕繼任家國大事後，因軍政多勞，公務繁瑣，然禕聰穎過人，讀書記事，舉目暫視，即能究其要旨，故觀覽之速數倍於人，又謹記難忘。是故禕於繁冗之際，猶能揀閒隙而納賓客，飲食嬉戲，圍碁弈棋，盡人之歡，政務亦不廢弛矣。後董允代其為尚書令，觀禕游刃有餘，於是效其所為，然旬日之中，事多愆滯。允乃有歎曰：「吾聽事終日，猶有不暇爾。吾與費禕才力相懸，若此甚遠，禕才實非吾所能及也。」禕聞其言，僅哂笑而未語也。

姜維擢衛將軍，先討定夷反，又與魏將郭淮、夏侯霸戰於洮西。因累有戰功，後主乃假維節，而漸擁兵權。維欲繼丞相孔明北伐遺志，然每欲大舉興兵，費禕即對維厲曰：「吾等不如丞相亦已遠矣，丞相猶不能定中夏，況吾等乎！且不如保國治民，敬守社稷，如其功業，以俟能者，無以為希冀徼倖而決成敗於一舉。若不如志，悔之無及矣。」是故禕常裁制阻卻維之舉兵，每與其士卒不過萬人矣。

卻說姜維屢舉兵北伐，每與魏軍交鋒，雖未能克敵，然偶有微勝，乃擄獲魏中郎將郭循。郭循者，字孝先，涼州西平人也。因循出身西涼，與維類同，故維對其頗有留意。循滿面瘡疤，孔武有力，如久歷沙場之人，然因其面目滿是傷痕，樣貌可怖畏人，故維心實有不喜矣。惟因念及同鄉，維未殺之，反勸戒循降歸蜀。循原不從，然維觀其貌，心雖生厭，卻似武勇可用之將，又想蜀中將帥疲乏，故再三勸之，循始乃歸降。待循降以後，維僅先任其牙將微職，後循因慕漢中督守王平之名，遂求調平軍，維允諾薦於平也。

且說郭循求去，至漢中督守王平之下，平知其為魏降將，時因面惡而遭人輕蔑，平見循猶如己身，其因不識大字而自輕，循亦類同於此，平心遂更有憐愛之意。及平與循詳談，察循雖醜樣，然有軍略，乃大喜。平再與循深論，確知其為擁大才者，故拔循為裨將，更暗喜魏營及姜維有所不察矣。

一日，王平復與郭循相談，論及興勢之役，平尚未詳言，循即先以其親觀漢中地勢所得，高談禦守布陣之局，竟與「重門之計」不謀而合。平大驚，乃歎幸得循歸於蜀，否則若其仍在魏營，漢中之勢恐有危矣。平觀循雖為魏之降將，然因已與平交往多年，知循對其忠貞，況因平對魏延疑案，實心有大憾，卻無人可吐，遂對循言「重門之計」矣。平對循笑曰：「孝先有勇善謀，誠乃吾之大幸也。孝先所布之陣，與當年吾等抵禦魏軍之重門守勢相去不遠矣。」循曰：「此為將軍所布之奇陣耶？」平閉目深思，已而歎曰：「此『重門之計』乃蜀中奇將所布之陣，吾且從其計矣。前於興勢之役，此陣已證可使漢中一地，以寡禦眾守之也。」循惑曰：「此奇將而今何在耶？」平憾曰：「此奇將者魏延也，前亦為漢中太守，督守此地十餘年，軍民擁戴。其驍勇善戰，勇謀兼具，孝先來日或可成此籌也。」脩曰：「如此奇才，當為蜀之大將軍者，今在蜀中且未有聞，其病故耶？」平歎曰：「非也，其或為人所害，或反叛被誅，如今已遠不可考矣。」脩聞其言，驚駭不已。

王平察郭脩若有所思，乃再問曰：「孝先可知魏延否？」脩先入於沉思，而後忽又驚曰：「將軍提及叛逆之事，脩想起在魏曾有傳言，蜀前有一悍將者，然脩未記其名。風聞其武勇善謀，奇計制敵而難料，魏大將郭淮曾受其奇兵大敗，故始終有懼，是以其人曾威震於魏矣。原諸葛丞相卒後，當由其攝行大事，蜀中奸小為奪其權，乃構陷其欲投敵謀逆，故其後竟因此受誅矣。脩想此傳聞者，當為將軍所言之魏延否？」平聞脩言，原來魏營雖為大敵，恐更詳知五丈原之事，又因毫無顧忌，而能暢所欲言矣。若其事真如魏之軼聞，延乃苦受奇恥大冤，平一想當年延在其前遣散士卒情景，遂老淚縱橫，其後更是墮淚不止。

郭脩見王平如此哀傷，於是不敢再言。然平心鎮靜以後，反領脩至漢中城北門外虎頭橋，平在此處駐足甚久，又來回踱步，卻始終默然不語。後再往橋外二里許坡堰處，有無名墓，其墳前置有石馬一對，乃知此地何以眾皆名曰「石馬坡」。原墓前尚有居民往祭，幾人更是罵聲不絕，然見有軍官至，眾即避之而驟散也。脩觀其墓兩側有楹聯一對，書曰：「虎橋往事明月知，漢水長流太守名。」脩覽其字，乃知當為南鄭侯魏延墓，因曉延案受冤，於是脩熱淚難忍。而平察脩貌，知楹聯之字應有深義，平因無法識得，遂請脩口授之。平聽得脩之口語，忽跪墳前痛哭流涕，而後縱聲大泣，幾近昏絕矣。待平靜心以後，始對脩娓娓道來魏延疑案。脩對平言大驚不已，久久難以平息。脩或對延案深有同情，或對平之深情大義動容，又對其由衷懺悔甚感佩然，後乃時與平論延案，更視平猶父而有深敬，常伴平同往延墓祭之，而使平之長年懊悔歉疚，終能漸得釋懷矣。

王平猶是對郭脩日益懷有善意，而脩對平之深明大義，勇於悔過，更是感佩不已。於是兩人雖曰情同父子，更似忘年之交矣。及延熙十一年，平忽病重，乃召脩至臥榻。脩見平因疾憔悴，更顯垂垂老矣。平雖難以張目，然察脩至，遂慘然閉目而曰：「孝先來也，吾恐將去矣。吾臨老得識孝先，吾之大幸矣。魏將軍忠貞一生，為國立功，誠蜀之棟樑者，然卻含恨受冤而死，乃吾此生之大憾。而蜀中因故無人敢言此案，吾亦同此，是以終身歉疚不止。及興勢之役，用魏將軍遺計，方安保漢中無危，蜀地安泰，是故吾更有愧對魏將軍之遺恨，於是終日心悶難悅。後天有垂憐，賜吾孝先，方得告解其事。吾今將去，望魏將軍若地下有知，能稍有諒解，又願日後有能人者，為魏將軍洗冤平反矣！」平言畢，乃昏絕，脩聞平語，早已淚流滿面，後遂憂傷而退。脩知平於二人相識以前，終身未與他人言延案疑事，故脩深知平之臨去心願矣。平後病卒，脩如喪其父，哀慟不已。脩思士為知己者死，故對平猶是感念，又想起平之遺願，今平已逝，脩原就對官職軍名無意，故漢中亦未再有留戀者。脩乃先往平墳祭拜，次至吳懿碑前致意，再去延墓焚香，後遂不知去向矣。

延熙十二年，魏太傅司馬懿使計謀害大將軍曹爽，史曰「高平陵之變」。懿族滅爽之宗親，而魏將夏侯霸，因夏侯、曹氏本為一家，故霸懼受懿等所害，乃投奔就蜀。姜維原屬魏將，見霸來降，更知其素負領軍善名，而司馬氏擅殺夏侯、曹氏，霸自是不再返魏，其對蜀之忠誠可期，維遂欣然迎之。

因後主王后乃張飛之女，其母又為曹將夏侯淵之侄，而夏侯霸則為淵之次子，故後主實與霸有親屬矣。是以霸入於成都，後主更親迎厚待之。維見霸能言善道，又有將才，蜀猶如虎添翼，是故欣喜難掩。維問魏事於霸曰：「司馬懿既得彼等之政，當復有犯蜀之志否？」霸曰：「彼方營立家門，未遑外事。然有鍾士季者，其人雖少，若管朝政，吳、蜀之憂也。」維不知鍾士季何人，其乃日後領兵攻蜀之鍾會也。霸見維未置可否，反問維曰：「嘗聞魏將郭脩前已歸蜀，今且何在耶？」維惑曰：「其因慕王將軍之名，吾前已薦其調往漢中王將軍之下。今將軍已逝，不知其仍在漢中否？」霸驚曰：「此人武勇，又胸懷韜略，乃魏營領軍奇才，驍悍善謀，前救司馬昭有功，然其因面惡易受人侮慢，為人亦因此故而有自輕，雖擁大才，惟始終不願再就大任也。若蜀中良將疲乏，更當以誠待之而重用矣！」維聞霸言，而有大慚，更悔之不已。蓋維前以貌取人，確實因此未與脩有深談，故縱奇才而失之交臂矣。

姜維聽得夏侯霸如此深薦，更是心癢難撓，遂急遣人往漢中尋郭脩入蜀。惟後有快馬回報，王平逝後，脩乃不知何往。維聞此訊，既懊悔難耐，又大歎不止矣。

正是：降將自有降將惜，郭脩大才小用矣。未知郭脩究竟何在，且看下文分解。

第十二回

成鄉侯大宴群英　千古冤終難洗雪

卻說姜維在漢中遍尋郭脩未得，乃懊悔不已。後再遣人蜀中追跡，亦不知其身何在。然因脩貌醜惡，易得辨識，或曰曾見其四處探詢馬岱居所。惟岱因領兵無方，早已不為所用，脩當不願屈居其下，故實不知其何故而欲訪岱。維再循線追之，回報有貌似脩者，曾訪岱而離去。維又失之交臂，而有深歎惋惜，然因知脩仍在蜀，遂轉憂為喜矣。

一日，姜維在蜀地見有貌似郭脩者，大喜不已，問其姓字，果然脩也，維即邀其入自府深款厚待。維想其此前實有怠慢，故特對脩請罪。脩知維乃當今蜀中大將軍費禕之下，最位高權重者，脩雖知維前或因其貌醜而有不喜，故脩實對維難有善意，然今維依此故而甚懷歉疚，使脩對其遂有改觀矣。維與脩深談多日，果然脩為胸擁韜略之能者，再與其小試身手，更是身懷武藝之奇才。維雖貴為衛將軍，惟見脩為難得大才者，前竟如此有辱，乃謝罪拜曰：「前有不察，是吾之大過，望孝先見諒矣！」脩原就因樣貌不善而時有自輕，不想維竟如此真心誠意，絕非虛假，其人又勇於改過，使脩感念不已，遂與維推誠相往。維後拜脩為其裨將，又期勉後累功勳，更擔大任。是故維時命脩左右伴之，共論軍議布陣，頗有造就家國大將之意。

姜維對郭脩深有器重，加之每有引見，高談軍議，動輒通宵達旦。又因兩人年紀相仿，系出同鄉，而維又請脩以字互稱，時人皆謂維、脩情同手足，眾乃不敢再因脩之樣貌而有怠慢。因維待脩甚厚，脩亦對維深敬，二人知無不言，言無不盡，遂漸有韜略以外之語。脩忽有問起魏延之事，維大驚曰：「孝先何以得知此事耶？」脩見維有戒色，斂容對曰：「昔吾在王將軍之下，將軍甚悔此事，難信魏將軍有謀逆之意，是以心有大憾，故臨去前具告於吾，然吾未再說與他人。今見伯約耿直可敬之人，有過則未憚改，必也難容不義之事，始乃敢與君言也。」維知其緣由，而有長歎，蓋其早對延案甚有大疑也。然丞相孔明薨亡以前，實有親召楊儀等親囑後事，而維亦在場，故維雖對儀令及其所傳丞相遺命甚有懷疑，卻也難解孔明親言之惑也。維想其與脩情同手足，乃與脩具告其所知當年詳事，然再三勸戒莫與他人談論延案，蓋此案已不再論處，而儀又自戕，故為蜀地之大忌矣。

郭脩知其為姜維好意，於是允諾絕不對外人提及，惟維因能一吐當年未曾告人之憾事，始乃有一解多年心悶大憾。其後脩雖未再提起延案，然維反時對脩言其所疑之處，脩察維實對延甚懷敬意，更難信其有叛逆之事，脩遂對維告以王平遺願曰：「王將軍臨去前甚有憾恨，望他日有能人者，為魏將軍申冤平反矣！」維聞言，乃有驚駭，實無言以對。蓋維之所以對脩開誠相談，實與脩推心置腹，更因知脩為可信之人，才有告解之意。不想脩竟出此語，顯有欲維代行平之遺望，然對知己者抱憾吐怨可也，欲翻既定之事難矣。況事過境遷甚久，眾早已淡忘，更不可自挖瘡疤而亂蜀政，故維此後不敢再與脩言延案。脩知維意，亦未再提延，二人雖摯交如故，維猶對脩日益器重，暢談軍議愈密，惟於維、脩之心，早有深埋疙瘩矣。

且說成鄉侯費禕，自繼任蔣琬以後，因其原就聰穎過人，故政事公務明快，慶賞威刑公允，比之於琬，實無不及也。而禕雖非武人，自謙遠不及丞相孔明，然亦擁領軍之才，故於興勢之戰能臨危受命，從容疾援漢中，更有領軍追擊曹爽之大捷。禕雅性謙素，寬濟博愛，家不積財，更令其諸子布衣素食，出入不乘車騎，無異於凡人，是以聲望如日中天矣。

夏侯霸、郭脩等雖為後附降將，然大將軍費禕知益州疲弊，故求才若渴，是以長遠之計，寬待新入蜀者，亦猶蜀出之將，此亦禕之寬性也。而脩又得霸及姜維深薦，是故禕雖僅得幾面之緣，然歷簡短言談，即知其面雖惡，卻為大才者，是以禕未因脩名不如霸，仍多有留心厚待，更欲往後累功器用之。於是禕又薦脩於後主，受封為左將軍。然禕之行止，有蜀宿將不以為然者，越嶲太守張嶷嘗以書戒之曰：「昔岑彭率師，來歙杖節，後見害於刺客。今將軍位尊權重，待信新附太過，宜鑒前事，少以為警。」禕閱畢，以為寬待新附，本就易使老臣不悅，渠輩因未曾觸及脩等，方有如此思維，禕遂不以為意，故有所不從。惟經嶷書之勸，禕反思當促蜀出之將與新附者多有交涉，否則新舊互疑，各擁立場相輕，久而壁壘分明，實非蜀中之幸，故禕乃終日慎思解決之道，或當舉大宴交歡，而使眾人冰釋前嫌。然因眾皆煩忙無暇，又四散各地，是以難集聚期，遂未成行，惟禕始終懸念於心矣。

卻說寒暑易節，春去秋來，蜀、魏邊疆雖仍時有暗兵交鋒，然暫無苦鬥鏖戰，是故政通人和，百業漸興，民得以安歇矣。大將軍費禕原即有意節制兵戎，與民生息，久而果然行之見效。禕雖忙於蜀之政務，卻仍細察姜維、夏侯霸、郭脩等系出前魏之降將者，多有互助親善，又因歌舞昇平，暫無慘烈戰事，或有轉為內爭之人，是以蜀出之老臣宿將，偶有耳語入禕。禕觀此勢實不利於蜀，乃欲凝結眾心，群策群力，一解心結於眾臣群將。及延熙十六年春，費禕終得如願舉歲首大會於漢壽，廣邀蜀中名將賢臣，無論位高職卑，均同襄盛舉，暢所欲言也。

蜀因近年承平和睦，國順民安，歲首本就歡愉，又喜逢成鄉侯費禕大宴群英，於是文武官僚，黎民百姓，斗酒恣樂，眾皆盡歡。禕為使眾臣盡興，更有女樂數十餘人，并金玉錦綺玩好之物，伴樂共賞。是以蜀出舊臣及新附之將，盡皆交歡，快意喜樂。歌罷，眾又和之，老舊新進共皆歡笑。禕舉杯豪酌，再觀眾飲無度，樂意無窮，嫌隙冰釋，暖心動人，乃深有欣慰之感。不想丞相薨亡之時，蜀軍規度大亂，即便歸返，蜀又盡皆風聲鶴唳，所幸蔣琬穩其大局，蜀方轉危為安矣。然其後魏軍進犯，漢中幾近覆滅，幸有王平固守其勢，禕才得領軍疾馳，於是更有今夜宴舞笙歌之樂也。

費禕一思及此，不覺吞聲忍淚，又想孔明、蔣琬、王平已逝，不禁老淚縱橫。忽又憶起曾有孤高勇將，驍悍善謀，更為敬仰長者，對禕亦時有照護，忠貞護國，卻不得善終，而禕雖存疑，然力有未逮，遂淚流難止。尚有一恩者，其性雖狹，又巧舌威壓群臣，惟待禕不薄，後則權慾薰心，走火入魔，自取毀滅，禕亦阻之不得。是皆近二十年前往事，惟實乃禕之大撼，若此等盡存，通力合意，文武兩和，則蜀不憂難以自保，國何愁不能壯盛，賊無疑必為伐滅，是以禕悲從中來，不可斷絕，遂縱聲痛哭，其啜淒然，聞者為之沾襟矣。眾不知禕意，以為其因蜀中新舊群將不和而慟，今見禕用心如此，極力揉合兩方，勞瘁而憂傷，知不可再有意氣用事，於是新舊交錯，輪番上陣，共敬酒於禕矣。禕見老臣新附，連成一體，和樂融融，乃轉悲為喜，忘卻不快，縱酒狂歡不已。

及費禕歡飲沈醉之際，見姜維等早已醉臥席間，忽覺有奇物在側，再仔細觀之，原來是郭脩旁坐，果然酒國豪傑，禕乃大喜而曰：「孝先今夜暢歡盡樂否？」脩先察維早已夢醉，餘等雖仍豪飲作樂，然實無礙，脩始對禕曰：「此間雖樂，然大將軍位高煩忙，今夜以前難近大將軍而深談，更無得獨自面聖，惟有一事長埋於心，故實想詳問也。」禕曰：「今夜甚樂，長幼尊卑無忌，且暢所欲言，直說無妨！」脩曰：「脩欲詢將軍魏延之事也。」禕一聽是魏延案，遂有幾分醒酒之意，而後對曰：「孝先知魏將軍之事耶？」脩曰：「脩昔在漢中王將軍之下，時聽將軍對此案抱有不平之鳴，更為其受冤而墮淚不止。王將軍臨終留有遺願，望脩日後能為魏將軍中冤平反。王將軍前不以脩貌醜而斥，反待脩猶子，是以至今感念在心，故脩多年間明查暗訪，更有親詢參與此戰而卸甲歸田之漢、魏兵卒，乃至於漢中、五丈原鄰近故老，終探知魏將軍實受楊儀所害也！」禕惑曰：「願聞其詳！」脩斂容曰：「脩昔在魏營，與魏將郭淮、司馬昭曾有觸及，後又在昭軍之中，故略知當年魏營發生何事。丞相屯軍五丈原，然魏都督司馬懿拒出戰，雙方遂久無戰事，丞相乃遣使羞辱，而司馬懿不以為意。故丞相又再遣魏營請戰，司馬懿款待來使，席間探得丞相食少事煩，恐將不久於世，是皆有載於魏之史略記要，故可探知。司馬懿知丞相將亡，然有所難信，恐其有詐，故又使歡慶喧鬧之計，誘丞相往前軍探視，雙方互派來使詢問，丞相果然憔悴病重，是故司馬懿確信丞相將逝。而魏將郭淮，曾與魏將軍交鋒大敗，深知其驍勇善謀，魏營時有軍議，料丞相雖亡，魏將軍攝行後事，因屯田糧足，未必撤軍，故魏將軍乃最大患者，必也除之而後快，此軍議有夏侯霸將軍可證之。故司馬懿靜待其時，欲率大軍直襲漢營中軍，使其慌亂退散，自相踐踏毀傷，遂無力回擊，後再回師與本寨兵馬夾擊將軍魏延，務求滅除之。然大將軍有否察覺其間誠有矛盾之處，實非丞相之性行耶？」禕聞言而大驚，脩語準確，探尋延案之深，宛若其人曾在兩營而親見之。禕再觀脩貌，其雖滿臉傷痕，因而面醜貌惡，惟實聰穎過人矣。

見郭脩絕非嬉鬧，費禕乃正襟危坐，已而低語問曰：「孝先何出此言，丞相方其時有何異狀耶？」脩見禕若有戒色，故亦附耳低聲曰：「丞相一生用兵謹慎，非不得已，甚少犯險。丞相臨終前曾親往三軍營寨巡視，更於巡至前軍時，對楊儀及魏將軍親囑，其身後由魏將軍攝行繼統大軍，此同眾論推斷，而敵營亦如此預料。然依伯約所言，丞相歸中軍營後，又親囑楊儀等退軍節度，而大將軍亦在場，命由魏將軍斷後，伯約次之，若魏將軍或不從命，軍便自發。此又與丞相前對魏將軍所囑之計，形雖同而略有異，然相異者更乍似互有矛盾。惟丞相一生精明，是以絕非昏瞶，差異者實皆丞相謀略，司馬懿等盡皆入其計矣！」禕聞言，丞相遺命確實前後相異，故不禁眉上深鎖，脩乃再曰：「楊儀、魏將軍勢如水火，紛爭不止，此眾所皆知，大將軍更時有居間調解，而敵營亦知二人不和，是以丞相為此煩擾不已。丞相料其身後，雖由魏將軍攝事，其人深明大義，臨難能為大局屏除舊惡，然楊儀小人之心，反自懼必死，故會有所動作。丞相知單囑魏將軍攝行，楊儀必也違命構陷以求自保，惟楊儀乃有功之臣，亦不可無故驟除，故行一石二鳥之計，使楊儀及司馬懿皆入其計矣。」禕面有驚詫而曰：「是何計耶？」脩曰：「丞相行事謹嚴，往來使者，必有慎選，豈容洩軍機者入於魏營。且丞相日常作息亦屬機要，猶食少事煩，乃有危身心者，豈能隨意外洩。況若丞相真已病急，又豈容其憔悴樣貌見於司馬懿及我軍士卒之前，而使司馬懿確信有機可趁，或自擾我營軍心，是故丞相實有意為之耳。」禕惑曰：「丞相病疾，並非虛假，如何有意為之耶？」脩曰：「丞相雖有微恙，然方其時並非病劇，蓋司馬懿拒戰不出，故丞相將計就計，佯重病而誘其出陣突襲。又囑魏將軍伺機而動，及敵兵直入我中軍棄寨後，放火燒之，前軍再出半數之兵與中軍反向圍之，司馬懿必也插翅難飛，敵軍將帥可一舉滅之矣。」脩言訖，禕實無以回應。

費禕久思其語，忽又惑曰：「若丞相僅佯病劇，何以確保司馬懿必出兵突襲中軍耶？」郭脩對曰：「是故丞相佯其病急以外，而後更以詐死誘敵，再以此計試探楊儀有否謀害魏將軍之心矣。未知大將軍還否記之，伯約有言，丞相薨亡之日，適逢其命楊儀赴後軍盤整輜重之際，前又同時密召大將軍與伯約入丞相帳，蓋皆可信之忠士，其乃丞相欲同授大將軍及伯約輔其詐死之計，匿其未死之身於大軍之中，瞞我眾將群卒，更不欲楊儀知之耳。是故眾以為丞相真亡，皆惶恐忐忑，司馬懿方能信以為真，而率兵直擊中軍。此計若成，丞相前已囑楊儀等撤軍規度，又由魏將軍斷後，然其或有所不從。惟丞相早已授計命魏將軍守前陣，待司馬懿入計奔於中軍棄寨，再以火計燒之，後由魏將軍領兵與中軍包夾一舉滅之，是故魏將軍必不斷後。於此之際，丞相因無法確知楊儀之心，乃欲同布此局而試探耳。若楊儀因懼魏將軍於丞相身後攝行，反欲構陷之，必也偽丞相遺命而奪兵權，下令疾速撤退而棄置前軍，再放言魏將軍滯兵投敵，則楊儀心懷惡意即可明證也。」禕大驚不已，久難言語，已而問曰：「然若丞相原計如此，何以後有變卦耶？」脩曰：「丞相原意若楊儀偽命害人，待司馬懿入中軍營寨受火攻之際，丞相乃現身陣中揮軍，非以伯約木人之計代之，必使司馬懿大亂，又困於火陣之中，自相踐踏，加之以圍兵強攻，則其必死無疑也。待司馬懿等受誅以後，魏軍大亂，而楊儀前若因魏將軍繼掌領軍而自懼，不知為大局而屏舊隙，反有偽命陷害魏將軍之事，必為丞相追究。或拔官或下罪，惟因丞相惜楊儀大才，不忍割舍，更期得在饒恕以後，因之引咎洗心，與魏將軍附和，故此為丞相一石二鳥之計也！」禕聽脩言，果然一解其長年深惑矣。

郭脩見費禕沉默未語，再曰：「丞相原計如此，卻突遇變故矣。大將軍與伯約當日赴丞相密召，未及丞相授計，反遇楊儀忽見丞相營帳。伯約有言，楊儀當日慘然失常，似非其人。丞相雖欲詐死，然驟病猝，故楊儀雖慌，更懼魏將軍繼任後挾怨藉題除之，故楊儀又趁隙奪兵符，依丞相親囑撤兵之事，再造偽命遺言由其統領大軍撤退。司馬懿前為離間丞相左右臂膀，於兩軍對陣之際，各予楊儀及魏將軍，其不和政敵之通叛偽信。魏將軍焚毀，而楊儀留之以為奸謀佐證，更依此放言魏將軍通敵謀逆，遂領眾將提防叛賊而疾退。惟丞相撤軍之命，實與其令魏將軍攝行後事，堅守前軍而待司馬懿入甕之計，成雙成對矣。忽遇丞相薨亡，則此成雙之計，兩方只知其折半之令，互以為對方謀逆違命，於是同室險有操戈相對之爭也。」禕聞言，乃長歎不已，其因嘗受儀命，往魏延營帳試探，前又有親聞丞相遺命撤軍，兩者乍似矛盾，原來皆為丞相孔明成雙深計矣。

　　費禕先是閉目頷首，後對郭脩曰：「孝先果然聰穎過人，探訪尋獲如此眾多細節，又有此番絕倫推論，實乃一解吾之長年大惑矣。依孝先言，其後楊長史似以丞相偽命號令大軍急撤，而魏將軍為破長史流言，深懼若其領前軍截道南撤，一旦與中軍接壤相遇，恐因謠言誤解而舉兵相攻，是故僅輕騎南行，欲捷足先登漢中，而使流言自滅。然吾等退至棧閣道口，卻見魏將軍已然先行，卻又沿路燒絕棧道，此其故何也？吾與魏將軍乃多年舊識，其更為吾所敬仰長者，雖難信其謀逆，惟其毀棄棧閣，阻卻吾軍南行，而使我大軍受司馬懿追擊潰滅之險，實又難謂魏將軍了無違命之處也。」脩對曰：「吾嘗探訪漢中故老，或曰親見魏將軍當日繞路奔至南谷口，見兵馬疲憊，乃下令駐紮歇息。又有故老親聞我軍將士，前因得令司馬懿大軍將至，欲襲擊奪取漢中，故先燒絕棧道阻卻南攻矣。魏將軍既繞路而行，以求抄出棧道以後，顯見其至棧閣前，棧道早遭人燒毀，是故另繞道而出。楊儀大軍及魏將軍均遇毀棄棧道，又有我軍將士言敵大軍將至而先毀路，故吾想其必為第三方所為之事。吾在魏營之中曾有探詢，司馬昭嘗謂吾曰，其父司馬懿曾有使蜀軍退兵內鬨之計，故不追及我軍，即高枕無憂班師回朝矣。司馬昭雖未探得其謀為何，然司馬懿稱星火燎原之計也。吾將二者相湊，乃發見燒絕棧道者，恐為司馬懿早於兩軍對峙時，即遣奸細埋伏棧道。遇有我軍退卻之際，即放流言魏大軍將至，須先毀棄要道，使我軍守兵不明究裡，與敵奸細共毀棧道。而我軍退將，無論何者先至，皆以為他方所為，故能使兩方互指叛變，繼而內鬥不止，至死方休矣。」

見郭脩所言不虛，並非全無憑據，更有合情之處，費禕乃漸信之。脩察其貌，又再曰：「後楊儀遣王將軍領飛軍先行，再遣馬岱率鐵騎追擊。飛軍善山行，故先追至南谷口。而方其時魏將軍正原地駐紮歇息，其為解王將軍之疑，更不欲親養士卒受累，乃自遣散輕騎，歸於王將軍麾下。故絕非楊儀所言魏將軍之兵，因王將軍大義之言，而心虛潰散，此有王將軍親言於吾可證也。而馬岱追擊魏將軍，雙方交鋒數十回，不分勝負，馬岱才反於再次追殺時，為魏將軍所敗，然其饒馬岱不死，大怒『魏延反否』三聲而走，其後馬岱才又背後暗殺之，亦非楊儀流傳傲吼『誰敢殺我』而大意被斬。此皆有吾親訪馬岱所得之語可證，其更言對此懊悔不已。因馬岱後見諸多怪異之處，方疑恐為楊儀偽造丞相遺命所詐，魏將軍實非叛逆惡人，卻由其受詐斬之，是以悔恨無窮矣。是皆因楊儀當時官高權重，護柩保蜀有功，時論又均以為將繼任丞相大位，故眾皆不敢對楊儀之言有疑，後聖上亦未處評此案，乃至於曲解之語流於後世矣。」禕大歎，雖其長年難信魏延叛逆，然諸多疑點未解，而今逐一撥雲見日矣。

費禕本欲應答，然郭脩反先斂容厲曰：「吾雖探知丞相詐死成雙之計，然其不巧驟逝，而使計謀生變，以至於滅殺司馬懿不成，又使楊儀得造偽命反擊，實則過於偶合，故丞相病猝而薨之事，尚有一解。丞相之死，並非巧事，實乃受人謀害矣。」禕聞是言，大駭不止，蓋此疑惑即禕始終不願觸及者。脩先是閉目深思，而後又曰：「伯約有言，大將軍方其時亦有在場，丞相驟逝之日，楊儀當在後軍盤整，卻突見丞相臥榻旁，雖曰其因丞相之死而誠惶至恐，然吾聞伯約所述，更似其突發行凶後，驚慌失措矣。」禕愕然，其前於儀失勢後，特往省慰之，然探得儀本性權慾薰心，故必無所不為，再回想丞相薨亡當日之景，亦曾生此大疑，惟不敢再有深思矣。禕雖曾有此想，然仍惑曰：「吾前曾有此疑，然丞相待長史深厚，又常伴左右，何故如此耶？」脩對曰：「此案即因楊儀常伴丞相左右，深知其作息、字跡等，故能仿造遺命，或假傳丞相令，而使旁人真假難辨矣。丞相雖行成雙之計，欲一舉擒殺司馬懿，又予楊儀最終之忠誠試探。然因楊儀常伴其側，而聖上遣李福探病，楊儀又曾極力探詢後繼者，李福或對楊儀早有警惕，惟其眼線滿布軍營、蜀地，又再遣人於營寨、蜀中不斷側擊李福，故楊儀恐已有察，丞相欲行詐死試探之計。況其若知丞相所薦後繼者無己，或此亦為丞相欲試其反應，刻意使人洩之，楊儀猶以為其所密探者，必然為此大怒，又想若魏將軍終有一日掌權，懼其必死無疑，須得用計除之。楊儀若再察丞相為保魏將軍而對其生疑，必也與丞相反目成仇。而後再知丞相命其往後軍盤點命令，實則欲支其遠離中軍之計，因楊儀深知丞相作息，故挑其帳營四下無人之時，先與丞相密會理論此事。惟丞相恐因其計受楊儀識破，雙方激烈爭論，楊儀確認丞相保魏將軍之意甚堅，乃憤而殺之。其後楊儀將計就計，因丞相早以詐死之謀逐步欺瞞眾將，佯其病危在先，故眾皆無疑丞相之死，以為實乃病猝而逝矣。故楊儀方能將謀害丞相之事，瞞過睽睽眾目，繼而奪兵符而號令全軍，偽造丞相諸多遺命，而再放言魏將軍謀逆，始有其後我軍規度大亂，互指叛逆，險舉兵相攻之憾事矣。」

　　見郭脩言之鑿鑿，宛若真有其事，惟此乃費禕事後深懼觸及之事，更不願丞相實受人謀害，是以悲傷難忍，淚眼對曰：「孝先難得今夜如此絕妙推論，然均口說無憑，案關者或多已逝。即有尚在者，因此案聖上不再評處，吾等皆已不願提及，雖王將軍有為魏將軍平反遺願，然實恐難矣。孝先心意，吾甚感念，惟何不就此輕放此事耶？」脩忽怒曰：「伯約也好，馬岱亦罷，汝等盡皆為己，口說有憾，為其不平，僅止於私下密談，以抒汝等心悶歉疚，然若談及為魏將軍申冤，則迴避閃躲，不敢再有半句提起，僅有王將軍始終掛念此憾耳！」禕見脩如此勃然而怒，始察其似非單為王平臨終心願而為，又看脩語漸有不敬，遂不悅問曰：「既知難有人願挺身平反，今又何故大言此事耶？」脩曰：「汝今已貴為大將軍，更是聖上身旁之人，如此位高權重，何愁無法為魏將軍翻案耶？蓋爾等當時皆有違誤，對疑點匿而不報，一干人等盡似楊儀共謀，不過為保自身名節而不願平反耳。」禕聽此言，更有怒意而曰：「今魏將軍案已過近二十年，我家國大業蓋因眾繼往者竭心盡力，後又兵戎節制而漸有復甦生息，豈可自掘瘡疤而興亂事。況此關乎丞相清譽，豈容世人疑其遭受謀害，且若為最親信者，如此丞相一世神機妙算、鞠躬盡瘁英名豈非毀傷！丞相曾告戒為家為國，則有必要之犧牲者，當斬則斷，不可再因存善心而亂形勢，以成就保國衛民之大義。故魏將軍之案，吾亦深感惋歎，然為家國安泰，乃不得已而有所捐舍矣。」

眾以為費禕、郭脩低語交談甚久，應是盡歡暢言，見兩人似有醉貌，言語漸轉激昂，以為不過酒後失態，故均不以為意。脩聞禕言，眥目而怒曰：「魏將軍性雖孤傲難近，然一生高風亮節，為國忠貞，豈容爾等羞辱，蒙受如此大冤而遺臭萬年！吾早有預料，汝等盡謂為家國大業，不可再掘此案，實則僅為安保自身名節耳！」禕見脩如此義憤填膺，乃反諷曰：「郭脩，此事與你何干耶？汝莫要佯作與魏將軍何等熟識，丞相、楊長史、魏將軍等，汝實未識得其人，更未謀其面，安敢如此妄評矣！」脩忽縱聲大笑曰：「吾與魏將軍相識甚久，焉能不知其為人深明大義，忠貞護國，故為其受冤遺臭而忍無可忍也！」

郭脩言之忿忿，費禕原就察其似非單因王平遺願而執意翻案，今再聽脩此言，乃有大驚，然佯無事而勸曰：「郭脩，汝已深有醉意，休再狂言矣！」脩笑曰：「吾豈狂言哉！吾更知汝當年有至魏將軍營寨，受楊儀之命而試探耳，魏將軍欲與汝共留手書，卻為汝所推諉，故魏將軍後見中軍拔營急撤甚怒，以為汝與楊儀同黨構陷。今聽汝言，方可確信汝實受楊儀之詐，歸中軍營寨後反進退不得，故此後對楊儀僅得順從！而丞相多有命吾行事，更曾有錦囊妙計相授，吾豈不識丞相耶？」禕聽脩狂言如此，然諸多細節恐非後人得探查之，故詫異而曰：「郭脩，汝乃何人？既前為魏將，我軍之事何以知之甚詳耶？」脩厲曰：「吾一生所敬者，孤勇大義，臨危仍惜兵愛卒者，魏將軍也；次敬之人，明辨是非，為秉公持義而嘔心瀝血，諸葛丞相也；再敬之人，能洞察流言，寧可錯放，亦勿使冤人受害，吳將軍也；尚敬一人，知過生疚，疚過有悔，悔過圖改，王將軍也！餘皆自私無義之徒，未足於議也！」禕見脩如此憤慨，乃再追問曰：「汝究竟何人耶！」脩哂笑如故，而後續曰：「我郭脩行不改姓，坐不改名，只為這善惡是非顛倒之世，倒置姓名耳！」禕不知其意，脩又曰：「修行之『修』，輪廓之『廓』，吾乃『修廓』是也！」禕聽其言，一想「修」，飾也，而「脩」，脯也，二字本音同義別，然經史相通也。而「廓」及「郭」，皆為城外之牆，或物之外緣，二字有相通之義，乃知「郭脩」實為「修廓」之倒置耳。

　　費禕忽又想起修廓何人，乃蜀營中眉清目秀之士，禕前於丞相營帳外交錯而過，實有一面之緣，丞相更嘗言，其必也留名青史之人矣。郭脩察禕仍有所惑，故再曰：「魏將軍受害後，吾所率殿後前軍，有死士數名，實不能忍，遂集結直奔楊儀而欲誅之，然吾阻之不得，後兵少而敗，同被押赴漢中受刑。惟漢中守將吳將軍，前曾與魏將軍同伐北賊，大破魏將郭淮，吾時亦在陣中獻策，故與吳將軍熟識，其前更有魏將軍飛報楊儀謀反之事，並囑莫使吾身受楊儀之害。吳將軍深知吾絕非謀反之徒，故於臨刑前縱吾暗離也。於是吾自毀面容，倒置姓名，投奔於魏，又終日習武，靜待時機入於魏營，以詳查當年之事，更欲親睹魏將軍『重門之計』成效矣。果然後於司馬昭營下，得證魏將軍之真知灼見也。」禕聽其言，一解大惑，原來當年如此俊秀之人，竟為魏延沉冤，而自傷其面，又投筆練武，可知其性之剛烈也。禕再想丞相對脩之評斷，知其亦為丞相所識之大才者，今脩再歸蜀，實則蜀之大幸，故欲脩能放下延案，為家國盡忠，於是禕對脩曰：「孝先實則丞相極為器重之人，今得歸蜀，乃家國大幸。吾深知孝先二十年之苦，何不盡棄前嫌，同心效力，共伐北賊。有孝先之大助，鴻業必能致達，此亦魏將軍之心願也！」

郭脩見費禕道貌岸然，乃放聲大笑，而後再對禕曰：「汝今高居大將軍之位，卻仍執迷不悟，字字句句美言為國，然實則為己，更不欲為沉冤者洗雪，續陷魏將軍遺臭萬年。汝愛家國大業，然吾更敬魏將軍也！」脩言訖，突拔暗藏匕首，刺禕身要害，禕大驚不能言語，而脩又附耳低語曰：「今汝等為保自身虛名，皆不願為魏將軍洗冤，然魏史之記要，有來使洩丞相食少事煩之錄，誠與丞相謹慎本性有違，蓋實乃其成雙之計矣。而此地雖不置史，註記無官，惟如此大事，今後必有魏降人郭脩刺殺大將軍之誌，實則因其忍無可忍之事也。縱改朝換代以後，亦尚無人洗魏將軍之冤，然此二史記要如此突兀，又有諸多矛盾之處，吾料千年以後必有洗冤者矣！」脩言畢，禕眥目倒地，眾察禕為脩手刃所害，皆大駭失語。已而，脩被眾將群卒包圍擒下，脩束手就縛，未有抵抗，猶是狂笑不止。

大將軍費禕忽於歲首大會遇刺而亡，謚曰敬侯。而姜維酒醒以後驚駭難平，問於郭脩，脩皆不語。直至臨刑前，脩未再言隻字片語，然哭魏延仍沉冤遺臭，笑將遠離是非顛倒混濁之世。如此哭笑不已，臨處刑之際猶淚眼狂笑，後有觀其遺首，卻仍笑中帶淚。於是眾雖難解其故，皆以為脩乃因狂顛刺禕受刑而死矣。

《南鄭縣志》有載：「漢中府城北門外里許，有虎頭橋，平地列數石，其下並無溝渠，殊不成橋，而流傳久遠，且立碑焉。詢之居人云，是三國時魏延死處。攷《蜀志》，延奔漢中，楊儀遣馬岱追斬之。延固死于漢中者，土俗之言與史有合。橋距石馬堰二里有餘，以此知延墓在彼之說，未為盡妄云。」其志又載：「蜀漢南鄭侯魏延墓，相傳在北門外四里石馬堰，有石馬立田間，云是墓前故物。延固宿將，有戰功，雖末路猖獗，身死族誅，蔣琬原其本意，但欲除殺楊儀，不便背叛。當日追訟前勞，必有以禮收葬之事。石馬遺蹟，傳之故老，未必無因。」

後又有漢中故老之語傳世，蜀漢將軍魏延因受冤而死，怨氣難平，其墓前石馬逢夜化為駿駒，至田中啃食農稼糧作。若農家聚眾追趕，駿駒奔馳，至坡堰方歇，然天明之時，又化作石馬。居人知是石馬為其主受不平大冤而鳴，惟延案難解，朝廷既未定謀逆之罪，又未下詔平反，乃使眾不敢張揚其冤，僅得往延墓而默祭之，「石馬坡」猶是得名也。而居人因感念延對軍民照護，雖未敢言其名，然於墓側暗刻楹聯一對，書曰：「虎橋往事明月知，漢水長流太守名。」傳之後世矣。

於是後人有詩歎曰：

虎首橋邊花落淚，
龍鱗澗下礫浮冤。
家邦巨柱驚傾圮，

蜀漢三軍遽自呑。
佞孽興謠誣北叛，
忠良弭謗返南奔。
清名枉戮難申雪，
石馬坡前赤膽魂。

【完】

冰清明月映石馬，千年沉冤盼昭雪

——《石馬坡》相關史料與創作解析

※此篇因涉及小說劇情及部分謎底，建議閱畢本書故事內容後再行閱讀

一、前言

個人先前曾撰寫過小說《阿罩霧戰記》，內容主要針對臺灣霧峰林家第五代林文察及林文明這對兄弟，就相關史料閱讀下來，深感這對猛將兄弟先後受人陷害而蒙冤的可能性非常高，故也針對史料間的縫隙之處，以小說創作的方式，嘗試為這對兄弟作出稍有不同於史家評價的創作詮釋。

當初選擇《三國演義》作為伴隨旅行法國的讀物，重新翻閱這部經典章回小說之時，由於蜀漢名將魏延在《三國演義》中及史實記載的極大差異，再加上魏延的實際遭遇，令人對其事感受到前所未有的濃烈冤味。自己則一轉年少時期對魏延因《三國演義》「反骨仔」形象所衍生出的既定負面印象，反而對這名實際上恐怕才是「忠臣良將」，卻受冤而死的名將，深深湧現同情之感。因此繼《阿罩霧戰記》後，再以文學小說的形式，將《三國演義》成功塑造的「叛將」，重新賦予一個不同於以往經典小說的形象與面貌，故創作了這部《石馬坡》。

因為創作這部小說的過程中，翻閱了許多相關資料*，也算是學習到不少過去自己所不知道的三國相關史料細節。因為僅為個人創作需要的參考與整理，並非歷史大師最為嚴謹的學術研討，但這些資料個人覺得非常有趣，故才想藉由後記一同整理創作構思中的參考資料與閱讀心得，分享給對三國題材有興趣的讀者朋友作為參考。由於個人翻閱心得多屬「天馬行空」的幻想，還請「三國迷」、「三國通」或「三國歷史大師」等敬愛的前輩們，姑且當笑話看看就好。個人閱讀心得含有諸多遺漏、偏頗及錯誤，更多屬於「腦洞大開」的奇想幻夢，甚至還有近乎「發神經」式的空想。但都是為了創作構思所衍生個人主觀想法，並非針對歷史真相去作嚴謹討論，而是個人創作靈感來源及劇情編排的解析分享。所以還希望敬愛的前輩們，千萬不要跟創作者的編劇幻想過於認真，故還請一笑置之與多多包涵。

* 《石馬坡》小說創作及本篇後記的相關古籍原典參考資料，如《三國志》（含《三國志注》）、《漢晉春秋》、《通典》、《晉書》、《華陽國志》、《水經注》、《資治通鑑》、《洋縣志》、《南鄭縣志》等，引用自「中國哲學書電子化計劃」原典資料庫，線上開放電子圖書館請參閱網址：https://ctext.org/zh。

二、史實記載中的魏延究竟像什麼樣子

為了能夠以現有的相關史料，更詳盡想像當初的可能樣貌，自己反覆翻閱晉朝陳壽《三國志》及南朝劉宋裴松之《三國志注》的相關記載。在《三國志・蜀書・魏延傳》中，即有記載蜀漢名將魏延，本身「以部曲隨先主入蜀，數有戰功，遷牙門將軍」，而後又取代眾所預期的張飛，被劉備直接拔擢為至關重要的漢中督守，使一軍盡驚。在本傳的記載為：「先主為漢中王，遷治成都，當得重將以鎮漢川，眾論以為必在張飛，飛亦以心自許。先主乃拔延為督漢中鎮遠將軍，領漢中太守，一軍盡驚。先主大會群臣，問延曰：『今委卿以重任，卿居之欲云何？』延對曰：『若曹操舉天下而來，請為大王拒之；偏將十萬之眾至，請為大王吞之。』先主稱善，眾咸壯其言。先主踐尊號，進拜鎮北將軍。」其傳又有載「延既善養士卒，勇猛過人，又性矜高，當時皆避下之」。

其實從這些簡短的記載中不難發現，魏延並非豪門貴族出身，憑藉一己之力以部曲之身脫穎而出，被劉備所發掘並迅速提拔。即相當於從基層憑藉實力，一路再以戰功當上征西大將軍之位的名將。尤其在劉備要提拔魏延為漢中督守之時，眾人其實多有不服及疑慮，而魏延的豪氣回應，反而讓眾人服氣，其後魏延也確實將漢中督守、防禦、治理及建設非常良好。因為一般從部曲出身，理論上

若不是「媳婦熬成婆」的極端心態，大部分會是能夠體諒士卒勞苦及理解其想法的「善體善解」將領，所以才會與後頭記載的「善養士卒」很能呼應。

在《三國志・蜀書・魏延傳》還有一段記載：「建興元年，封都亭侯。五年，諸葛亮駐漢中，更以延為督前部，領丞相司馬、涼州刺史。」亦即除了劉備以外，到了諸葛亮時期，魏延的能力依舊倍受肯定，也為諸葛亮所重用。另在本傳又載：「（建興）八年，使延西入羌中，魏後將軍費瑤、雍州刺史郭淮與延戰于陽谿，延大破淮等，遷為前軍師征西大將軍，假節，進封南鄭侯。」而在《三國志・蜀書・楊戲傳》中的〈季漢輔臣贊〉，有裴松之的加注，也有關於吳懿的記載：「建興八年，與魏延入南安界，破魏將費瑤，徙亭侯，進封高陽鄉侯，遷左將軍。」這兩段相為呼應的記錄可知，建興八年之時，魏延與吳懿受命獨立領兵，深入南安界，大破魏國名將郭淮等。因為兩軍對峙變化莫測，更可說在臨場之中，所面對的是瞬息萬變、難以預料的生死瞬間，更多時候需要領導將領的當機立斷，並非遠在他方的丞相諸葛亮可以精準遙控。故合理推測魏延必定具備獨立領軍進退、布局籌謀，以及臨陣機變的高超軍事能力。另在《漢晉春秋》也曾記載：「（建興九年）五月辛巳，乃使張合攻無當監何平於南圍。自案中道向亮。亮使魏延、高翔、吳班赴拒，大破之。獲甲首三千級，衣鎧五千領，角弩三千一百張，宣王還保營。」這段記錄也是魏延領軍破敵的另一項卓越戰績。

此外依據《洋縣志》卷三〈山川志〉，其關於漢中地勢及關隘的記載，略為：「槐樹關縣東五十里，置為赴寧陝捷徑……至西鄉之上，兩河均禦守山寇者，必守之隘。」、「茅坪縣東北九十里，重巒疊嶂……至華陽均崎嶇山徑，處處可通，最為要隘設把總汎防守。」其篇章內有對諸多不同關隘易守難攻的描述，後又載：「興勢關在縣北四十三里興勢山上，蜀置曹爽向漢中，據興勢，下臨黃金谷。蜀先主遣諸葛武侯出駱谷，戍興勢山，置烽火樓，處處通照……正始五年曹爽伐蜀，費禕進據三嶺以截爽，自駱谷去扶風，隔以終南山。其間有三嶺，一曰沈嶺，一曰衙嶺，一曰分水嶺。」上述記錄雖為先主劉備遣諸葛亮守興勢，但若為劉備之時，應當是指魏延督守漢中期間，為關隘防禦工事所設置的烽火樓。不知此處是否為誤記，或是某些因素改以諸葛亮替代，當然也可能是諸葛亮確實曾領劉備之命，前往此處設置禦守工程，但若對照《三國志》的相關記載，應當是魏延所為。而其後文字均為記述各個不同關隘的險要，以及歷代在這些不同關要設兵防守的記錄。若再參照《洋縣志》中關於費禕「興勢之戰」的文字，當然也可合理推斷，魏延督守漢中後，有在這些重要關隘布下精兵防禦。

《三國志．蜀書．姜維傳》相為呼應的記載，其略為：「初，先主留魏延鎮漢中，皆實兵諸圍以禦外敵，敵若來攻，使不得入。及興勢之役，王平捍拒曹爽，皆承此制。維建議，以為錯守諸圍，雖合周易『重門』之義，然適可禦敵，不獲大利。不若使聞敵至，諸圍皆斂兵聚穀，退就漢、樂二城，使敵不得入平，且重關鎮守以捍之。有事之日，令游軍並進以伺其虛。敵攻關不克，野無散穀，千里縣糧，自然疲乏。引退之日，然後諸城並出，與游軍并力搏之，此殄敵之術也。於是令督漢中胡濟卻住漢壽，監軍王含守樂城，護軍蔣斌守漢城，又於西安、建威、武衛、石門、武城、建昌、臨遠皆立圍守。」

而在《三國志．蜀書．王平傳》，關於延熙七年的「興勢之戰」，則有更為詳細的記載：「（延熙）七年春，魏大將軍曹爽率步騎十餘萬向漢川，前鋒已在駱谷。時漢中守兵不滿三萬，諸將大驚。或曰：『今力不足以拒敵，聽當固守漢、樂二城，遇賊令入，比爾間，涪軍足得救關。』平曰：『不然。漢中去涪垂千里。賊若得關，便為禍也。今宜先遣劉護軍、杜參軍據興勢，平為後拒；若賊分向黄金，平率千人下自臨之，比爾間，涪軍行至，此計之上也。』惟護軍劉敏與平意同，即便施行。涪諸軍及大將軍費禕自成都相繼而至，魏軍退還，如平本策。是時，鄧芝在東，馬忠在南，平在北境，咸著名迹。」

從《洋縣志》的相關記載，再加上《三國志》〈王平傳〉及〈姜維傳〉的內容前後連結，可以得知魏延在督守漢中之時，依據漢中的地勢，在漢中東、南、北等險要隘口佈下防禦工程及精兵禦守。其餘輕騎機動疾行於各隘口間馳援，以收少量精銳部隊抵禦大敵的成效，是為符合周易「重門」之意的「重門之計」。雖然在魏延督守漢中的十多年間，魏國並未真的率領大軍成功入侵漢中，不過由魏延所創立的「重門之計」，在王平督守漢中之時的「興勢之戰」，因為王平續用魏延的軍略布局，確實發揮了以少禦眾的顯著成效。這也顯現魏延在軍略方面的真知灼見，再加上史料記載中，魏延亦曾經與吳懿獨自領軍大破魏軍名將郭淮，隔年又再受諸葛亮之命，赴前陣大敗魏軍，依舊須要有臨場機變、獨立判斷的統馭謀略能力。所以在《三國志．蜀書．魏延傳》的「勇猛過人」以外，或許更能進一步推論，魏延應當是名「勇謀雙全」，具備布局遠見及真材實料的難得將才。

而在早年劉備超出眾人預期，而迅速提拔魏延賦予重任之時，當眾人有所疑慮，魏延的豪氣應答，應是相當信心十足。魏延後來也確實努力做好劉備賦予的大任，可以看出並非空口說大話的虛妄之徒，看起來更像「性情耿直」而可以委予重任的實踐者。在《論語》的〈里仁〉篇中，有一句名言：「子曰：『古者言之不出，耻躬之不逮也。』」當初閱讀這段資料時，會聯想到這句話，再比照魏延的對應與實際作為，事實證明也並非誑語，更似說到做到的真性情，以及其腳踏實地的誠篤個性。若真是這樣個性，也可以理解為何後來魏延無法容忍「言語虛誕」之人，尤其是愛打「嘴砲」的文臣屬性者。這種類似「嫉惡如仇」的耿直性情，使魏延無法忍受喜愛一再以虛談開「空頭支票」者。魏延對這類「屁話」或原地空轉「官腔話」有所厭惡的真性情流露於外，就史料記載，魏延在性格上，對於厭惡之人，看起來並不會隱藏，而是直接將不滿情緒表現出來。這確實也顯現其個性上擁有火爆的一面，但這樣往往很容易得罪部分好耍心機的文官，他們甚至會想集結在一起，想盡各種方式大作文章來對付魏延。

在搜尋魏延的相關資料之時，發現一則很特別的軼事資料，便是在中國的歷史相關論壇或歷史科普相關新知分享報導中，提到魏延領兵時發現「豬銜草」的故事。其故事大意為，魏延領兵有次迷失方向，讓士兵在山邊農家附近休憩，但突然發現農家豢養的豬隻跑來。原本以為豬隻是在吃草，但再仔細觀察，竟是將口鼻埋入草堆之中。魏延驚覺這是天候即將異變的「豬銜草」現象，便下令眾士卒馬上起身離開，違令者斬。不久後便發現原本的休憩之處，因後來緊接著出現暴雨，而被山上瀉下的泥石流所覆蓋。若是當初軍馬仍待在原地休息，恐怕會全軍覆沒。

這則軼事突顯了魏延軍事才能出眾，還有對於四周環境相當機警，以及愛惜士卒的領導風格。雖然這則軼事相當引人入勝，不過個人嘗試找出源頭記載，發現所有的相關報導，都沒有古書或記載的引用。來自於不同網站的各篇報導，軼事內容雖然大同小異，但也都找不到源頭。是否為千年的口耳相傳，或是後人的穿鑿附會，實在就不得而知。原本個人的《石馬坡》就預想以《三國志》、《三國志注》、其他史書及地方縣志為主幹，再以《三國演義》故事內容為輔，所以當初也很猶豫是否引入這段軼事。

但想想就算這段軼事是後人的穿鑿附會，不過千古流傳的名將何其之多，為何會挑上魏延作為這段軼事的主角，恐怕也是從其優越的軍事能力與「善養士卒」，及若延伸為領兵帶到「心」及「愛惜士卒」之意，所建構出來的民間傳說。其實在搜尋相關資料時，還有看過其他魏延善待士卒的具體軼事，不過因為同樣沒有記載出處，也不像「豬銜草」軼事相對之下有更多被引用提及的相關報導，所以也就沒有作為引入故事創作中的參考資料。

然而自己在查閱《洋縣志》卷一〈紀事沿革表〉時，有翻到在漢朝時，與漢中相關的大雨及山崩記錄，其略為：「（漢）高后三年，漢水溢，漂沒四千家；八年，漢水溢，漂沒六千家；延熙三年，五月戊申，漢洋山崩；獻帝興平二年，五月大霖雨，漢水溢。」不過個人對此處的記載排序有些疑惑，「延熙」三年的記載置於漢朝沿革，其後接漢獻帝「興平」二年，更後頭則是漢末及三國事。故個人推測此處的「延熙」並非指後主劉禪，有可能是漢桓帝年號「延熹」的誤植，如此各事件的時序位置才有接壤。但無論如何，在這些接近三國時期的記載，所反映的漢中地貌與氣候，或許未列入沿革紀事的小型驟雨及小規模山崩可能更多，似乎也能和這則鄉野傳聞的暴雨及土石崩落相為呼應，然而故事是否發生在漢中，也就不得而知。另外考量自己《石馬坡》的故事編排，需要留有能夠在事後證實見過魏延繞路領軍撤退的農家伏筆，所以也把這段網路資料所報導的軼事，無論源頭是否為真實流傳的民間故事，因為帶有魏延領軍才能優越，及愛惜士卒的寓意，故也將此則可能的民間軼事，參考改編進《石馬坡》的故事段落之中。

另外就是若以諸葛亮病逝後的五丈原撤退戰結果而論，在楊儀及魏延的爭權中，楊儀若是一再放言魏延謀反投敵，魏延反而是南返自清。雖不同史料或史家評論魏延是想南行殺楊儀，但從頭到尾魏延並未對自家蜀兵發動過任何攻擊的記錄，反倒是留有一處記載，個人來回翻閱皆存有極大疑惑的

「燒絕棧道」之事。這部分後頭會再分享個人閱讀資料的想法，但單就軍事能力而言，若魏延真想殺害楊儀，在撤退戰中，沿路多的是各種機會，然而就楊儀及魏延最後爭權事件結果而論，魏延看起來反而更像是「循規蹈矩」又愛惜士卒的耿直之人。至少在自己的《石馬坡》中，魏延「驍勇善謀」及「性情耿直」的人物設定，是依據這些史料記載所作出的推論與發想。

三、魏延與諸葛亮是否交惡

在魏延本傳所載的「性矜高，當時皆避下之」，可與在傳記中另外提到與諸葛亮相處部分看似有所相關，其略為：「延每隨亮出，輒欲請兵萬人，與亮異道會于潼關，如韓信故事，亮制而不許。延常謂亮為怯，歎恨己才用之不盡。」雖然無法確定當初《三國演義》中，對於魏延與諸葛亮不和的設定，是否確實源自於此，但個人在解讀這部分的記載，若直接導向因其「性矜高」，故又與諸葛亮不和，而時有抱怨，諸葛亮也因此不喜歡魏延。這樣的推論雖不無可能，然而還是覺得並非必然，而又有詭異之處。

這段記載所言之事，就《三國志》內容而言，是指魏延提出了一個自己分兵萬人，再與諸葛亮本軍會道「潼關」的「企劃案」。而在裴松之的《三國志注》中，則引用了《魏略》記載：「夏侯楙為安西將軍，鎮長安，亮於南鄭與群下計議，延曰：『聞夏侯楙少，主壻也，怯而無謀。今假延精兵五千，負糧五千，直從褒中出，循秦嶺而東，當子午而北，不過十日可到長安。楙聞延奄至，必乘船逃走。長安中惟有御史、京兆太守耳，黃門邸閣與散民之穀足周食也。比東方相合聚，尚二十許日，而公從斜谷來，必足以達。如此，則一舉而咸陽以西可定矣。』亮以為此縣危，不如安從坦道，可以平取隴右，十全必克而無虞，故不用延計。」

《魏略》中所提到的內容，即為後世不同朝代史家及評論家，多有討論的「子午谷奇計」。不過個人當初閱讀這段文字，倒是有個疑惑，這麼機密而詳實的軍議內容，為何詳細的記載是來自敵國的《魏略》，而在流傳後人的蜀國版本反而比較簡略。但無論如何，大致上就是魏延提出了自己分兵進攻的「企劃案」，而屢屢遭到「小老闆」諸葛亮的否決。

在職場上，當部屬與主管在會議中意見不同，反而是常有的事。如果一位因為能力很強，也都能屢次完成主管交辦難事的優秀部屬，是有可能會因孤高而對其他同僚帶有傲氣，然而即便其人並非如此，也有可能被其他眼紅的人，刻意塑造成這種形象來進行攻訐貶低。但對於主管來說，這樣的部屬只要能服從及聽命行事，又能屢屢完成艱困之事，並非不可重用的難得人才。況且若主管能力更強、權勢更大，而有讓這名部屬心服口服之處，縱有意見不合之時，或許真有出現任何抱怨，主管大概只會當作是一時情緒不好的「碎念」。甚至因為深知這名優秀部屬的個性，以及長久合作的相互信任，反而還會私下關心，然而這些因為都是非公開的部分，恐怕也會是正史不可能出現的記載。原則上只要確認部屬忠誠認真，並非惡意，還能在「授權」處理及自行判斷下，獨立領導小團隊分勞解憂，理論上一名優秀的主管，並不會因此對其評價大為貶損，或因而厭惡。

因此個人覺得魏延就算對於諸葛亮真的曾有抱怨，更可能出於求好心切，諸葛亮當然深知魏延忠於蜀國及自己，也未曾有過任何實際「抗命」的記錄，感覺更像是魏延提出精心策畫的「企劃案」，因為被老長官否決及意見不合所出現的情緒「碎念」。這段記錄感覺更顯示魏延屬於「性質耿直」之人，既不會對自己人隱藏情感及情緒，對自己人也沒有很深的城府及心機。這種直接表達情感的個性特徵，與其長年合作的老長官諸葛亮，恐怕也不可能不了解。所以若是反過來解讀，看起來更像是一對默契良好的老長官及老部屬，因為交情甚為深厚，可以直接表達情緒「碎念」的緊密關係。或許兩人並不覺得是種芥蒂，故個人閱讀這段記錄，看起來似乎不大像能解讀為兩人必然交惡的跡象。

在《論語》的〈子張〉篇中有一段名言：「子貢曰：『紂之不善，不如是之甚也。是以君子惡居下流，天下之惡皆歸焉。』」其大意為商朝紂王的不善，並不像傳言中的那麼卑劣，所以君子厭惡使自己居於不善之處，而使人們將天下之惡都穿鑿附會、加油添醋在其身上。其實這句名言，也是個人過往在翻閱世界各地不同朝代相關資料時，會時常想起的一句話，故在本作《石馬坡》中，也是以「成王敗寇」作為整部作品的開場。

個人反覆研讀《三國志》有關魏延的描述，其實「性矜高，當時皆避下之」與「善養士卒」，乍看似乎有些矛盾，但細細深思，似乎又有同時成立的可能性。在相關史料的記載中，魏延既出身部曲，看起來也是能體士卒勞苦之人，才與「善養士卒」相為呼應。而且此處的「養」，更有「養死忠之士」的意味，若只是單純很會訓練士兵，應當會用「訓」、「習」或「練」更為適當，此處的「養」，個人覺得有種帶兵帶到「心」及「愛惜士卒」的感覺。如此則魏延似乎並非蠻橫無理、極端矜高之人，否則如此性格很難服眾心而善養士卒。若其真有孤傲之處，恐怕是因其「性情耿直」，而對特定對象極度不滿的表現。在軍議中與其他人意見不同，相當正常，否則完全一言堂，並非最好的議事。在相關資料中，與魏延在相處上不和者，並無明確記載武將出身之人，反而都是文臣性質者，所以個人反覺得魏延的「性矜高」，有可能是針對部分文臣，也有可能是來自於文臣們的口耳相傳，甚至有心人士刻意擴大渲染，故也會使不明真相，或對魏延沒有深入接觸或認識的聽聞者，自然會想驅凶迴避。

而在文臣之中，也並非所有人都與魏延交惡，如諸葛亮尚在之時，魏延與楊儀早有激烈的文武之爭，原屬文臣出身的費禕，就同時與魏延及楊儀交好，甚至時常充當兩人劇烈紛爭的和事佬。故在《三國志‧蜀書‧費禕傳》也有這樣的記載：「值軍師魏延與長史楊儀相憎惡，每至並坐爭論，延或舉刃擬儀，儀泣涕橫集。禕常入其坐間，諫喻分別，終亮之世，各盡延、儀之用者，禕匡救之力也。」。在現今留有的記載中，與魏延相處上出現極度不和者，其實能找到的具體事件，只有劉琰與楊儀二人，然而兩者也皆有其性格上的問題。在《三國志‧蜀書‧劉琰傳》中有提到：「建興十年，與前軍師魏延不和，言語虛誕，亮責讓之。琰與亮牋謝曰：『琰稟性空虛，本薄操行，加有酒荒之病，自先帝已來，紛紜之論，殆將傾覆。頗蒙明公本其一心在國，原其身中穢垢，扶持全濟，致其祿位，以至今日。間者迷醉，言有違錯，慈恩含忍，不致之于理，使得全完，保育性命。雖必克己責躬，改過投死，以誓神靈；無所用命，則靡寄顏。』於是亮遣琰還成都，官位如故。」

在魏延與劉琰的不和事件中，諸葛亮很明確作出裁示，是劉琰「言語虛誕」的問題，並且為此深深責備劉琰，更直接下令將劉琰從前線遣送回成都，看起來魏延與這類文臣不和，事出有因，魏延並非完全不明事理的孤傲之人。況且在《三國志》〈劉琰傳〉記載中，更於本次事件發生前，就有提到劉琰為人：「不豫國政，但領兵千餘，隨丞相亮諷議而已。車服飲食，號為侈靡，侍婢數十，皆能為聲樂，又悉教誦讀魯靈光殿賦。」劉琰班位每亞於李嚴，在蜀國算是相當位高者，但屬於風流善談的文人類型，奢華而恐又少有實際建樹，更對諸葛亮虛談諷議。真要領兵作戰，和實際冒死涉險、縱橫沙場的魏延相差太遠，其又喜好空談，恐怕難以成事，才會與魏延起衝突。

如前所述，就魏延的相關記載及言行，魏延看起更接近「古者言之不出，恥躬之不逮」的實踐者，諸多事蹟也能看出其應當屬於「性情耿直」的個性，故可以理解劉琰完全是其所無法容忍者。也因為魏延並不會隱藏自己的不滿，而是直接表現出來，所以必然會和劉琰發生衝突。而劉琰因也對諸葛亮空談諷議，虛耗時間精力，魏延應當不會完全不知情，如此魏延之怒，除了早就看不慣這類無所助益又居高位者，或許更有替他長年關係密切的「小老闆」諸葛亮出口怨氣的遠因成分。

其實翻看相關資料，發現魏延實際上與《三國演義》的形象大有落差，應當可算是諸葛亮的帳下第一紅人。在魏延本傳中，其於建興八年授「假節」，另依據建興九年，因李嚴運糧不及，卻使用兩面手法，同時欺騙諸葛亮與後主劉禪，致諸葛亮北伐大軍不得不臨陣撤退。事後諸葛亮上書彈劾李嚴聯名表中，有一同署名的魏延，其名號為「使持節前軍師征西大將軍領涼州刺史南鄭侯臣」。可以推測，若此處不為彈劾表聯名的誤記，或是在蜀國的制度上，「假節」或「使持節」並無高下之分，則魏延還是有可能因建興九年又有戰功，再加升為「使持節」。無論是「假節」或「使持節」，因為在外能代天子行事，尤其是針對在前線違反軍令者，在漢朝及晉朝的制度上，「假節」或「使持節」擁有「先斬後奏」的極大權力。雖然蜀國在這方面尚無明確的記載說明，至少再從魏延授「假節」之時，先前僅有關羽、張飛、馬超等人先後授有假節，而魏延則為後主劉禪時代受此殊榮的第一人。其實不難推斷，無論是「假節」或「使持節」，在蜀國也是屬於極為少數功高者的殊榮，更是天子所極力信賴的重臣大將。

在諸葛亮當政之時，可說是蜀國之中，一人之下，萬人之上，最為位高權重者。魏延初由先帝劉備親自提拔，而在諸葛亮秉政時期，魏延更是一路繼續因功提升到幾乎可算是僅次於諸葛亮的最高位者。因為諸葛亮擁有至高的權力，若其與魏延實際上極度不和，諸葛亮更不可能沿路提拔。實際上魏延與諸葛亮的關係，因為都是先帝劉備親手拔擢的重臣，兩人更都將劉備北伐復興漢室的遺志真誠放在心上。如此志同道合，應當非常友好，還有長年的緊密合作，更是諸葛亮極為信賴的忠志之士，才會極力推薦給後主劉禪，更遑論還是可能在陣前擁有部分皇權的「假節」殊榮。

若以此反向思考，如果諸葛亮在生前早認為魏延具有威脅性，甚至懷有反叛之心，性情矜高又不受控制；即便因為蜀中無人，而諸葛亮考量自己尚能節制，所以就算魏延桀驁不馴、難以駕馭，為了人盡其材，諸葛亮還是持續用到最後一刻，到了自己死後又交棒給死對頭楊儀總制撤退大事，如此魏延真的不得不違命或反叛。但這樣的布局，實在會讓緊急撤退的上萬蜀軍，陷入同時被司馬懿及魏延合擊的大險之中，甚至更可能危及蜀地，確實與諸葛亮一生謹慎用兵的風格極為矛盾。

其實以諸葛亮的謹慎個性觀察，其生前應不覺得魏延有謀反之意或難以駕馭的情形，反而應該是相處良好，且相互深深信賴的長官部屬。否則若是難以控制或日後會危害蜀國的任何可能，諸葛亮寧可捨棄不用，也絕不可能沿路如此力保推薦魏延，而使其在軍事上成為幾乎僅次於其身的高位者。另外這樣的可能性，也還可以從《三國志・蜀書・劉封傳》的事件作為相關佐證。劉備與劉封雖是義父子，但劉備對於劉封因關羽敗走麥城之事見死不救，極為憤怒。然而劉備念及義父子之情，原本有意深責而已，但諸葛亮則有不同的考量，其略為：「封既至，先主責封之侵陵達，又不救羽。諸葛亮慮封剛猛，易世之後終難制御，勸先主因此除之。於是賜封死，使自裁。」

從此次事件可以觀察到，依諸葛亮的謹慎個性，考量到劉封日後難以制馭，即便劉封剛猛，是個可以重用的將才，諸葛亮還是寧可建議劉備除掉劉封，也不願讓蜀國冒上劉封日後難以駕馭，甚至反叛的風險。從這件事可以反過來思考，魏延同樣是剛猛的勇將，至少在諸葛亮生前，無論其健在之時，或考量其身後之事，應當都不覺得魏延會是難以駕馭，甚至會是危害蜀國的叛將。否則先不論會不會比照劉封事件設法除掉魏延，根本不可能沿路提拔栽培，而有自找麻煩之事。相反的，魏延更應該是諸葛亮心目中的忠臣良將，及極為重要的左右臂膀，也是其在軍事方面的接班候選人之一，才會沿路栽培提拔到至高之位。因此，諸葛亮與魏延的關係，應是互動相當良好，並有深厚的信賴。況且同樣都受有先帝劉備親手提拔的重恩，也都將劉備匡復漢室的遺願自始至終放在心上，因此都是志同道合的北伐派，至少不大可能是像《三國演義》故事中，從頭到尾就時常勾心交惡的狀況。而在自己的作品《石馬坡》中，則是以這些相關資料推論所作的故事設定。

四、楊儀與魏延的互看不爽是否特別

再來就是關於楊儀與魏延的私怨，在《三國志》的〈魏延傳〉、〈楊儀傳〉及〈費禕傳〉中，皆有提到魏延與楊儀極度不和之事，分別為〈魏延傳〉：「延既善養士卒，勇猛過人，又性矜高，當時皆避下之。唯楊儀不假借延，延以為至忿，有如水火。」；而〈楊儀傳〉為：「亮數出軍，儀常規畫分部，籌度糧穀，不稽思慮，斯須便了。軍戎節度，取辦於儀。亮深惜儀之才幹，憑魏延之驍勇，常恨二人之不平，不忍有所偏廢也。」；以及〈費禕傳〉則為：「建興八年，轉為中護軍，後又為司馬。值軍師魏延與長史楊儀相憎惡，每至並坐爭論，延或舉刃擬儀，儀泣涕橫集。禕常入其坐間，諫喻分別，終亮之世，各盡延、儀之用者，禕匡救之力也。」

楊儀如前所述，與劉琰同樣與魏延極度不和，如果說魏延真有為人矜高之事，劉琰及楊儀也都各有與人相處上的個性問題。劉琰部分如前所述，因為喜好空談，居高位而在沙場上又難有具體建樹，屬於武將所難忍的類型，所以身為武人的魏延不能忍讓。而楊儀在本傳中也有與其他人不和的記錄，其略為：「先主稱尊號，東征吳，儀與尚書令劉巴不睦，左遷遙署弘農太守。」而這位劉巴又是何許人？劉巴有奇才，深為諸葛亮所推薦，在《三國志・蜀書・劉巴傳》中的記載，諸葛亮更曾給予劉巴極高的評價：「運籌策於帷幄之中，吾不如子初（劉巴）遠矣！」而劉巴在記載上也曾得罪過劉備，依附士燮時又因意見不和而遠去，如此劉巴看起來真的算是擁有大才，卻非常有個性，因此在相處上會和楊儀不睦，似乎也不讓人太意外。不過由於劉巴和楊儀所擁有的才華，從《三國志》的記載中，能發現均屬於「運籌帷幄」型的幕僚，而兩人不和的結果，楊儀居下風，遭受左遷。在此雖然並不知道劉巴與楊儀的衝突何在，自己倒是聯想到楊儀「妒賢嫉能」的可能性。

會有這樣的聯想，源自於楊儀與魏延的衝突，在〈魏延傳〉中所記載：「唯楊儀不假借延，延以為至忿，有如水火。」另外在五丈原撤退戰的楊儀與魏延之爭，最後楊儀不但派馬岱殺了魏延，更踰矩夷其三族，在元朝儒士郝經對這件事的評論，個人覺得相當貼切，其略為：「（楊儀）以私忿殺大將，罪浮於延。」而在返回蜀中後，楊儀自以為有大功，更會取代諸葛亮丞相大位。但當最後僅被派任虛位，又居於晚輩蔣琬之下，在老部屬費禕前往省慰時，馬上對費禕大肆抱怨，而露出了真實心性與小人原型：「往者丞相亡沒之際，吾若舉軍以就魏氏，處世寧當落度如此邪！令人追悔不可復及。」

另外楊儀可能算是很在意自己年宦長於人的個性，可以從其傳記中的記載略知一二：「初，儀為先主尚書，琬為尚書郎，後雖俱為丞相參軍長史，儀每從行，當其勞劇，自為年宦先琬，才能踰之，於是怨憤形于聲色，歎咤之音發於五內。」再從楊儀屢屢以言語惹怒魏延到拔刀對應，還有極度重視年宦長幼，看起來個性似乎很接近「尖酸刻薄」及「倚老賣老」，屬於嘴賤又可能會耍官威之人。所以楊儀也很有動機向位高權重的魏延，看透其在沙場上就算驍勇善謀，但並非辯才無礙的文臣，所以不斷藉由各種言語方式對其下馬威，好能突顯自己的影響力。回頭再以自己壓根兒不怕大家敬畏或敬重的老大哥魏延，時常拿這類自己的「英雄」事蹟說嘴，彰顯自己的膽識及重要性，更可能用來威壓群臣，意圖使自己在諸葛亮的心中排名，以及不計實際官階高低，在群臣所敬畏或敬重的影響力排行榜中，穩穩位列魏延之上。

再由楊儀的其他記載觀察，楊儀確實是一名擁有真材實料的才華洋溢者，如在其本傳所載：「亮數出軍，儀常規畫分部，籌度糧穀，不稽思慮，斯須便了。軍戎節度，取辦於儀。」由此可以推斷楊儀的算數以及運籌能力極強，和曾經極度不和的劉巴所擁有的才華相似。另在諸葛亮病逝，蜀軍撤離五丈原後，司馬懿曾經親自領兵視察蜀營的部署，故在《三國志・蜀書・諸葛亮傳》有記載：「相持百餘日。其年八月，亮疾病，卒於軍，時年五十四。及軍退，宣王案行其營壘處所，曰：『天下奇才也！』」這段記載中，司馬懿對於蜀軍營壘處所的佈陣建置相當讚嘆，就連敵軍都有如此至高的嘉許，可見規度籌畫者的天下奇才。個人認為或許其中有諸葛亮的巧思，恐怕也有很多是和楊儀的運籌規劃有關，所以楊儀擁有運籌大才，是可以非常確定的事。甚至若其長期在戰場實地運籌規度，吸收經驗不斷精進，練到後頭的強大功力，可能也已經超越當年諸葛亮所極度讚賞的劉巴。

從這些關於楊儀的記載觀察，楊儀確實擁有很高的運籌才華，但個性上諸多跡象顯現，可能是偏向「尖酸刻薄」及「妒賢嫉能」的官威小人類型。當楊儀與劉巴起衝突時，或許劉巴擁有更高的運籌才華，而使楊儀居下風遭受左遷。但和劉琰相比，無論劉琰與魏延之爭的過咎在誰，光是先看才能及貢獻，劉琰就會直接被送回成都。然而當楊儀與魏延出現激烈衝突之時，因為兩人分別擁有一文一武的極高才華，是故諸葛亮對於兩者均難偏廢，所以在〈楊儀傳〉中就有這樣的記載：「亮深惜儀之才幹，憑魏延之驍勇，常恨二人之不平，不忍有所偏廢也。」

不過在蜀國之中，常有重臣之間的不和，楊儀和魏延的極度不和其實並不稀奇。或許更該說，這些擁有極大才華的能人者，有蠻高的機率個性上容易成為恃才傲物的「怪咖」，其實這種現象在現代社會中，也不算非常奇怪的事。在《三國志・蜀書・鄧芝傳》有記載：「（鄧芝）性剛簡，不飾意氣，不得士類之和。於時人少所敬貴，唯器異姜維云。」另在《三國志・蜀書・宗預傳》也有記載：「（鄧芝）芝性驕傲，自大將軍費禕等皆避下之，而（宗預）預獨不為屈。」鄧芝看起來也是擁有大才的「怪咖」，性簡剛，又不修飾自己的情緒，因此大家都不願意和他往來。鄧芝個性驕傲，就連在楊儀與魏延激烈鬥爭中，都能屢次充當和事佬的費禕，到後來即便已經當上位高權重的大將軍，都還要迴避，但就有另一名重臣宗預偏偏不向鄧芝屈服，兩人也是極度不和，更留有互嗆的對話記錄。所以其實在蜀國之中，重臣與重臣之間，時有不和的記錄，可能也和人與人相處有關。因為無論在哪個國家、哪個朝代，擁有大才者，相互之間很難服氣，故楊儀與魏延之爭，說實在也並非什麼奇特的事。不過兩人之間的不和，最特別之處，大概就是鬥到最後卻成為你死我活的千古歷史之謎。

再回頭看看在〈魏延傳〉中，關於魏延、楊儀之爭的起因描述：「延既善養士卒，勇猛過人，又性矜高，當時皆避下之。唯楊儀不假借延，延以為至忿，有如水火。」關於魏延是否為全然無理的孤傲矜高者，或是針對特定對象的不悅，個人是比較偏向認為魏延屬於針對特定對象有所不能忍，個性上可能更接近「嫉惡如仇」的耿直類型。另由於楊儀諸多記載和行為，看起來雖然擁有運籌大才，但個性上更像「妒賢嫉能」的小人類型，所以面對諸葛亮帳下的第一紅人魏延，楊儀豈能忍讓，甚至可能更想和魏延爭寵。而魏延早已是功高厥偉者，無論其他人對於魏延的恭敬，是出於敬畏或是敬佩，至少不會對這位大前輩敢有任何大不敬，但楊儀若是想要爭寵，恐怕就會想方設法讓魏延有所貶損。

當然楊儀與魏延的交惡起因事件，史書並無詳細記載，但若從相關資料沿路閱讀下來，劉琰一類尚空談的文臣，是性情耿直的魏延所難忍受類型，這類文臣更可能曾在不同場合中，被魏延直接表達出來的不滿情緒，以各種大小不一的風暴「掃」過。若是這類文臣又愛記仇，拉幫結黨利用各種方式，在背後搞小動作共同對付魏延，並非不可能的事。以時間序列來看，劉琰可能早與魏延不和，無論楊儀與魏延相處不良是否與劉琰有關，這群文臣若私下來往更為密切，一定會因為彼此交流共同政敵的「劣跡」，而加深楊儀對魏延的不滿及痛恨情緒。

在《三國志．蜀書．費禕傳》中，還有更為詳盡記載了楊儀與魏延兩人的衝突情景，其略為：「值軍師魏延與長史楊儀相憎惡，每至並坐爭論，延或舉刃擬儀，儀泣涕橫集。禕常入其坐間，諫喻分別。」自己當初反覆閱讀這段文字，實在很難想像一個丞相府長史，自己要去挑戰蜀中第一猛將，然後再因為魏延怒到拔刀恐嚇，而嚇到涕淚縱橫。會鬧到這種地步，楊儀的態度應當爭吵到非常強硬囂張，甚至是以文人的伶牙俐齒，不斷激怒魏延，才會出現這種場景。但當好戲正要進入激烈爭吵的最高潮，楊儀一看到魏延亮出大刀又秒轉大哭，不大像是逞兇鬥狠之人會有的行徑，也沒有文人「粉骨碎身渾不怕」的耍狠氣度。退而求其次，就算再孬，因為關乎在公眾場合的顏面，也不該將懼怕完全表現出來，更不可能用哭的方式來收尾。

尤其是記載上的那個「每」字，更是相當詭異。一個大男人既然已被威脅到嚇哭，若是真心懼怕，怎麼不會記取教訓，下次還繼續挑釁，再來哭自己生命受到威脅。會出現「每」的記載，代表這種鬧劇絕對遠遠超過「二次」以上，個人解讀更像是楊儀有意挑弄魏延，再用「假哭假鬧」來博取在場者，甚至是諸葛亮的同情，事後再藉此向眾人醜化魏延為人囂張跋扈、蠻橫無理。更何況魏延每次氣到拔刀，楊儀也沒怎樣，就算費禕沒有馬上衝到兩人之間，魏延恐怕也不可能真的砍殺下去。不然以魏延的武勇，在那麼近的距離，真心要砍，哪有什麼困難，任誰也無法及時攔住魏延痛宰楊儀。故自己在反覆思考這些相關資料時，反倒可以想像這類衝突的畫面，更像是相對巧舌如簧的楊儀，一再以言語激怒魏延，而性情耿直的魏延，因為口舌上鬥不過楊儀，被弄到吞吞吐吐難以回應。但魏延若一直啞口無言任人攻擊也很難堪，只能臉色脹紅以拔刀方式，來表達自己的極度憤怒，更想藉此動作告訴楊儀自己不想再聽，也不想再吵，趕快好好閉嘴。

然而楊儀與魏延的激烈之爭，還是有些特別之處，就是兩人鬧到遠近馳名，就連鄰國君主都耳聞兩人不和之事。在《三國志・蜀書・董允傳》中，裴松之引用《襄陽記》的記載加注提到，費禕出使吳國，被大醉的孫權問及楊儀與魏延之事，其略為：「楊儀、魏延，牧豎小人也。雖嘗有鳴吠之益於時務，然既已任之，勢不得輕，若一朝無諸葛亮，必為禍亂矣。諸君憒憒，曾不知防慮於此，豈所謂貽厥孫謀乎？」費禕答不出來，倒是一同陪伴的董恢趕緊提醒費禕可以回答：「可速言儀、延之不協起於私忿耳，而無黥、韓難御之心也。今方歸除彊賊，混一函夏，功以才成，業由才廣，若捨此不任，防其後患，是猶備有風波而逆廢舟楫，非長計也。」於是孫權對這樣的機智回答滿意大笑，而諸葛亮事後知道這件事也很稱許，還讓董恢入了丞相府，又遷為巴郡太守。

不過個人在研讀這段史料時，除了透露出楊儀與魏延的極度不和，已經傳到鄰國，恐怕不僅吳國，魏國應當也知之甚詳。而此事件應發生在建興三年諸葛亮南征回蜀以後，在《三國志・蜀書・費禕傳》的記載略為：「亮以初從南歸，以禕為昭信校尉使吳。」諸葛亮先以昭信校尉身分派遣費禕出使吳國，其後費禕仍受命多次出使，其記載略為：「亮北住漢中，請禕為參軍。以奉使稱旨，頻煩至吳。建興八年，轉為中護軍，後又為司馬。」再後頭的記載就是「值軍師魏延與長史楊儀相憎惡，每至並坐爭論，延或舉刃擬儀」，也就是費禕時常衝進去調解兩人的衝突場面。雖自己就史書的相關記載，尚比對不出確切的時間，但至少在孫權「虧」費禕事件發生之時，可能落在建興三年到八年之間，楊儀與魏延早已吵到鄰國都已經知道這件事，可見兩人的衝突起點應該更早於這件事。從建興三年到八年之間，再加上諸葛亮病逝的五丈原之戰，則發生於建興十二年。無論這事件的確切時間為何，可以知道楊儀和魏延，兩人之間的水火不容，真的已經吵了非常多年。

但自己對於孫權「虧」費禕的這件事，反倒有個疑惑，楊儀就相關資料看來，不曾出使吳國，也並非楊儀的專長能力，而孫權應該不曾親自見過及深入接觸，另再就魏延的相關資料看起來，孫權應該也沒有機會當面深入瞭解魏延。孫權照理說對二人均認識不深，但從各種資料顯示，楊儀與魏延各司文武要職，均為擁大才者，孫權對諸葛亮左右臂膀如此極力貶損，除了對於文武大臣鬧到這番地步的譏諷以外，個人反而更覺得有見縫插針、挑撥離間之意。這點恐怕另一邊更是敵對關係的魏國，絕不會白白浪費那麼好的挑撥機會，所以在《石馬坡》的故事中，也據此特別設計了司馬懿的離間之計。而在史料中孫權問儀、延之事，諸葛亮事後升遷董恢，看起來並非贊同孫權的貶損，反而是對董恢機智回應的肯定，否則這反而是讓自己的文武左右手楊儀及魏延，極度難堪的處置。

其實楊儀與魏延的極度不和，雖然已經鬧到遠近馳名，而在議事中反覆上演的拔刀鬧劇，看在經驗老到的諸葛亮眼中，應當不難察覺楊儀的意圖。會有這樣的聯想，是因為這些一再出現的爭吵，有著相當微妙之處，即兩者出現如此激烈之爭，諸葛亮並沒有像劉琰與魏延之爭，責備或遣送任何一人。或許在諸葛亮的眼裡，一來因為楊儀真有實才，可能就是對魏延嘴巴太「賤」，讓魏延怒到拔刀威脅；二來楊儀與魏延各相當於位居諸葛亮之下的文武之首，在前線都需要兩者的大力相助，故完全無法偏廢。不過微妙的地方在於，魏延每每氣到拔刀，把議事搞到這種地步，沒有參與的旁人若不明究裡，乍看之下好似會覺得魏延有些過頭，甚至會認為其做人跋扈囂張、難以相處，但最後魏延似乎也沒有受到責難。

以諸葛亮與魏延老長官與老部下的密切關係，諸葛亮又是著名的法家思想實踐者，更曾在自己所著的兵法書中〈賞罰第十〉提到：「賞罰之政，謂賞善罰惡也。賞以興功，罰以禁奸，賞不可不平，罰不可以不均。賞賜知其所施，則勇士知其所死；刑罰知其所加，則邪惡知其所畏。故賞不可虛施，罰不可妄加，賞虛施則勞臣怨，罰妄加則直士恨，是以羊羹有不均之害，楚王有信讒之敗。」記載上雖看不出楊儀與魏延每次激烈爭吵時，諸葛亮是否在場，不過就算不在場，鬧得如此之大，諸葛亮也不可能完全不知情。所以理論上魏延每次最後氣到拔刀之舉，諸葛亮無論是否在場或事後的認定上，若屬於太過誇張的舉動，且過錯是在魏延，諸葛亮並不會不敢責備或處罰魏延，反倒是看似受害或是有意佯裝被害者的楊儀，也沒有嘗到什麼甜頭。當然也可能是諸葛亮的後續處置，剛好沒有記載在史書上，或是處置相當輕微，所以才沒有特別被後人記下而已。

不過楊儀對魏延日積月累的深仇大恨，可能也源自於此。在兩人的激烈言論爭吵中，若並非史書沒有特別記載，而是諸葛亮看久了真的百般無奈，也沒有特別責備或處理兩人之事，甚至兩人已經鬧到令諸葛亮頭痛不已，在〈楊儀傳〉中確實這樣記載：「（諸葛亮）常恨二人之不平，不忍有所偏廢也。」這個「恨」字看得出諸葛亮的極度煩惱，看起來兩人的不和橫跨非常多年，確實可能鬧到最後，再有耐心的領導者也會厭煩。況且軍政事務又很繁重，只要各自有把所屬工作弄好，且又不出人命，諸葛亮可能也不想再管了。然而若是諸葛亮到後來都沒有特別責備處置，看在魏延眼裡，可能會覺得丞相知道過錯並非全在自己，而是楊儀刻意鬥弄鬧事；但看在楊儀眼中，則會覺得自己一把鼻涕、一把眼淚的賣力演出，丞相竟然沒有特別責備或貶抑魏延，若楊儀也確實為「尖酸刻薄」及「妒賢嫉能」的小心眼者，恐怕反而會覺得丞相的處置不公、偏心魏延，也會使楊儀對於這位丞相帳下第一紅人，更視為除之而後快的「眼中釘」。

另外兩人各司文武，其工作性質真的大不相同，若是相互之間均無法理解對方的付出與辛勞，比如縱橫沙場的生死，任誰一看就很容易想像其風險及辛苦。但如同楊儀所需負責籌謀的幕僚及後勤，其工作內容理論上可能極為繁雜又時有突發變化，工作時間、勞心程度及時時刻刻需要煩惱的事，或許也未必比暫無戰事的前線士兵輕鬆。尤其這類工作做得好或許全軍沒有太深刻的感覺，但做不好或出差錯，可能就會成為全軍潰敗的關鍵，所以也不得不說楊儀對歷次上萬北伐蜀軍的命脈維繫，必然也有一定程度的重要貢獻。然而楊儀及魏延兩人原就互有多年嫌隙，再加上工作性質完全不同，其實兩人對蜀軍的付出，無法也不適合直接兩相比較，但如果因為不瞭解及體諒對方的貢獻，再加上原就互看不爽的惡性循環下，只會更加劇雙方的輕視與痛惡。當然，因為在史料記載之間，尚遺太多空隙，這些推論只能說是自己依據相關記載的逐步想像，同時也是《石馬坡》故事中人物個性及劇情的主要設定依據。

五、魏延冤案與霧峰林家冤案的相似之處

個人當初在研讀這些史料時，因為撰寫過《阿罩霧戰記》，所以曾經反覆翻閱過霧峰林家林文察及林文明的相關史料，故也馬上聯想到兩者之間的相似之處。在清朝時期，臺灣的霧峰林家第五代族長林文察，從小就崇拜關公及岳飛軼事，後來在延燒到臺灣北部的「小刀會」之亂中，親率自己募集的「鄉勇」輔助官府平亂有功，從此開啟報效朝廷的軍旅生活。因為林文察屬於允文允武、驍勇善謀的軍事天才，再加上胞弟林文明，則是屬於身材魁梧、武勇異常的猛將類性，來自臺灣霧峰林家的這對兄弟檔，一下就在清帝國的軍事體系中嶄露頭角。後來更因親率「臺勇」屢屢擊敗官方已經有些無力對抗的太平天國強敵，又平定在臺灣影響規模甚大的「戴潮春之亂」有功，深獲當時閩浙總督左宗棠的極力賞識，林文察更是被迅速拔擢到清帝國軍事體系中，極為位高權重的「福建水陸提督」。

不過也由於林文察升遷過於迅速，又因朝廷對抗太平天國的需要，依據清朝規定，所有官員原則上不能在自己所屬的家鄉擔任官職，但林文察卻破例成為不需前往他鄉就任的高級軍事將領。再加上閩浙總督左宗棠，本身在福建的閩政體系中並不是很受歡迎，甚至底下的官員們付諸行動聯合抵制，而後更有散布詆毀左宗棠的「竹枝詞」事件。先不論林文察在官場體系的人緣如何，最有力的提拔者

受閩官群聯合排擠，必然也連帶使其極力迅速提拔的林文察，一下便成為閩官體系的眼中釘。

武人出身的林文察與林文明，就史料上的記載，也確實和福建文官體系相處得不是很好。林文察即便軍事能力一流，所率領的「子弟兵」，又是在當時清帝國體系中，屬於非常驍勇善戰，來自臺灣的「臺勇」部隊。因為臺灣的地形本來就多山、多林，又時有械鬥與交戰，早就有高密度的作戰經驗。而這支由林文察、林文明這對兄弟，親自帶出來的「臺勇」部隊，非常能適應山林作戰，而林文察又善於兵法謀略，故時常將太平天國的軍隊打到潰敗，甚至聞風喪膽。不過因為林文察功高厥偉，也因此成為左宗棠帳下第一紅人，但最後在與太平天國決戰的「萬松關之戰」，其布局戰略為求先發制人，搶先扼守在福建有天下第一關之稱的「萬松關」，是相當不錯的軍略。但萬萬沒想到被閩官體系刻意袖手旁觀不去援馳，最後落入殉國身死的悲慘結局，某種程度可算是被自家陣營的友軍刻意孤立而「間接」害死。

其後胞弟林文明，在林文察戰死後，雖然接下霧峰林家的族長，但因位高權重的林文察已死，閩官們更想盡辦法直接讓林文明被削權，即便林文明還是二品武將，但卻成為實質上在官府體系中已經沒有影響力的閒職。林文明在史家評論個性上偏向行事「魯莽」的猛將，記載上也有曾因為要幫士卒爭討官府所積欠的銀餉，而率眾向官府文官直接聲討欠款的「安家銀事件」。其後林文明更被霧峰林家的死對頭，由閩府所派出的審案委員凌定國，用計誘入彰化縣城。隨後發生了林文明被誣陷謀反，而主事者凌定國則違反當時清朝律令，謀害了二品副將官員。因為在清朝的規定下，朝廷命官就算犯法，都還是需要經過一定的審判程序才能執法，不過凌定國還是在明顯違反規定的情況下，讓林文明當場冤死彰化縣城的公堂之上，整件冤案過程中留下諸多疑點，史稱「壽至公堂」事件。

當初在翻閱魏延案的相關資料時，就時常聯想到臺灣霧峰林家的這對兄弟。看起來同樣都可能是武將遭到文臣設計的冤案。史家在評論林文察及林文明案，也有提到武將出身的兩人，可能不黯文人的官場文化，或是曾有什麼舉動而得罪文官，或是在功高厥偉又倍受長官愛護，以及迅速提拔的情況下，讓同樣也想爭功的文官分外眼紅。如文官出身的丁曰健與凌定國，就與霧峰林家長期不和。再來就是林文明「壽至公堂」的冤案，無論林文明是否為人囂張跋扈，雖然自己翻閱相關史料有另外的想法，不過就結果而論，凌定國在公堂上直接斬殺朝廷命官，不但違法也超逾正規程序。就如同魏延案楊儀指控其謀反，先派馬岱斬殺魏延後，又踰越權限，非經天子審定全案，就直接夷魏延三族，很難不令人有栽贓滅口的聯想。

林文明案之所以很能確定是冤案，在於凌定國指控林文明率眾謀反，但顯與事實不符。在林文明死於公堂後，先以官府名義發出林文明率眾進攻彰化縣城謀反，而被誅殺正法的公告。但實際上林文明早有預防凌定國的栽贓計謀，還特別身著官服，在僅有四名親丁的陪伴下，輕裝進入公堂。而霧峰林家在得知林文明被害後，原本群情激憤，眼看就要率眾出兵討伐凌定國，但其實凌定國也早已在彰化縣城佈下重兵陷阱，等待霧峰林家上鉤，就能達成林文明率眾謀反的罪名之實。不過最後霧峰林家在家族長輩的勸阻下，識破凌定國的奸謀，而完全沒有出現在彰化縣城，讓凌定國的構陷不攻自破。

然而林文明「壽至公堂」案中，四名陪伴的親丁，兩名當場被殺，一名身負重傷，只有一名應當是最年輕力壯者，逃回霧峰林家通風報信。不過倖存者在霧峰林家後來向官府提出的司法控訴史料中，身為如此重要的命案現場見證者，都沒有再留下作證的記錄，不知道是否倖存者後來可能也傷重亡故，或是因為身為家丁人微言輕，總之在林文明案中，在懸案現場屬於霧峰林家的人馬，幾乎形同都被滅口。

如同魏延案，因為與魏延親近的相關之人，在這場政爭中落敗，幾乎等同被楊儀完全消滅，所以流傳後世的事件版本，已無站在魏延立場的人可以極力辯駁不實之處，故也難以確定是否有被加油添醋之處。在霧峰林家林文明案中，所呈現的事實，林文明顯然並未謀反，而就表面結果直接看來，凌定國逾矩未經審判就斬殺官員的大忌，事後依據凌定國的說法，也還是以林文明聚眾謀反而當場斬殺。但針對這部分，凌定國如同楊儀一般，事後沒有因為逾越權限之誤而直接受到追究。而之所以會在此處提到霧峰林家案，則是因為兩者就相關史料閱讀下來，案情都有諸多疑點及可能冤屈。因為林文明的「壽至公堂」案，相較魏延案，距今並不算遠，故留下更多相關史料，包含事後霧峰林家為平反謀逆污名，所跨海前往北京提出耗時多年的「京控案」。

即便霧峰林家所提出的證據及說法，還有林文明及霧峰林家從頭到尾都沒有率眾前往彰化縣城謀反的事實相當明顯。不過朝廷的態度，並未直接認定霧峰林家「真的」謀反，否則謀逆大罪的處分不可能僅止於林文明被斬，然而針對霧峰林家所不斷提出的上訴，也始終沒有替林文明的謀反罪名正式翻案。或許官方大概也很清楚，此案應有冤屈，但長期的應對態度就是「冷處理」。就如同魏延案，無論真相如何，甚至從朝廷最後對楊儀的處置，也能感受到朝廷可能隱約知道此案魏延含有冤屈。從史書上的記載，看不到針對魏延而有後續官方正式處置及評斷，如不是考量魏延已全族被滅，感覺更像官方並未全面認定謀反，但同時最後的處置也未讓楊儀因此案得到任何甜頭。否則照理說楊儀平定強悍叛賊有功，又因此安保蜀地，應當是一件非常值得嘉許的大事，以及蜀國擁有如此可靠又臨危不亂的重臣，反應該是可以擔當更為重要的輔國大位。

在閱讀霧峰林家案的相關史料，來自族敵及政敵對林文明的控訴說法，在鄉里間的傳聞及閩府的告狀奏摺，均指林文明囂張跋扈而官不敢辦，還有彰化「內山王」之稱。而其最後特別身著官服，僅帶四名隨行親丁步入公堂而遇害，甚至被譏笑為搞不清楚狀況，以為這樣凌定國就不敢對他怎麼樣。不過就個人反覆翻閱林文明的相關資料，比對林文明前後的史料事蹟及相關言行，雖其最明顯的特徵屬於體型魁梧的猛將類型，但縱觀在戰場上的廝殺或霧峰林家歷來發生重大危機之時，都可以觀察到其心思細膩的應對計謀與決策，明顯應非後世流傳單純就是魯莽武人的形象。再加上若真如傳聞及官府奏摺所言，林文明跋扈囂張及四處殺人放火到官府不敢辦，如此林文明豈又能縱容諸多族敵不斷以長年興訟方式，意圖向霧峰林家爭奪族敵訴狀中所言，被林文明霸佔的田產。若林文明是如此兇狠之人，更應該直接私下把這群對霧峰林家來說，專惹麻煩又長年興訟的族敵們，直接私下「幹」掉更好、更快，怎可能讓他們不斷活蹦亂跳而大肆興訟。

所以自己在翻閱這些資料時，反而覺得林文明應該更偏向「循規蹈矩」的朝廷命官類型，才會始終走著官方司法途徑，來與族敵們解決這些爭議。而其最後身著官服步入公堂，更像是帶有提醒凌定國清律不得隨意斬殺朝廷命官的規定。但因為林文明最後在這場鬥爭中落敗身死，雖然很多形象或許是無風不起浪，但流傳後世的更多說法，只怕因為最終被對手扣上「謀反」之名，再加上政敵及族敵眾多，其中可能會有許多被加油添醋的邪惡事蹟。

當然，自己也很清楚，不同時空背景及不同歷史事件，完全不適也不能拿來直接類比。不過或許因為自己曾經反覆翻閱過霧峰林家林文察及林文明這對兄弟的相關資料，更曾經撰寫希望能為這對兄弟形象稍作平反的小說《阿罩霧戰記》，在故事中的人物對話，也援引不少《三國演義》的人物及事蹟作為對比。所以這次在因緣際會下重新翻閱《三國演義》，以及因此衍生研究魏延案的相關史料之時，自己對於其中可能的冤情感觸特別深刻。或許也因為《阿罩霧戰記》，更加深自己對於魏延冤屈的同情，進而促成創作了這部《石馬坡》。也因此自己事後才會覺得，這之間真的充滿了許多緊密接續的巧妙緣分。

六、《三國演義》中的魏延為何這樣安排設計

在《三國演義》中，魏延並非如同《三國志》記載「以部曲隨先主入蜀」，演義故事中的初始設定更早登場。在毛宗崗版本《三國演義》第四十一回「劉玄德攜民渡江　趙子龍單騎救主」中，當劉備被曹操沿路追擊，本來要逃難到襄陽城，蔡瑁不讓劉備進城，然而此時魏延身為小兵，因為仰慕劉備的仁德，自行違命開啟城門。但因為劉備深怕不受歡迎又強行進城，反會驚擾百姓，故即便見到魏延私自強行開啟城門，還是決定不進城打擾。不過魏延也因為此事與蔡瑁交戰，但因勢單力薄落敗，轉而投靠長沙太守韓玄。

之後到了第五十三回「關雲長義釋黃漢升　孫仲謀大戰張文遠」，劉備派關羽攻取長沙之時，關羽與韓玄大將黃忠交戰難分勝負，但太守韓玄認為黃忠表現不佳，更有與關羽通敵之嫌，故欲怒斬黃忠。當時在韓玄帳下的魏延，因為身懷大才卻長久不受韓玄重視，累積諸多怨恨，又對黃忠之事大抱不平，便率眾斬殺韓玄，並將長沙城獻給劉備。劉備原本對於魏延投入帳下甚感歡喜，但諸葛亮馬上跑出來澆了冷水，認為魏延弒主叛逆，其腦後又有反骨，故日久必反，必須馬上處決。最後在劉備的求情之下，諸葛亮的態度才有所軟化，但仍對魏延放下狠話警告：「吾今饒汝性命。汝可盡忠報主，

勿生異心，若生異心，我好歹取汝首級。」而後頭所接的文字則是：「魏延喏喏連聲而退。鞏志殺金旋而孔明不罪之，乃獨罪魏延者，知延之必反，故欲借此以殺延耳。」

其實若是反覆翻閱《三國演義》中，關於魏延的劇情，可以發現早有諸多前後連貫的安排。因為以自己寫作歷史小說的相關經驗，是會以史書記載為基底，然而小說創作並非最為嚴謹的歷史學術探討研究，而鄉野傳聞及其他合理說法，若自古流傳至今，恐怕也未必事出無因，故個人也會將這些相關參考資料都納入考量。因此若是嘗試思考為何《三國演義》的原作中，當初會有這些劇情安排，似乎也可以想像其中的可能原因。

在史實上的魏延，若直接翻閱《三國志》及《三國志注》中的內容，確實留下了諸多難解之謎。即為何應當沿路看似屬於忠臣的魏延，最後在五丈原撤退戰中，與政敵楊儀皆互指對方叛逆，兩者之間的政爭，最後的勝利者楊儀，其實也沒落得什麼好下場。而針對楊儀的指控，魏延的行動方向卻是南返，史家陳壽最後的評論，也很委婉替魏延說出「不便背叛」的結論。在五丈原撤退戰中，蜀軍的內鬨，留下了極大的謎團。而歷史小說本就是在既定的史書框架中，或遵守史實，或以「三分虛構」稍微逾越史書記錄的方式，在各項記載之間的空隙中，盡情發揮想像力與創作力。

可以想像原作中，無論是歷代演義家或羅貫中，為解決楊儀與魏延鬥爭所留下的歷史之謎，原作採取了魏延叛逆的說法，不知創作靈感是否源於《三國志》中有關魏延「企劃案」被否決的這段記載：「延常謂亮為怯，歎恨己才用之不盡。」據此設定諸葛亮與魏延兩人不和，後再以此為中心往前後進行發想。故《三國演義》中，有關魏延的主要劇情，除了襄陽城的初登場外，就是背叛弒主的震撼出場。魏延更因為此事，早早就與諸葛亮結下「樑子」，故在往後的故事中，諸葛亮與魏延時有不同的心結。從故事對白及人物設定中，更能看出原作早有伏筆，設計魏延腦後有反骨，日久必反，作為貫串這段歷史之謎的創作基底，以及後頭的「丞相遺計」斬殺魏延，確實都是一種相當合理及精彩的歷史創作詮釋。

在更為接近原版的《三國志通俗演義》中，目前所得知的最早版本為明朝的弘治本，其後尚有嘉靖本、張尚德本，雖然並非原版，已經是經過後人潤飾修正的版本，但均通稱為「羅本」。書中不似後來廣為流傳的毛版，雖有尊劉抑曹的傾向，但還尚有對於曹氏的讚揚，對人物的描述相對公允。其中在這些更為原始的版本中，有精心安排一段諸葛亮「上方谷火燒魏延」的精彩戲碼。可惜在毛宗崗編修時，覺得這段劇情會使諸葛亮呈現對自己人「腹黑」的心計，有損諸葛亮的正面形象，因此刪除了這段個人認為可以對諸葛亮、魏延、楊儀及馬岱四人微妙關係，具有承先啟後的重要橋段。個人認為較接近原始版本的諸葛亮，在「上方谷火燒魏延」這件事的安排，更近乎真實人性。

魯迅在其所著的《中國小說史略》的第十四篇〈元明傳來之講史〉中，曾對《三國演義》評論過：「至於寫人，亦頗有失，以致欲顯劉備之長厚而似偽，狀諸葛之多智而近妖；惟於關羽，特多好語，義勇之概，時時如見矣。」在《三國演義》的人物塑造中，比如針對諸葛亮的多智，魯迅認為已經形塑過頭，而原版故事中，尚有諸葛亮較為「腹黑」的橋段，後被毛版刪除。但毛版又是流傳後世的主要版本，因此反倒讓這段故事變得鮮為人知。

《三國演義》依據魯迅《中國小說史略》的〈元明傳來之講史〉所述：「羅貫中本《三國志演義》，今得見者以明弘治甲寅（一四九四）刊本為最古，全書二十四卷，分二百四十回，題曰「晉平陽侯陳壽史傳，後學羅本貫中編次」。起於漢靈帝中平元年「祭天地桃園結義」，終於晉武帝太康元年「王濬計取石頭城」，凡首尾九十七年（一八四—二八〇）事實，皆排比陳壽《三國志》及裴松之註，間亦仍采平話，又加推演而作之。」

該文又再提到《三國演義》的毛版主要變革為：「弘治以後，刻本甚多，即以明代而論，今尚未能詳其凡幾種（詳見《小說月報》二十卷十號鄭振鐸〈三國志演義的演化〉）。迨清康熙時，茂苑毛宗崗字序始師金人瑞改《水滸傳》及《西廂記》成法，即舊本遍加改竄，自云得古本，評刻之，亦稱『聖嘆外書』，而一切舊本乃不復行。凡所改定，就其序例可見，約舉大端，則一曰改，如舊本第百五十九回〈廢獻帝曹丕篡漢〉本言曹后助兄斥獻帝，毛本則云助漢而斥丕。二曰增，如第百六十七回〈先主夜走白帝城〉本不涉孫夫人，毛本則云『夫人在吳聞猇亭兵敗，訛傳先主死於軍中，遂驅兵至江邊，望西遙哭，投江而死』。三曰削，如第二百五回〈孔明火燒木柵寨〉本有孔明燒司馬懿於上方谷時，欲並燒魏延，第二百三十四回〈諸葛瞻大戰鄧艾〉有艾貽書勸降，瞻覽畢狐疑，其子尚詰責之，乃決死戰，而毛本皆無有。其餘小節，則一者整頓回目，二者修正文辭，三者削除論贊，四者增刪瑣事，五者改換詩文而已。」

由此可以看到，在更接近原版的「羅本」《三國志通俗演義》，有「上方谷火燒魏延」的經典劇情。若再去查閱「羅本」的故事，這段故事是在該等版本第二百五回的「孔明火燒木柵寨」及第二百六回的「孔明秋夜祭北斗」。其主要劇情便是在毛版的《三國演義》中所保留下來的經典故事，即諸葛亮與司馬懿智鬥「葫蘆谷之戰」。雖然此段故事並無相關史書記載，屬於《三國演義》的小說創作內容，諸葛亮在這段劇情中，用計將司馬懿大軍引入地勢封閉的上方谷，因狀似「葫蘆」，故又名為「葫蘆谷」。在司馬懿中計進入後，便命人堵住出入口，原先谷內早已布置易燃乾柴，山上又有伏兵丟下火把，一下就燒得火勢沖天，欲將司馬懿大軍全燒絕於此，至於負責引誘司馬懿的魏延，其實人馬也都在這陷阱之中。然而後來眼看大計將成，諸葛亮總算要將宿敵司馬懿火燒擊滅，如此大敵除卻以後，匡復漢室有望，卻突然天降大雨，而澆熄了諸葛亮的所有希望。這也是在《三國演義》中，往往會讓讀者為之嘆息，算是相當高潮迭起的一段經典故事。

在原版的故事中，那名負責引司馬懿大軍進入「葫蘆谷」的魏延，諸葛亮本就有意在此戰中一同犧牲及解決，那名日後必定會反叛的魏延。在毛版編修的故事中，毛宗崗覺得這樣的安排，會影響諸葛亮的正面形象，因此刪除了此段劇情。不過個人以創作者的角度來看，反而是蠻為可惜的一件事。

原版故事第二百五回的尾聲中，在「葫蘆谷之戰」因天降大雨失敗後，有段魏延回營後極為憤怒，內容又相當傳神的劇情：「卻說孔明收兵，回到渭南大寨，安營已畢，魏延告曰：『馬岱將葫蘆谷後口壘斷，若非天降大雨，延同五百軍皆燒死谷內！』」魏延受丞相孔明之命，盡心盡力成功誘敵，竟發現被馬岱「背刺」，差點連同司馬懿大軍一起被燒死谷內。但這其實是諸葛亮授命馬岱的計謀，不過此時相當「腹黑」的諸葛亮，反倒將此事推得一乾二淨：「孔明大怒，喚馬岱深責曰：『文長乃吾之大將，吾當初授計時，只教燒司馬懿，如何將文長也困于谷中？幸朝廷福大，天降驟雨，方才保全；倘有疏虞，又失吾右臂也。』大叱：『武士！推出斬首回報！』」第二百五回的結尾在此留下「未知馬岱性命畢竟若何」的懸念，試想馬岱若沒有事先被知會，乖乖聽丞相之命行事，突然就被推出去斬了，怎麼可能不懷恨給他這道命令的諸葛亮，竟然沒有大叫一切都是諸葛亮的陰謀。

在下一回的接續劇情更為精彩有趣，其略為：「卻說眾將見孔明怒斬馬岱，皆拜於帳下，再三哀告，孔明方免，令左右將馬岱剝去衣甲，杖背四十，削去平北將軍、陳倉侯官職，貶為散軍。馬岱責畢，回到舊寨，孔明密令樊建來諭曰：『丞相素知將軍忠義，故令行此密計，如此如此。他日成功，當為第一。可只推是楊儀教如此行之，以解魏延之仇。』」看起來諸葛亮可能為求計謀的逼真，或是魏延事後算帳來得太過突然，確實沒有事先和馬岱說好這件事。馬岱到底是少根筋還是真的很能忍，不但差點被斬，還被毒打一頓，明明是聽命行事，又被降官減俸，而諸葛亮看起來是在事後，才透過樊建私下告知馬岱其真實用意。但此刻「腹黑」版的諸葛亮更絕，還推說欲燒魏延之事是楊儀所為，這樣一來更能成功加深楊儀與魏延之間的極大矛盾，以作為日後斬殺魏延之計的沿路鋪陳。

馬岱領命以後的故事安排，與諸葛亮死後的魏延謀反，而由馬岱充當臥底，再出其不意計斬魏延之事，也是相當緊密呼應的合理劇情，其略為：「岱受計已畢，甚是忻喜，次日強行來見魏延，請罪曰：『非岱敢如此，乃是長史楊儀之謀也。』延大恨楊儀，即時來告孔明曰：『延願求馬岱為部下裨將。』孔明不允。再三告求，孔明方從。」在原版的故事中，有這段巧妙的安排，可以更為合理解釋魏延為何在眾叛親離後，還是如此深信馬岱。因為他們兩人，至少在魏延的認知中，都曾吃過楊儀狠毒陰謀的生死大虧，因此都痛恨楊儀。如此擁有共同的政敵，與差點一同被楊儀害死的慘痛經驗，馬岱才會深得魏延的信任。這兩人的關係在魏延心目中，更像一對生死與共的難兄難弟。

故在「羅本」《三國志通俗演義》中的第二百八回「死諸葛走活仲達」，原有劇情在諸葛亮死後，以及費禕前往試探魏延是否願意斷後，魏延在得知是由楊儀領軍，更有其怒對費禕埋怨諸葛亮與楊儀的傳神對白：「丞相當時若聽吾計，取長安久矣！向者楊儀欲燒吾于葫蘆谷內，幸得天佑，降下大雨，因此火滅，方保全生，至今尚未雪恨。吾今官任前軍征西大將軍、南鄭侯，安肯與長史楊儀斷後耶！」後頭的故事，則與毛版《三國演義》所保留的劇情大致相同，而在《三國演義》中，魏延最後窮途末路的「誰敢殺我」，實在也是一段相當經典的演義故事。雖然自己知道這段故事應該出自於羅貫中的原創劇情，當然不排除也可能曾有鄉野傳聞或說話說書，並非完全空穴來風而如此流傳下來。考量因為這段深植人心的橋段太過經典，所以自己也有納入《石馬坡》故事編排中，但對這段劇情作出了不同角度的詮釋內容。

以個人對於歷史小說的創作經驗觀察，原作中為解決史書上五丈原撤退戰，蜀軍內鬨所留下的極大謎團，對於魏延從登場到末路的人物性格設定與穿插其中事件安排，可說是精心巧妙，前後緊密的相互呼應，也是精采絕倫。尤其是尚未經由毛版刪除的故事段落，對於諸葛亮、魏延、楊儀及馬岱，四人之間的巧妙互動，更是生動不已。雖然原版的諸葛亮確實顯得「腹黑」，不過其實毛版的《三國演義》中，諸葛亮對於敵人所設計諸多「神機妙算」的計謀，某種程度對敵人來說，也都是「腹黑」奸謀。或許當時毛宗崗認為，對自己人也「腹黑」的話，就有損諸葛亮的正面形象。然而這些關於魏延劇情的精巧編排，被刪除以後，除了讓劇情有些突兀難以接續，如完全沒有解釋魏延當誘餌也被關入陷阱的後續，再加上個人若以創作者角度來看，這些段落設計都是一解歷史之謎的創作精髓。故個人才會認為至今廣為流傳的毛版《三國演義》，沒有這些精采劇情，遮掩了原版更為精妙的設計與互動，是一件相當可惜的事。

七、五丈原之戰究竟可能發生何事

在反覆查閱五丈原之戰的相關資料，其中最令自己在意的記載，便是在《三國志・蜀書・諸葛亮傳》中，由裴松之加注時，所引用的《魏氏春秋》記載：「亮使至，問其寢食及其事之煩簡，不問戎事。使對曰：『諸葛公夙興夜寐，罰二十以上，皆親攬焉；所噉食不至數升。』宣王曰：『亮將死矣。』」而在《三國志・魏書・明帝紀》中，也引用《魏氏春秋》記載：「亮既屢遣使交書，又致巾幗婦人之飾，以怒宣王。宣王將出戰，辛毗杖節奉詔，勒宣王及軍吏已下，乃止。宣王見亮使，唯問其寢食及其事之煩簡，不問戎事。使對曰：『諸葛公夙興夜寐，罰二十已上，皆親覽焉；所噉食不過數升。』宣王曰：『亮體斃矣，其能久乎？』」《晉書》宣帝紀中，也有記載：「先是，亮使至，帝問曰：『諸葛公起居何如，食可幾米？』對曰：『三四升。』次問政事，曰：『二十罰已上皆自省覽。』帝既而告人曰：『諸葛孔明其能久乎！』竟如其言。亮部將楊儀、魏延爭權，儀斬延，並其眾。帝欲乘隙而進，有詔不許。」

這些類似的史料記載，其實從以前就耳熟能詳，也是《三國演義》中的經典段落，甚至諸葛亮「食少事煩」的這件事，也已成為後世常用的成語。以往對於這段屬於史實的記載，並沒有特別深想，只覺得諸葛亮真的是為國鞠躬盡瘁、死而後已，也會令喜愛諸葛亮的讀者朋友，對此心疼不已。不過這次反覆翻閱這段故事，再去特別查閱相關資料，發現這段故事並非《三國演義》所杜撰的內容，而是不同版本史書均有記載的事實，反倒覺得相當詭異。

從史書記錄的順序上，可以看出諸葛亮有遣使致贈司馬懿巾幗婦人之服在先，而「食少事煩」，則是後頭所發生的事。不過來回翻閱這些類似的記載，突然發現一件有些詭異的情形。一般能代表大軍或國家的出使者，應當都有經過篩選。雖然兩軍交戰的來使，有一定的機率，可能會因為出使不利，或對方原就有意為此，而被對方怒斬。但無論如何，既代表國家或大軍出使，也不可能隨隨便便派人出去，尤其派出那種應對進退明顯就有問題的人，擺明就是希望對方斬了這種「白目」來使。

故像先前提過的鄧芝、費禕、董恢、宗預等，都擔任過相當出色的使者，擁有很好的外交能力。雖然在兩軍之間來往的使者，仍與為外交目的而出使的使者有所不同，但至少不會隨便派個會洩漏軍事機密，而對國家或軍隊忠誠有問題的人前往交涉，好歹都會是浮得上檯面的人物。先別說是否能達成交辦要務，因為這有時得看對方的心情與考量，但至少一定會避免派出會亂搞壞事的人。

依照諸葛亮的謹慎個性，會代表其出使者，即便功績不大或任務不是那麼特別，以至於史無記載，也不可能派出隨隨便便的人，至少都會有一定的水準，以及正常的思考判斷能力，才能有得宜的應對進退。更何況是史有事件，代表還有特殊性，使者即便沒有特別名留青史，也不會是派出思考及應對能力有問題者。

因此在「食少事煩」事件中，確實留下一個很奇特的疑點。雖然在不同史書的記載中，都明確指出諸葛亮此次派出使者與司馬懿見面後，司馬懿知道對方請戰來意，因為避戰策略，所以不問戎事，反問諸葛亮的每日起居及生活。出使者不洩軍事機密應當是基本常識，但軍隊中最高領導者的日常行程，又豈非不能輕易外洩的機密。

就好比兩大互相激烈競爭的商業集團，即便是競爭關係，彼此派得出去的高階主管或代表，仍可能在外面不同場合碰面，進而簡單寒暄。但雙方一定有常識知道不能洩出公司的機密，就像大老闆的生活起居也是。若只是眾所皆知，如大老闆對外的公開嗜好或行程可能還好，但若是如諸葛亮這種宛如「慢性自殺」的過勞起居及工作方式，還有相當於食慾不振的虛弱狀態。既然公司代表能得知這些事，想必也非一般單純基層，至少是見得到大老闆或接觸得到較高層者，不大可能沒有意識到這些訊息不但也屬於機密，更也是會透露集團最高領導者即將身體欠安，或已經身體虛弱的警訊，因此理論上不大可能洩給敵對關係者。

尤其是就《魏氏春秋》的記載，看起來司馬懿像是在當場說出諸葛亮將不久人世的回應，使者再怎麼愚蠢，怎麼可能不知道自己洩漏重要機密。而在《晉書》中的描述是「帝既而告人曰」，看起來也有可能是事後告訴其他魏國人，諸葛亮將不久人世。其實無論司馬懿所觀察到的這個結論，是否當著使者的面說出並非重點，而是身為理應經過挑選，而擁有正常能力以上的使者，不管敵國的司馬懿怎麼套話，都不該順著說出常人判斷就是機密，且對蜀軍士氣會是嚴重負面影響的情報。故自己在反覆翻閱這段不同史書上的記載，反倒覺得這一切更像是諸葛亮有意為之。

至於諸葛亮為何會想要藉由自己精心挑選所派出的使者，洩出這種極度不利蜀軍的負面情報，若回頭看看前面的記載，就能發現相為呼應的可能性。在諸葛亮最後一次北伐，與司馬懿大軍對峙，司馬懿拒不出戰，諸葛亮才會多次派出使者請戰，甚至以「巾幗婦人」之服羞辱。但諸葛亮雖道高一尺，司馬懿又魔高一丈，用千里之遙向帝王請戰，違背一般領軍在外的常理方式，讓帝王直接下令不許輕易出戰，以平息魏軍將領的群情激憤。至此，諸葛亮看似已無引誘司馬懿出兵的招式。但若是將諸葛亮刻意讓使者放出「食少事煩」之事，再與前頭的兩軍僵持不下，司馬懿怎麼羞辱都不出兵的情形相為連結，則可以想像諸葛亮可能是以此作為「詐死」誘敵之計的前導布局。

當然司馬懿也絕非省油的燈，一定也會對此有所懷疑。在《通典》的〈兵三〉「料敵制勝」篇有載：「蜀大將諸葛亮悉眾十萬，由斜谷出始平，據武功五丈原。魏大將司馬宣王帥師拒之，與亮對於渭南。亮分兵屯田，為久駐之本。耕者雜於渭濱，而百姓安堵，軍無私焉。屢使交書，又致巾幗婦人之飾，以怒宣王。王亦屢表請戰。魏使衛尉辛毗持節勒懿及軍吏以下，不許出戰。姜維謂亮曰：『辛毗仗節而到，賊不復出矣。』亮曰：『彼本無戰心，所以固請者，示武於眾矣。將在軍，君命有所不受，苟能制吾，豈千里請戰邪！』宣王使二千餘人，就軍營東南角，大聲稱萬歲。亮使問之，答曰：『吳朝有使至，請降。』亮謂曰：『計吳朝必無降法。卿是六十老翁，何煩詭誑如此。』懿與亮相持百餘日，亮卒於軍中。」

這段記載雖然不清楚確切發生的時序，只知道是發生在兩軍對峙之時，從前後文可以得知，是在諸葛亮派使者以婦人之飾請戰以後，而在這段史料記載，則沒有「食少事煩」之事。若直接單看這段記錄，完全不知道司馬懿的用意，聚千名眾人歡呼大喊，只是要騙諸葛亮吳國已經投降，近似發神經的低級計謀，更會讓人覺得司馬懿有點神智不清。但如果和前頭的推論合在一起檢視，則突然能夠明白司馬懿的用意，甚至可以說是非常高招的一步。

由於看起來諸葛亮已經佈下「詐死」誘敵之計，若是使者的演技很高超，司馬懿就算當場以為是自己透過巧智，從使者口中探出諸葛亮可能不久於世的重要訊息。但聰明如司馬懿，事後若細細回想，為何使者會洩漏出對於蜀軍那麼不利的訊息，恐怕還是會有所懷疑。所以司馬懿才會又有個看似瘋狂而無意義的舉動，其實是用來確認諸葛亮此事真偽，是非常高明之舉。

之所以會覺得高明，因為司馬懿使用看似了無意義的瘋狂舉動，卻又十足吊人胃口。若試著想像，在兩軍對峙之時，司馬懿陣營突然出現如此詭異的情景：「宣王使二千餘人，就軍營東南角，大聲稱萬歲。」理論上鎮守前軍的魏延，不可能不會察覺，這也是司馬懿的目的，甚至還會相當令人摸不著頭緒，很難不懷疑司馬懿有什麼奇招。從《通典》的這段記載看來，諸葛亮可能真的有被司馬懿成功引誘到前軍陣營觀看，才有後頭的使者往來。而司馬懿如此大費周章的用意，便是要引誘諸葛亮來到前軍，司馬懿再藉由使者的往來，親眼一探諸葛亮的身體狀況。

從《通典》的記載看來：「亮使問之，答曰：『吳朝有使至，請降。』亮謂曰：『計吳朝必無降法。卿是六十老翁，何煩詭誑如此。』」諸葛亮派使者詢問司馬懿發生什麼事，後頭記錄諸葛亮回復司馬懿都已經是六十歲的老頭，怎麼會這麼無聊。從語句內容看得出來是諸葛亮對司馬懿的回語，必也是使者帶回去給司馬懿的信息。如此可以推斷應當是諸葛亮先派使者過去詢問，而司馬懿再派使者一同前往蜀軍陣營傳話，而後才帶著諸葛亮覺得司馬懿有夠無聊的回話歸返魏營。因此司馬懿的使者應該有親自見到諸葛亮，這也才能合理解釋為何司馬懿會有如此突兀的計謀，實則是為引誘諸葛亮前往前軍陣營，再讓自己派去的使者，能有機會親眼確認諸葛亮的身體狀況。不過若依據先前相關史料的推論，諸葛亮早有行「詐死」之計誘敵，又豈會不知這是司馬懿派使者來確認身體狀況的用意，諸葛亮必也會將計就計，演出身體極度羸弱的一面，都是為了之後的「詐死」之計準備。

再看看五丈原之戰中，所發生的另一件奇事，在《三國志・蜀書・魏延傳》中，有關魏延在五丈原之戰，兩軍對峙期間，其問夢擅長占卜的趙直，其記載略為：「十二年，亮出北谷口，延為前鋒。出亮營十里，延夢頭上生角，以問占夢趙直，直詐延曰：『夫麒麟有角而不用，此不戰而賊欲自破之象也。』退而告人曰：『角之為字，刀下用也；頭上用刀，其凶甚矣。』」這段文字可以看出魏延所在的前軍，與諸葛亮的丞相帳營相距十里，另外就是乍看之下趙直因為魏延性情可怖，所以解到不好的夢意，完全不敢直說，所以虛與委蛇大吉大利，而後才到處放話這其實是大凶之夢。然而，身為占卜師的趙直，真的是這種前倨後恭、背後放箭的雙面人嗎？

若再比對其他關於趙直的相關記錄，就會發現其中的矛盾。在《三國志・蜀書・楊洪傳》中，裴松之引用《益部耆舊傳・雜記》的加注，有記載趙直為何祇解夢的故事，其略為：「（何祇）嘗夢井中生桑，以問占夢趙直，直曰：『桑非井中之物，會當移植；然桑字四十下八，君壽恐不過此。』祇笑言『得此足矣』。」其後又載：「轉祇為犍為。年四十八卒，如直所言。」這段解夢是得到何祇四十八歲會死的訊息，因為大部份的人都會忌諱死，所以對當事人何祇來說，可能聽起來不會很舒服，但趙直照樣據實以告。而在《三國志・蜀書・蔣琬傳》，也有趙直替蔣琬解夢的記載：「琬見推之後，夜夢有一牛頭在門前，流血滂沱，意甚惡之，呼問占夢趙直。直曰：『夫見血者，事分明也。牛角及鼻，公字之象，君位必當至公，大吉之徵也。』」對於蔣琬寓有大吉之意的夢解，趙直也是直說不誤。

另外在《三國志・蜀書・楊儀傳》也有趙直替楊儀卜卦的記錄，其略為：「亮卒于敵場。儀既領軍還，又誅討延，自以為功勳至大，宜當代亮秉政，呼都尉趙正以周易筮之，卦得家人，默然不悅。而亮平生宓指，以儀性狷狹，意在蔣琬，琬遂為尚書令、益州刺史。儀至，拜為中軍師，無所統領，從容而已。」這段趙直幫楊儀的卜卦，得到一個普普通通的結果，以楊儀一心想要坐擁大位的個性，趙直不可能不知道或沒有察覺，但他還是如實把結果說出來，果然惹得楊儀非常不悅。而楊儀的存在，對當時的蜀人來說，尤其是在楊儀成功誅殺「叛賊」魏延歸蜀以後，又有極大的聲勢，會成為諸葛亮之後的重臣。在那時那刻的楊儀，由於事後的處置尚未出爐，那句史載中的「自以為功勳至大」，個人認為是「結果論」，因為最終「結果」是楊儀被虛位，事後回頭看才會是「自以為」，若是「結果」真的是被加官封位，就不會是「自以為」。所以這句話反而更顯示當時楊儀繼任大位的呼聲很高，其前又以私忿夷魏延三族，所有蜀人不可能沒察覺楊儀報復心特重。

故此刻的楊儀，無論聲勢或外顯的性格，絕對比身在五丈原的魏延還要可怕，這部分會在後頭分享個人翻閱相關資料的一些看法。因此趙直敢在楊儀面前，直接將不是大吉大利的卦象，誠實告訴楊儀，依趙直的個性看來，每次解夢或卜卦，都是有什麼說什麼，全部據實以告，會唯獨在替魏延解夢時出現不同行徑，確實非常特別。所以個人在解讀這些相關資料記載時，反而覺得趙直在替魏延第一次解夢的是真意，而後告訴別人的大凶，看起來非常像是其後被人逼迫改口。試想，就算蜀軍有什麼人也不是那麼喜歡魏延這個人，更不用是說和魏延沒有冤仇或沒有特別感覺的人，因為大家都面對一樣的大敵司馬懿，有著唇亡齒寒、生死與共的存亡風險。

因此魏延第一次的解夢結果，不只是對魏延來說是吉祥之意，對整個蜀漢三軍而言，都是最好的結果，再怎麼不喜歡這個作夢的「主人」，對同在蜀軍的自己也只有好沒有壞，任誰都不至於有極力反對之意吧？換句話說，今天那個「魏延」不管換成是「阿貓」或「阿狗」，是誰作夢真的都不重要，倒是這個夢解絕對是蜀軍人人喜愛的結果，沒有人會對此極度不悅。全蜀軍大概只有一個人心眼極小、對魏延仇恨感極深的人，會為此感到極度不滿，甚至會想要傾全力去阻止這種夢解散播於眾。至於誰有這種動機、能力及膽識，可以威逼及說服趙直事後更改說法，在當時的五丈原，恐怕就只有楊儀一人而已。所以個人反而是從這段史書特別記載下來的事件中，看到一段有可能是在反應趙直被逼迫改口的記錄，然而事後趙直兩次夢解的真實轉折原因，可能又被勝利者修改、修飾成最終流傳在蜀地的這種版本，而成為《三國志》的史書內容。

八、五丈原之戰諸葛亮領軍接班人之謎

若順著先前推論繼續發想下去，既然諸葛亮可能是行「詐死」誘敵之計，後來又發生了什麼事？先看看在《三國志・蜀書・魏延傳》中，關於諸葛亮死後的記載，其略為：「秋，亮病困，密與長史楊儀、司馬費禕、護軍姜維等作身歿之後退軍節度，令延斷後，姜維次之；若延或不從命，軍便自發。亮適卒，祕不發喪，儀令禕往揣延意指。延曰：『丞相雖亡，吾自見在。府親官屬便可將喪還葬，吾自當率諸軍擊賊，云何以一人死廢天下之事邪？且魏延何人，當為楊儀所部勒，作斷後將乎！』因與禕共作行留部分，令禕手書與己連名，告下諸將。禕紿延曰：『當為君還解楊長史，長史文吏，稀更軍事，必不違命也。』禕出門馳馬而去，延尋悔，追之已不及矣。延遣人覘儀等，遂使欲案亮成規，諸營相次引軍還。延大怒，纔儀未發，率所領徑先南歸，所過燒絕閣道。」

另在裴松之為〈魏延傳〉加注所引用的《魏略》，針對此事的記載略為：「諸葛亮病，謂延等云：『我之死後，但謹自守，慎勿復來也。』令延攝行己事，密持喪去。延遂匿之，行至褒口，乃發喪。亮長史楊儀宿與延不和，見延攝行軍事，懼為所害，乃張言延欲舉眾北附，遂率其眾攻延。延本無此心，不戰軍走，追而殺之。」然而裴松之雖然引《魏略》的記載加注，但就裴松之自己對於《魏略》這段記錄的想法，則是：「臣松之以為此蓋敵國傳聞之言，不得與本傳爭審。」

不過如同前述，《魏略》相對蜀國，為敵國所記載的記錄，若是與蜀國軍事機密相關之事，如魏延的「子午谷奇計」，尤其是其中應當屬於敵國的機密會議對話內容，確實讓人非常好奇敵國要如何得知。除非就是開完軍議後有人到處放話，聽到這件事及事後被轉知的人一多，確實有機會流傳下來。如果這個放話的人還是魏延的話，還可以和《三國志》有被記載下來的那段，魏延事後抱怨諸葛亮怯懦相為呼應。否則乍看之下，因為被記下的內容，先看雙方對話的場合，就可能會讓同一事件不同說法的可信度下降。雖說《魏略》的評價，在記載魏國的史事準確度理所當然較高，而其他鄰國的事物，則多與鄰國記載時有出入。但即便鄰國事物準確度較低，如果《魏略》中有關魏延的記載剛好屬於機率較低的正確部分呢？若此處的部分記載為真，魏延確實可能因為曾將丞相遺命及應對策略的部署，告訴前軍將領及士卒，因此是有機會流傳下來。

再依據《三國志・蜀書・後主傳》的記載：「又（季漢）國不置史，注記無官，是以行事多遺，災異靡書。」由此可以得知，蜀國並未設置史官或記錄人員，缺少如同現代資訊系統產製的LOG檔軌跡。在古代的史官或記錄人員，如以皇帝的起居注來說，就相當於那時的人工LOG記錄，即便可以想像很多屬於意義不大的流水帳，但這些內容還涵蓋了奏摺、題本，對於事後撰史者，仍可以從LOG檔中找尋事件的可能前因後果，以及撰史依據。所以列入《三國志》蜀書的部分，可能多半都是靠陳壽或當時一同協助編撰《三國志》的其他人，另外探訪「記憶」或蒐羅有被留存下來的部分「記錄」彙整而來。因此很多細節會有遺漏，鑾有可能僅有大事件才被後人口耳相傳下來。但這確實會存在無論口述或文件，被事後隱蔽或刻意修飾的不實風險。

先直接看看在《三國志》〈魏延傳〉中，陳壽有針對此案前因後果加以分析，為何魏延會有率兵南返舉動的原因，其內容則為：「原延意不北降魏而南還者，但欲除殺儀等。平日諸將素不同，冀時論必當以代亮。本指如此。不便背叛。」究竟這個「平日諸將素不同」是什麼意思？若查閱《三國志》中陳壽的筆法，在其他傳記中若出現「不同」的描述文字，均指「不相同」的意思。若是人與人之間相處不和，則直接使用「不和」、「不協」及「不睦」來描述。所以這裡顯然不是相處「不和」的意思，自己也才會如前所述，從史料記載上看不出來魏延明顯有與武將相處上的不和者。因為性矜高，鑾高機率會導致魏延較少主動與他人密切往來，或別人不大想主動接觸或交心，但不代表較少接觸的人會因此與其不睦或不和，甚至是結下殺機的深仇大恨。

至於「平日諸將素不同」，到底是指誰和各個武將的意見不同，那這個不同所指的又是什麼意思？或是指魏延因為個性比較孤高，平日不和其他武將太過密切往來？若是如此，則此處的「同」，應該是指一起、共同，即指密切往來之意。不過若是這兩種意思，這句話應該用「平日『與』諸將素不同」，多加個「與」字才會更為明確。還有一種可能，則是沒有任何主詞，單指平日其他武將們意見及想法不盡相同，或是平日武將們都不太密切往來。但就前後文看起來，會有天外飛來一筆之感，不知道插入這句話的寓意為何？因此到底是指魏延平日常與諸將有不同的意見，或是不與其他武將來往密切，也就不得而知。而這邊陳壽在分析魏延是否謀逆，先說明魏延實際上是想殺楊儀，而他平日常與其他武將的意見不同，或是他平日不大與其他武將親密往來，也有可能指平日其他武將的意見想法不盡相同，或平日武將們都不太密切往來，希望時論會是由他來取代諸葛亮之位，魏延的原意如此，並非背叛。

最後這句分析下來，不管怎麼解釋都有些詭異。既然魏延時常與其他武將意見不同，又怎麼期待殺了楊儀以後，別人就會想支持他？或是魏延平日不和其他武將密切往來，殺了楊儀以後，又要怎麼期待其他武將就會突然支持他？還是平日其他武將的想法及意見不盡相同，但因為人各有心，本來想法和意見就不可能一樣；或是平日武將們不太密切往來，所以殺了楊儀，魏延就能突然獲得大家支持？當然自己覺得最詭異的，便是魏延在五丈原撤退戰中就被斬殺，所有其他和魏延相關的一干人等，都幾乎被楊儀夷殺滅口。除非魏延曾經親口跟旁人，尤其是相當不親近而沒被滅口的人，講過這樣的內心話，但魏延既然被記載為「性矜高」者，怎麼可能會跟不親近的人說出這些話。當然，這段話鑾有可能就是史家陳壽自己的推斷分析，不過「平日諸將素不同」這句話的出現，真的使前後文有些突兀。想想這若是魏延的個性和事蹟，如果有需要的話，這句話其實可以搬到前面簡介魏延性情時就先出現，擺在最後的事件原因分析，真的會使前後文的邏輯有些難以理解。當然，這也可能是個人文字理解能力有限，無法解讀出陳壽這段前後文字的記載用意。

這部分可以再參考在宋朝司馬光所主編的《資治通鑑》，這部巨著原本就是彙整編輯此前的歷代史書，改為編年體的方式記載。其中〈魏紀四〉有關五丈原撤退戰的部分，和陳壽《三國志・蜀書・魏延傳》的內容相去不遠，不過仍略有差異之處，其文字為：「延獨與其子數人逃亡，奔漢中，儀遣將馬岱追斬之，遂夷延三族。蔣琬率宿衛諸營赴難北行，行數十里，延死問至，乃還。始，延欲殺儀等，冀時論以己代諸葛輔政，故不北降魏而南還擊儀，實無反意也。」

與原版的《三國志》中〈魏延傳〉兩相比較之下，《資治通鑑》沒將楊儀踩踏魏延遺首之事收錄，因為在《資治通鑑》後頭也沒再特別收進楊儀的下場。有可能是因為在《資治通鑑》的編年體中，楊儀算不上整部書的重要人物，所以沒有再特別節錄進去。而後頭也沒有特別引入「平日諸將素不同」這句話，不知道是這句話的寓意難解，還是因為《資治通鑑》更重摘錄要點，覺得這句話可有可無，因此沒有搬入事件的記載之中，也就不得而知。倒是後面接續在司馬光版本的《資治通鑑》，就很明確解讀原版《三國志》的「冀時論必當以代亮」是魏延「冀時論以己代諸葛輔政」，才會率軍南返欲殺楊儀，所以魏延並沒有背叛的本意。經過司馬光版本的消化潤飾後，此段記載確實比原版的《三國志》還要清楚明瞭。

不過即便這樣解讀，自己仍有疑惑，便是如前所述的想法，魏延不大可能把他的這種內心話分享給不親近之人。而就官位而論，魏延當時在軍事方面，已經算是僅次於諸葛亮之下的最高將領，所以殺不殺楊儀，並不會影響他在軍事方面的地位。至少依據《魏略》的記載，若非魏國事後向漢中居民蒐羅當時的所見所聞，再不濟也是來自敵國的戰力分析，認為魏延會是諸葛亮的接班人。其實因為魏國有置史，又有機會事後向親見此事件或親聞傳言的漢中居民或倖存者探訪。退而求其次，至少就連敵國都這麼分析，相信當時蜀國的時論必然也有此一說，魏延會是諸葛亮的繼承者。

如此，魏延又何必藉由回頭殺楊儀，來期望時論能支持由他來取代諸葛亮。這樣的邏輯，自己怎麼反覆思索都覺得有相當詭異之處。因此個人在來回翻閱蜀國觀點的記載，及敵對魏國的版本，自己則是與裴松之的想法不同，反而覺得《魏略》的說法看起來還是有其合理的部份，更能解釋楊儀與魏延的動機與行為。依據《魏略》描述，魏延是因為被楊儀到處放謠言北就投敵謀反，才會急忙南返自清，這點真的在邏輯及人性上，比蜀國的版本更為合情合理，所以個人認為《魏略》的記載，並非完全不可採信。

但如此魏國與蜀國的兩種說法，似乎就出現了極大的矛盾。依據《魏略》的說法，諸葛亮是交棒給魏延，其實依據軍事方面的位階、能力及經驗，更因其能對突發狀況做出相對正確的臨場判斷，最適合領軍進退者，確實非魏延莫屬。而《魏略》的說法，如前所述，即便不是全屬事實，至少也會是敵國的戰力分析，認為魏延是繼承者。然而若反過來思考，魏國因為敵對立場，所以刻意修飾為非屬當時事實的記載，但其實這段記錄若不屬實，也完全沒有貶低了任何人，就只有點出了楊儀領軍的合法性問題。嚴格說來，若楊儀真有統領全軍的正當性，《魏略》的不實寫法，其目的在於貶抑楊儀，但楊儀對魏國來說，可能不是那麼直接的威脅。相對而言，若魏延持續存在，又成為蜀國軍事地位最高的大將軍，才會是更大的威迫，所以真的讓人想不透魏國貶抑楊儀，而幫「反賊」魏延洗白的必要性？

另在《三國志》〈魏延傳〉的記載，無法直接看出諸葛亮有交棒給魏延，其略為：「亮病困，密與長史楊儀、司馬費禕、護軍姜維等作身歿之後退軍節度，令延斷後，姜維次之；若延或不從命，軍便自發。」這段文字記錄了諸葛亮交代身後事，將如何撤軍的斷後次序講明，但其實也並未明說由楊儀接棒掌軍。而在場者有楊儀、費禕與姜維等，現場人證至少三名以上，如要說這段丞相遺命是在場所有人一同造假，這機率真的偏低。後頭又再記載：「亮適卒，祕不發喪，儀令禕往揣延意指。」這段文字，是身為丞相長史的楊儀，在諸葛亮死後，看似依據丞相「遺命」，派費禕去揣摩魏延的意向。因為諸葛亮雖然規劃魏延斷後，但又怕他不從命，才又給了個「若延或不從命，軍便自發」的選項。緊接在後，費禕受命前往試探魏延，既是丞相「遺命」，其實想想並不需要試探，斬釘截鐵直接交辦，清楚轉達丞相命令就好。但看起來費禕和魏延的對話內容，也沒有明講出這是既定的丞相「遺命」，即諸葛亮明確指示要魏延斷後撤軍。反倒是可以明顯看出魏延，想嗆的對象並非諸葛亮「遺命」，而是對於由楊儀「主動」自己領軍布局相當不滿，否則「性情耿直」的魏延，以前每次被諸葛亮否決「企劃案」時，都敢直接「碎念」諸葛亮怯懦，應該也要照例「鞭屍」，先來一段「碎念」RAP，抱怨丞相「遺命」交給文官領軍大有問題。

還有就是費禕說楊儀是文官，且不懂軍事，會回頭去說服楊儀聽魏延指示，費禕的回答也完全沒提到這是丞相「遺命」。依費禕和魏延至少還算有點交情，且兩人過往尚能溝通看來，費禕依常理應再嘗試多多苦勸及提醒這是丞相命令，不然「軍便自發」真的是直接棄置前軍的殘酷決定，相當於上萬蜀兵有可能會就地被白白犧牲。相信依據他們過去的互動，魏延即便再不願意，最多就是抱怨諸葛亮，也不至於對費禕發怒或因此惹上殺身之禍。不然費禕對丞相「遺命」也太沒堅持，怎麼看起來更像諸葛亮沒有明確交代過，才可以隨便更改。再怎樣也不可能是費禕一到，就跟魏延說：「丞相『遺命』給你兩個選擇，退或不退！如果你要留下來，我們就要跑了喔，呵呵！」這麼一來，費禕的舉動，好似根本沒經過努力勸說，就擅自輕易放棄了丞相的第一「遺命」，直接跳到第二個可能犧牲蜀兵的殘酷選項。當然，這也可能是魏延大肆抱怨諸葛亮「遺命」有問題，及費禕一直苦勸魏延跟著走的對話部份，都沒被史書記下或省略。否則兩人前後對話反覆多看幾次，好似魏延更有領軍進退的決定權，丞相也沒有明確說要楊儀領軍，而是楊儀「主動」想要這麼做，費禕才被派去「請示」魏延的看法。

再來就是魏延得知丞相諸葛亮死訊的反應：「丞相雖亡，吾自見在。府親官屬便可將喪還葬，吾自當率諸軍擊賊，云何以一人死廢天下之事邪？且魏延何人，當為楊儀所部勒，作斷後將乎！」其實個人第一次閱讀時，也會感覺魏延明顯就是諸葛亮死前所料到的「延或不從命」，但若再仔細反覆思考，魏延前後句，尤其是那句：「且魏延何人，當為楊儀所部勒，作斷後將乎！」魏延單純就像是對於楊儀想要踰矩統領大軍及部勒進退極度不以為然，看起來並沒有完全反對將撤軍作為決策選項之一。再回頭看那句：「丞相雖亡，吾自見在。府親官屬便可將喪還葬，吾自當率諸軍擊賊，云何以一人死廢天下之事邪？」其實看久了再去想像還原魏延所處的前軍位置，因為距離最近，是敵軍可能在營中或稍微出營巡察，用肉眼就能看到蜀營的情形，所以前軍更不可能在後軍及中軍都還沒移動好的情況下驟退。或許在魏延的思考中，若真是決定撤軍，也可能希望採取更為「欺敵」的方式進行，而使魏軍很難一下察覺。一來驟退將可能大亂軍心，二來此次兩軍對峙，司馬懿拒不出戰，諸葛亮早有「屯田」的長遠之計，非常有本錢假裝繼續迎敵，而實際上籌謀慢慢安穩撤軍之策。至少再怎麼樣也不要被敵軍發現諸葛亮已死的這件事，而被敵營趁機用各種方式擾亂軍情。

因此再回頭看魏延那句「府親官屬便可將喪還葬」，魏延請楊儀等丞相府屬先密送諸葛亮遺骸回蜀的決策，仔細思考其實完全沒有什麼大問題，甚至看起來更為穩妥，以免遇到突發狀況需要急速撤軍或山路疾行時，若又要同時護送及保衛丞相靈柩，必然會拖累大軍行進速度及路線選擇的靈活彈性。等遺骸送走後，因為尚有屯田的額外本錢，屆時要進要退可以再視臨陣變化而作最適當的判斷。故自己來回翻閱後，反倒覺得魏延那句「丞相雖亡，吾自見在」及「吾自當率諸軍擊賊，云何以一人死廢天下之事邪？」這兩句話恐怕並非魏延對其老長官諸葛亮的不敬，更像是知道要擔下領軍重任的魏延，需為蜀漢三軍的生死負起所有的重責大任，為穩定軍心的鎮靜表現，即便心中最終方案就算是偏向撤退，也不會即刻表現出來。否則這個意象一有顯露，一傳十、十傳百，愈傳愈混亂，恐怕對於在第一線會被直接追擊，而從背後受敵交鋒的上萬蜀軍，其面臨生死存亡的緊繃情緒，會因不安的相互感染，而自亂陣腳轉為不利局面。

如同前述的「結果論」，個人在翻閱史料上，有時會偏好嘗試先屏除史書記載的「結果」，或以若歷史上是呈現相反「結果」去做回溯測試。試著去想像當時歷史人物的思考決策模式，或是錯估了什麼環節，下錯了哪一步棋，所以導致「結果」與預期的不同。否則單以「結果」回推，對於當時人物所下決定或言行舉止是否妥適，會因「結果」而影響後人回看的評斷與想像。就好比春秋時代的宋襄公，最著名的成語「婦人之仁」或「宋襄之仁」，若當時的交戰結果是宋襄公戰勝，恐怕歷史的評價會是宋襄公「仁義」滿天下，果然「仁義」戰勝了一切。

或是東晉名相謝安，在前秦符堅大軍即將入侵的「肥水之戰」前夕，還在和人悠哉下棋，突顯了謝安臨大危仍面不改色的異常鎮靜。不知道謝安是否「致敬」費禕，因為在《三國志・蜀書・費禕傳》中，對於魏國大軍進犯漢中的危急狀況，費禕在面對漢中可能丟失的「興勢之戰」，幾乎也有一模一樣的鎮靜舉動，其略為：「光祿大夫來敏至禕許別，求共圍棊。于時羽檄交馳。人馬擐甲，嚴駕已訖，禕與敏留意對戲，色無厭倦。敏曰：『向聊觀試君耳！君信可人，必能辨賊者也。』禕至，敵遂退，封成鄉侯。」試想，今天要是結果是相反的，謝安和費禕與敵軍交戰的結果是大敗，這兩人恐怕會被當朝之人罵死，更會被後世評價為「假勢」又不知好歹的「神經病」。

還有在《三國志・蜀書・蔣琬傳》中，蔣琬面臨諸葛亮之死的反應，其略為：「時新喪元帥，遠近危悚。琬出類拔萃，處群僚之右，既無戚容，又無喜色，神守舉止，有如平日，由是眾望漸服。」其實自己思考的觀點，反倒是若非蔣琬繼任諸葛亮的輔國大位，而是楊儀或其他人，蔣琬根本沒有太多機會在後頭展現他更為卓越的政治才能，更也不可能「由是眾望漸服」，在楊儀的壓制下，或許也就在其下普普通通做到退休。當然因為蔣琬在蜀中能力超群，本就一定會倍受重用，只是時間早晚的問題，故此處只是假設測試。依當時蔣琬面對諸葛亮新喪的反應是「既無戚容，又無喜色，神守舉止，有如平日」，若沒有後頭所累積的輔國功績，可以回看這是蔣琬處事鎮靜的機會下，難道不會被政敵或是後人對此舉作出評斷時，反而覺得蔣琬是對於極力提拔自己的老長官之死，根本就毫不在乎，因此被評為做人著實相當「冷血無情」嗎？

會提起以上這些案例，是因為自己會想到，若今天在魏延案中，諸葛亮確實是交棒給魏延領軍，魏延也想穩穩以「佯攻實退」的方式，在掩人耳目下，先由丞相府屬密送諸葛亮遺骸歸蜀，而後才慢慢安然全軍撤退，或是繼續和拒不出兵的司馬懿對峙到底。如果是這樣的「結果」，再去回想魏延對於諸葛亮之死的那些回應：「丞相雖亡，吾自見在……吾自當率諸軍擊賊，云何以一人死廢天下之事邪？」這些話難道不是魏延當初突然接下必須帶領蜀漢三軍的生死重任時，一種穩定軍心的方式與臨危不亂的鎮靜表現嗎？

更何況若以成王敗寇的可能性觀察，魏延是被夷滅三族，或許當時魏延與費禕的討論對話是更為詳細，還有更多前後文，費禕回中軍後也都有如實回報楊儀。但在如同趙直解夢的案例上，因為魏延的人馬已算是被全部滅口，恐怕也有被事後斷章取義，而更多詳情則可能是被勝利者楊儀強力隱蔽或修飾，所以在《石馬坡》中是採取這樣的劇情編排。另外楊儀身為丞相長史，此前也無實際領軍記錄，其擅長者為後勤運籌，雖說若諸葛亮病危之際，真的意欲交棒給楊儀領軍撤退，也並非不可能之事。畢竟楊儀也是諸葛亮深信之人，但如此安排魏延必定無法接受。況且魏延有許多實際領大軍進退的實績，擁有優秀的軍事領導能力毋庸置疑，眾將也不可能不服，這些考量點諸葛亮都不可能不知道。若真要給楊儀，明知魏延必然不服，諸葛亮交代「遺命」時，更該將魏延叫來，而在所有人面前講明要交棒給楊儀帶領撤軍，這樣魏延也不得不服，而非如《三國志》記載，魏延沒在諸葛亮交代「遺命」的現場。

若諸葛亮反過來跟所有人講明兵權交接給魏延，楊儀再痛恨魏延，心中再有不服，也不敢大張旗鼓明著做些什麼奇怪的抗命。更何況魏延本來就授有「使持節」，雖史料沒有蜀國這方面的制度，但參考前後朝，嚴重的話，魏延是有權可以直接斬了違抗軍令者。雖說諸葛亮確實也可選擇交給楊儀，但冒著相當於逼迫魏延舉兵反對楊儀的風險，故實在想不出這樣安排的考量。但無論史實真相究竟如何，如今已經難以釐清，也因此兩種相互矛盾的說法，留下了千古之謎。但自己在《石馬坡》的劇情設計，是採用比較接近《魏略》的記載，而推測諸葛亮應是將領軍接班人的大任交給魏延，因此衍生了後面的相關劇情安排。

九、五丈原之戰諸葛亮的死亡之謎

在《三國志・蜀書・魏延傳》中，當費禕看似被魏延的軍略說服後，魏延要求費禕一起手書聯名，但費禕反倒像有所顧忌而極力推諉，其記載略為：「因與禕共作行留部分，令禕手書與己連名，告下諸將。禕紿延曰：『當為君還解楊長史，長史文吏，稀更軍事，必不違命也。』禕出門馳馬而去，延尋悔，追之已不及矣。」

個人在翻閱這段記錄，再去對照費禕的言行記載與史家評價均相當正面，甚至是諸葛亮在〈出師表〉中提及：「侍中、侍郎郭攸之、費禕、董允等，此皆良實，志慮忠純，是以先帝簡拔以遺陛下。」由此觀之，費禕的「志慮忠純」是倍受劉備及諸葛亮的雙重認證與肯定。如前所述，費禕更是楊儀與魏延此前激烈爭吵的和事佬，身為兩人屢次爭吵的調停者，費禕確實符合「志慮忠純」的形象，又和兩者長期均有一定交情。否則費禕身為居間之人，若有心要挑撥楊儀及魏延，其必定承受很多來自雙方對於彼此的抱怨與憤恨，費禕長年來並未據此挑撥兩人，可以看出費禕所想努力追求的「和」。

因此在費禕受楊儀之命前往試探魏延的反應上，若考量其前後個性及行為的一致性，與其說費禕是對魏延虛以委蛇不敢留下共書，更像是費禕行前有被楊儀嚴厲交代或威脅過什麼事。否則若是出於自己的意思，此處的費禕則會呈現相當「腹黑」的行為，與此前及此後的人物個性明顯矛盾。因此費禕雖可能顧忌楊儀之故，而不敢留下與魏延的共書，但其所回應：「當為君還解楊長史，長史文吏，稀更軍事，必不違命也。」依其個性推測，當下費禕的回應可能並非違心之論，而是真心想要在回營以後，反過來說服楊儀應當聽魏延領命，尤其是魏延所規劃的進退策略更為穩妥。但回營後費禕一定被楊儀極力否定，甚至更被威壓，而不得不被迫聽命行事。

之所以會有這種推測，還是在於費禕人物言行的前後記載，應當不是那種會大玩兩面手法的人。否則如前所述，其只要對楊儀及費禕之爭，因懷有挑撥私心為兩者傳話之時，多多加油添醋即可，大可不必付出那麼多年的心力居中調停。再看看《三國志・蜀書・費禕傳》中怎麼描述費禕的為人：

> 「（費禕）少孤，依族父伯仁。伯仁姑，益州牧劉璋之母也。璋遣使迎仁，仁將禕遊學入蜀。會先主定蜀，禕遂留益土，與汝南許叔龍、南郡董允齊名。時許靖喪子，允與禕欲共會其葬所。允白父和請車，和遣開後鹿車給之。允有難載之色，禕便從前先上。及至喪所，諸葛亮及諸貴人悉集，車乘甚鮮，允猶神色未泰，而禕晏然自若。持車人還，和問之，知其如此，乃謂允曰：『吾常疑汝於文偉優劣未別也，而今而後，吾意了矣。』」

其大意就是費禕父母早亡而依靠伯父，在許靖喪子時，費禕與董允想要一起前往弔唁，董允之父董和，算在朝廷居要職，於是董允請求父親給他們座車前往。不過董和只派了「開後鹿車」，即一種比較簡陋的小車，董允和費禕兩人要一同「擠」在車上，恐怕不是那麼舒適。見到這樣的座車，董允面有難色，但費禕不以為意，率先上車。到了喪所，由於都是達官貴人，車乘都甚為光鮮亮麗，諸葛亮注意到成為明顯對比的「開後鹿車」，又發現車上的董允「神色未泰」，但費禕卻是「晏然自若」。因此在弔唁結束後，董允的父親董和還特別問了拉車之人，知道兩人是這種差別後，董和就和董允說：「過往以為你和費禕難分勝負，從今以後，我知道答案了！」

再看看費禕別傳的記載：「于時戰國多事，公務煩猥，禕識悟過人，每省讀書記，舉目暫視，已究其意旨，其速數倍於人，終亦不忘。常以朝晡聽事，其間接納賓客，飲食嬉戲，加之博弈，每盡人之歡，事亦不廢。董允代禕為尚書令，欲斅禕之所行，旬日之中，事多愆滯。允乃歎曰：『人才力相縣若此甚遠，此非吾之所及也。聽事終日，猶有不暇爾。』」這段記載中，說明在諸葛亮死後由蔣琬輔政，費禕也成為蔣琬最重要的左右手，其更在這段期間充分展現他「識悟過人」的超人才能，一下就能閱讀詳記公文內容。當然再從後文觀看，費禕除此之外還能游刃有餘，在工作與休閒之間相當衡平，也能判斷費禕不但閱讀快速，又能很快下定決策，是個處理繁雜政務的天才。再從其後接手的董允來看，董允看費禕做得很輕鬆，以為這些事應當不難，想要模仿費禕的天才模式，才發現會「事多愆滯」，後來每天認真辦公，還很難處理完畢，所以不得不深嘆自己與費禕才能的天差地遠。

另外在費禕別傳還有這段記載：「禕雅性謙素，家不積財。兒子皆令布衣素食，出入不從車騎，無異凡人。」這段描述其實和費禕前往弔唁許靖之子的事，完全可以呼應。個人在閱讀費禕這些記錄時，會想起《論語》的〈里仁〉篇中這句話：「子曰：『士志於道，而恥惡衣惡食者，未足與議也！』」綜合以上諸多史書記載，還有諸葛亮〈出師表〉對費禕的評價，費禕明顯就是「志慮忠純」和「政務天才」，又是追求道德修養的仁德君子類型。雖不能說費禕有這種心意，就一定是完美的君子，但至少會是偏向這種類型者，才會有這些前後相當一致的言行舉止。當然，或許費禕真有「腹黑」的一面，所以才會欺騙魏延，不過只能說在自己的《石馬坡》創作中，依據諸葛亮所評的「志慮忠純」者進行設定，嘗試思考可能發生什麼狀況。而且在小說中設定為費禕的言行是出於其個性，屬於自然而然的行為，並非刻意為之的「公孫布被之譏」。因此再回到費禕前往試探魏延的這件事上，費禕的言行，看起來更像是在行前被楊儀交代或恐嚇過什麼，故當下聽完魏延的分析，雖然不敢留下聯名手書，以免事後被楊儀算帳。但可能確實是真心想幫助魏延，及為蜀漢大軍謀求更好的進退策略，才反過來想嘗試說服楊儀，不過回營後反被強力否決，甚至再被恐嚇。

故在此若回頭看看這些史書的相關記載，將相互矛盾之處一一釐清，擷取可能性及合理性較高的說法，加以彙整並構思劇情。如果諸葛亮確實如《魏略》的說法，是交棒給魏延「攝行己事」，看起來楊儀也是特別派出費禕再去「試探」或某種程度上很像是在「請示」。然而諸葛亮也確實在病重之際，曾經當著至少楊儀、費禕、姜維等人作出斷後撤軍的親口遺命。如果要兩種看似矛盾的狀況均同時成立，想來想去，在千百種可能性中，若再將之前諸葛亮「詐死」誘敵之計納入考量，則此處的兩種「遺命」並非諸葛亮死前的神智不清，而是另有用意。諸葛亮之所以會同時交棒給魏延，又再親口遺命斷後次序，還有一種不違反諸多記載限制條件下的可能性，便是這也是諸葛亮「詐死」誘敵的附帶計謀，想要測試楊儀在諸葛亮死後的反應，及其是否會違命陷害魏延。

在楊儀與魏延兩人多年的激烈爭吵中，由於二者均為時常和諸葛亮相處的左右臂膀，諸葛亮不可能不深知兩人的個性。即便兩人互看不爽已久，如前所述，魏延可能比較接近「性情耿直」與直接表達情感的武將，而楊儀則可能偏向「妒賢嫉能」和「尖酸刻薄」的官威小人類型，諸葛亮更曾直接評斷楊儀「性狹狷」。所以在兩人的極度不和，所日積月累的仇恨中，魏延可能比較偏向於極度「厭惡」及「不屑」，此外大概也不會再做什麼，所以每每僅止於「拔刀」，反倒是楊儀這邊則會想盡各種辦法找機會除掉魏延。尤其是相較之下，楊儀更常在諸葛亮身邊，諸葛亮更能從楊儀私下向其「投訴」魏延的「卑劣」言行，看出楊儀對魏延除之而後快的深仇大恨。是故諸葛亮察覺事態的嚴重性後，更會想要阻止這種事情的發生，所以自己才會想像或許在諸葛亮的「詐死」誘敵之計外，順帶會想要測試楊儀是否會真的陷害魏延。如此一來，則《三國志》及《魏略》的說法，均能同時成立而沒有相互矛盾。

因此如果再順著這樣的劇情編排推演下去，依據《三國志》〈魏延傳〉的記載「亮病困」，可以推測當時諸葛亮真有生病，然而應該還不到病重危及的程度，否則依諸葛亮的謹慎個性，一定會把「遺命」對眾人交代一清二楚。但為了「詐死」誘敵，諸葛亮在眾人面前裝成病得極為嚴重。原本在諸葛亮的規劃下，為使「詐死」以後，能成功誘使司馬懿出兵追擊，諸葛亮的「詐死」計畫瞞著眾人，同時給了楊儀最終測試機會，才會先只當著楊儀及魏延兩人的面，說出要交棒給魏延的「遺命」。後來又在眾人面前下達雖然屬於明確的撤軍規劃，但身後領軍者卻是相當模糊的另一道「遺命」。這個模糊空間就是為了測試楊儀的心性，是否會顧全蜀漢大局，拋下兩人的私忿，而乖乖聽魏延規劃及指令行事，甚至也是一同測試楊儀是否會藉機陷害魏延。所以第二道「遺命」中關於魏延給予「選項」的部分，看起來更像是給楊儀的一種考驗。

在曹操時期的樂進、張遼及李典，三將極為不和，但在面臨孫權大軍進犯合肥的存亡危機之際，三將拋棄過往成見，相互合作而成功擊退東吳大軍，這或許也是諸葛亮期望能看到測試楊儀的結果。因此這個「若延或不從命，軍便自發」的「選項」，無論魏延的意見如何，要不要跟著一起撤退，顧全大局者也不會真的「軍便自發」。否則上萬蜀軍因為失去後援，等同於直接棄置同袍，或殲滅或投降，這都是顧全大局者不會實際做出的決策與行動。況且以蜀軍的屯田策略而言，並不是沒有好好規度、緩緩撤軍的本錢。然而楊儀最後的選擇，看起來無論費禕前往試探的結果如何，甚至費禕看起來可能更贊同魏延的軍略，楊儀早已決定棄置上萬蜀軍，更希望能藉此一同解決他早已恨之入骨的魏延。

原本在諸葛亮的「詐死」誘敵之計，對於楊儀心性探索，僅止於測試。因為若是諸葛亮尚在，就算探知其「詐死」後，楊儀果然趁機想要陷害魏延，也會在此計成功誘入司馬懿大軍，並且殲滅宿敵後，再出面阻止楊儀的後續舉動。諸葛亮更可能依此懲處楊儀趁著丞相「遺命」的解釋空間，而有藉機陷害魏延之事。不過在此之際，事情卻發生了驟變，就是諸葛亮在執行「詐死」計畫的最終行動前，卻真的突然死了。推測其死因，有可能是正好遇到了突然「猝死」，不然以諸葛亮的謹慎個性，若是知道自己真的即將死去，不大可能會做出這種對楊儀及魏延，甚至是所有其他將領來說，都存有模糊空間，看起來卻又兩相矛盾的「遺命」。至少因為出現兩種版本的說法，正代表著諸葛亮可能不幸遭遇到，連自己都沒有預料和推測到的「猝死」。

若依此推演下去，也可能是另一種更為戲劇性的原因，便是諸葛亮不幸在軍營中遭人「謀殺」。由於諸葛亮為行「詐死」之計，早在眾人面前展現出行將就木，因此若有人將計就計，趁機將諸葛亮「謀殺」，眾人原本就預期丞相將死，也不會有太多懷疑。再來就要回到先前所分享的，在楊儀與魏延之爭中，針對楊儀屢屢被魏延拔刀恐嚇之事，如果諸葛亮看久了真的疲乏，最後也不想管了，對於楊儀來說，會覺得諸葛亮偏心魏延護短。這樣一來，除了會加深楊儀對魏延的恨意，久了以後更可能也會轉而開始怨恨諸葛亮。

尤其若在楊儀發現諸葛亮「詐死」之計的規劃，諸葛亮在兩人之爭中，最終還是選擇交棒給魏延，同時諸葛亮又要順勢測試自己是否會藉機陷害魏延。再加上後主劉禪曾特別派李福來營中探問諸葛亮，其後續薦任的政務接班人。若楊儀也有事後探出政務的後繼者並非自己，極可能會對此憤恨盛怒。在這三種明顯交錯的不利局面下，在在顯示楊儀已在權力之爭中，被遠遠屏除在外，必然會使楊儀轉而怨恨諸葛亮，甚至起了殺人動機。或許在楊儀發現諸葛亮「詐死」誘敵之計時，楊儀確實曾私下前去質問諸葛亮，因而起了爭執，也動了殺機。

這種原本屬於極為親密的左右手關係，一旦反目成仇，其恨意往往會比原就相處不和的情形還要可怕。所以楊儀又在殺了諸葛亮後，藉著諸葛亮在眾人面前所親口交辦「遺命」的模糊空間中，又透過自己的口舌，造出更多丞相「遺命」，故也能順勢奪取蜀漢三軍的合法兵權。其後又籌謀陷害魏延，假意派費禕試探，其實不管費禕問到什麼，楊儀捨棄前軍的策略早已訂好。所以即便兩者有不同的布局意見，楊儀拒絕討論也不知會前軍，而自行拔營撤退，相當於把失去後勤的上萬前軍，直接棄置犧牲。所以在《石馬坡》的劇情中，才有編入了這種「天馬行空」式的想像劇情。當然，以上這些推論，恐怕都並非史實，僅是個人在不同史書記載限制之間的想像，純屬個人「毛利小五郎」式的奇想推理，也是《石馬坡》劇情的創作依據。

十、五丈原撤退戰又可能發生何事

再看看在《三國志・蜀書・後主傳》，關於五丈原之戰的記載為：「十二年春二月，亮由斜谷出，始以流馬運。秋八月，亮卒于渭濱。征西大將軍魏延與丞相長史楊儀爭權不和，舉兵相攻，延敗走；斬延首，儀率諸軍還成都。大赦。以左將軍吳壹為車騎將軍，假節督漢中。以丞相留府長史蔣琬為尚書令，總統國事。」

這段文字中，雖然提到「舉兵相攻」，但在〈魏延傳〉有更為詳細的記錄，則是費禕回營與楊儀商討。我想在魏延的預期，即便楊儀不從，以為至少也會再派人前來討論或告知，再不濟就是請魏延過去中軍商量。結果因為一直無聲無息，魏延只好派人去觀看中軍狀況，卻見到楊儀在完全沒有知會前軍的情況下，早就已經悄悄開始進行撤退行動。魏延於是大怒而先行領兵南撤，沿路燒絕棧道，後據南谷口。從記錄中看起來，魏延也僅與王平短暫喊話對峙，並未真的開戰交鋒，其在本傳中記載的過程略為：「延遣人覘儀等，遂使欲案亮成規，諸營相次引軍還。延大怒，纔儀未發，率所領徑先南歸，所過燒絕閣道。延、儀各相表叛逆，一日之中，羽檄交至。後主以問侍中董允、留府長史蔣琬，琬、允咸保儀疑延。儀等槎山通道，晝夜兼行，亦繼延後。延先至，據南谷口，遣兵逆擊儀等，儀等令何平（即王平）在前禦延。平叱延先登曰：『公亡，身尚未寒，汝輩何敢乃爾！』延士眾知曲在延，莫為用命，軍皆散。延獨與其子數人逃亡，奔漢中。」

而在裴松之的《三國志注》中，則於《三國志．蜀書．諸葛亮傳》引用了《漢晉春秋》關於五丈原撤軍的記載，其略為：「楊儀等整軍而出，百姓奔告宣王，宣王追焉。姜維令儀反旗鳴鼓，若將向宣王者，宣王乃退，不敢偪。於是儀結陣而去，入谷然後發喪。宣王之退也，百姓為之諺曰：『死諸葛走生仲達。』或以告宣王，宣王曰：『吾能料生，不便料死也。』」所以雖然在〈後主傳〉有提到楊儀與魏延「舉兵相攻」，若看〈魏延傳〉本傳的詳細記錄，還有參考《漢晉春秋》的說法，推測魏延和王平應當只有曾經短暫於南谷口對峙，但並沒有真的交戰。

若是這種狀況，則可以和《魏略》的說法相為呼應。《魏略》的記載為：「（諸葛亮）令延攝行己事，密持喪去。延遂匿之，行至褒口，乃發喪。亮長史楊儀宿與延不和，見延攝行軍事，懼為所害，乃張言延欲舉眾北附，遂率其眾攻延。延本無此心，不戰軍走，追而殺之。」可以看出《魏略》的記載，諸葛亮是交棒給魏延攝行大事，但當魏延領前軍進行撤退時，卻被中軍的楊儀放謠言魏延已經舉眾北附司馬懿。當然，《魏略》後頭的說法，也有令人相當疑惑之處，就是諸葛亮交棒給魏延，是有其合情合理的可能性，然而魏延領兵南退，「行至褒口，乃發喪」，但因為被楊儀放謠言其北附投敵，所以沿路避戰南返。此處詭異的疑點，就是看起來丞相靈柩可能是在魏延這邊，才更有發喪的必要。若靈柩不是在魏延這邊，為了紀念丞相和告知所有前軍士卒丞相死訊，是也可以特別發喪，只是會變得比較沒有必要性。而魏延的人馬如果一開始就跟著中軍及後軍的步伐往南撤軍，楊儀要如何造謠？所以如果實際上是靈柩在楊儀那邊，魏延因為被楊儀等悄悄拋棄，後來才有發覺，不得不跟著籌謀疾退，但動作很難那麼快跟上，所以兩軍中途並沒有接觸，楊儀才有放謠言叛變投敵的合理性。

不過《魏略》中魏延的避戰反應，個人在閱讀時，馬上聯想到前面提到的清朝霧峰林家林文明案。林文明因為提防到政敵凌定國有意陷害構陷，將他扣上率眾謀反罪名，故最後選擇僅帶四名親丁，又身著朝廷官服提醒凌定國，不得隨意謀害朝廷命官，以為破除奸謀的因應對策，而後才前往明顯設有陷阱的公堂赴約。

在《魏略》記載上的反應，也與林文明「壽至公堂」案相當類似，如果後行的魏延，因為沿路已察覺先行撤退的楊儀，四處放其已經叛變的流言，故也不敢直接率領整個前軍交接。否則因為中軍、後軍已被楊儀不斷洗腦魏延已叛，兩軍若是正面接觸，恐怕一定會因楊儀的謠言，使兩方軍馬各擁其主，必然產生嚴重摩擦進而交戰。屆時若出現對戰交鋒，魏延事後再怎麼解釋也很難釐清，這也是楊儀的構陷規劃。所以據《魏略》的記載，魏延才會「不戰軍走」，更能推測是率輕軍疾行，走捷徑後發先至。如在前面提到的《洋縣志》，即有描述一些重巒疊嶂的崎嶇山徑「處處可通」，只要精簡的輕騎人馬能行，因為機動性高，以魏延對漢中的熟識，是有更多路線可以選擇。即便經過千百年後，人馬可行走的地貌可能有局部及些許變化，但在當時應該還是會存在算是較鮮為人知的捷徑暗道，故在《石馬坡》的故事中也是如此設定。而後才有《三國志》中，王平一語大義凜然而散盡魏延所率士卒之說，先不論此處記載的合理性或真實狀況，至少反應魏延當時可能並沒有帶領太多士卒輕便疾行。

對比《魏略》的記錄，魏延有可能是率領為數不多的士卒南返，畢竟是返回自己的國境，其又為授有「使持節」的重臣，可能也萬萬沒想過會被自己人膽敢直接殺害。因此沿路又極力避戰，所圖即與霧峰林家林文明案非常類似，是為了破除楊儀四處放話其已經北附投敵的謠言。在《三國志》中的記載：「延、儀各相表叛逆，一日之中，羽檄交至。」雖然沒有留下互指叛逆的上表內容，但若實際上諸葛亮是交棒給魏延，對魏延來說，楊儀確實沒有依據他的安排與指示，因而明顯違命，又在沒有商討及知會的情況下，即率中軍及後軍悄悄撤退，等於直接棄置魏延的上萬前軍，更難說沒有置前軍於死地的意圖，這應該會是魏延上表所指的楊儀叛逆。而在楊儀這端，則應該是指魏延違丞相遺命而不撤退，又拒絕斷後，更還北附投敵叛變。所以兩造才因此出現都向位在成都的後主上表「互指叛逆」，更還出現「一日之中，羽檄交至」的混亂情形。

不過《魏略》的說法，後頭也出現一些乍看會與其他記載互有矛盾之處。依據《三國志》在〈魏延傳〉的記載：「延大怒，纔儀未發，率所領徑先南歸，所過燒絕閣道。」此處個人在閱讀時，覺得十分怪異，既然前面已經提到費禕回營後，因為一直遲遲沒有回應，所以魏延才派人前往中軍觀察，其結果為：「延遣人覘儀等，遂使欲案亮成規，諸營相次引軍還。」看起來很明顯，魏延所派之人看到中軍在楊儀的號令下，早已經悄悄拔寨撤退，否則中軍若沒有任何動作的話，派去觀察的人，也不會知道楊儀準備撤軍。況且若撤退動作還不明顯，魏延更該自己或派人馬上衝過去阻止。但此會讓後頭記載的「延大怒，纔儀未發，率所領徑先南歸，所過燒絕閣道」，看起來更為詭異。既然中軍及後軍早就先悄悄動作拔營，這更是楊儀運籌規度的長才，魏延後頭算是隔了一段時間才發現，所以中軍早就正在動作，就算魏延在知道這項情報後，即刻率軍撤退，要如何繞過中軍而先行撤退？

從記載上看起來，就算魏延飛快率大軍啟程，魏延前軍並未與楊儀中軍接觸過，既然還有時間去繞道避開，為何不直接率軍，或自己快馬過去叫住楊儀一行人責罵，好好質疑就算想法意見不同，怎麼可以完全不討論也不知會，便隨意拋棄上萬前軍。如果有這麼作的話，反而是眾將及士卒會知道

「曲在楊儀」，而《三國志》後頭陳壽又評斷魏延南返的意圖在殺害楊儀，如此一開始就能率領大軍進攻，直接斬殺楊儀，後頭的各項行為及領軍策略如此，確實變得非常令人難以理解。其實自己嘗試想像還原當時情景，魏延見到被楊儀率領的中軍及後軍直接拋棄，前軍的位置距離司馬懿大軍最近，魏延也不敢驟然撤退。否則馬上被魏軍出寨追擊，再加上楊儀突然違命率軍先撤，斷絕前軍後勤，已經遠遠偏離魏延繼續對峙或「佯攻實退」慢慢撤軍的規度，所以整個蜀漢三軍已經亂成一團，魏延恐怕只能暫時眼睜睜看著楊儀領中軍、後軍撤退。

而若是這種情景，其實可以和《漢晉春秋》前面所提到的記載相為呼應，其略為：「楊儀等整軍而出，百姓奔告宣王，宣王追焉。姜維令儀反旗鳴鼓，若將向宣王者，宣王乃退，不敢偪。」因為若真如《三國志》的記載：「延大怒，纔儀未發，率所領徑先南歸，所過燒絕閣道。」如此則有兩個疑點，第一個是，魏延晚了很多時間才開始準備，如何能那麼迅速率領全軍突然拔營疾退，甚至還是上萬大軍的情況下，越過更早出發的中軍及後軍而不被發現。因為兩軍判斷起來應該完全沒有接觸，不然若是在近距離相互看到，早早就先起了衝突；第二疑問則是，如果魏延真的已經超越楊儀等先行南歸，當司馬懿來追擊時，先看到的是楊儀所率的中軍，完全不見與他們對峙超過百餘日的前軍魏延，難道都不會有任何疑惑？更何況此種情形如此特殊，前軍越過中軍先行撤退，完全有違常理，在這樣的邏輯下，魏營更該在魏延的前軍撤退時就先發現。無論是魏軍巡視哨兵先看到，或是百姓奔告，也都該是告知是前軍先撤退，才有後頭司馬懿的追擊。但相關史書多有類似《漢晉春秋》的文字，是司馬懿發現楊儀退軍的類似記載：「楊儀等整軍而出，百姓奔告宣王，宣王追焉。」

因此個人來回翻閱這些相關記載，反而覺得魏延在得知楊儀違命悄悄撤軍，斷絕棄置前軍補給後，明顯就對魏延極度不懷好意，而前頭又有大敵司馬懿虎視眈眈。在腹背受敵的情況下，魏延的前軍只能暫時按兵不動另想對策，否則跟著驟撤，也會冒上被司馬懿出寨追擊的風險。況且看到楊儀冷血棄置上萬前軍，魏延不可能沒有防範，便是楊儀可能還會再做出什麼更誇張的事，比如直接下令中軍攻擊跟在後頭靠近的上萬前軍，會形成自相殘殺的局面。如果魏延在史書上所載的「善養士卒」，能延伸到更遠的「惜兵愛卒」，若弄到同室操戈讓蜀兵白白犧牲，這絕對不會是魏延所想看到的結果，若其真有這種想法，也和他部曲基層出身很能呼應。也因此在《漢晉春秋》的記錄，司馬懿的突襲大軍，一直關注的都是蜀漢的中軍陣營，況且在魏軍的戰力評估上，魏延此前對魏國交戰多有大勝實績，應該會是魏營最為頭痛的勇猛敵將。

換句話說，司馬懿原先就推估諸葛亮將死，並料想蜀漢三軍有可能會疾撤，而準備發動大軍追擊。在其布局策略中，因為知道魏延勇猛善謀，更想藉此機會一舉除卻，以杜絕魏國連年被侵犯的後患。否則若魏延安然返回蜀國，很高機率會成為蜀國軍事地位最高的大將軍，並和諸葛亮一樣每隔幾年就北伐入侵。但因為魏延的軍隊戰力最強，若又有中軍在後不斷馳援，即便諸葛亮真的已死，魏延還是很難對付的強大敵手。所以在司馬懿的思考中，可能會想先避開與蜀漢最強的軍隊交戰，又知道蜀漢陣營的楊儀與魏延有著極大的矛盾，推測兩人在諸葛亮死後會爭權不和，甚至出現中軍棄置前軍的極端狀況。因此司馬懿一直關注蜀漢中軍的動態，後來逮到中軍真的棄置前軍悄悄先行，司馬懿總算可以對疾退的中軍發動總攻擊，意圖讓蜀軍大亂，再也無戰力回頭馳援前軍。待前軍完全孤立以後，司馬懿就會依照原定計畫，回頭與魏營本寨軍馬，一同夾擊最難對付的魏延。

原本司馬懿的計畫，就是一直關注蜀漢中軍的變化，所以魏延在前軍陣營按兵不動，司馬懿並不特別在意。所以可能也連帶使在《漢晉春秋》的記錄，記載的是司馬懿發現楊儀整軍撤退，就發動攻擊，而沒有特別描述前軍魏延先行繞過蜀漢中軍及後軍先撤，因為那時的魏延前軍仍在原地未動。當然這些真的都扯遠了，並非說史實如此，只能說是在諸多史書記載的限制下，去推演出來的編劇邏輯。後頭所發生的事，就和《漢晉春秋》的記錄一樣：「姜維令儀反旗鳴鼓，若將向宣王者，宣王乃退，不敢偪。」還有就是：「宣王之退也，百姓為之諺曰：『死諸葛走生仲達。』或以告宣王，宣王曰：『吾能料生，不便料死也。』」當然，如果事情的經過真是這樣，守在前軍等待適當撤退時機的魏延，見到司馬懿中計驚慌撤退，當然也會逮住這個時機，趁著司馬懿還弄不清楚狀況的寶貴機會，才開始迅速拔營撤軍。若是這樣編排，因為司馬懿大軍進攻蜀漢中軍時，魏延怕被司馬懿伏兵及魏營本寨夾擊殲滅，故也不敢出兵。這點雖然有其戰略考量，但看在楊儀的眼裡，就可以呼應《魏略》的記載，造謠魏延投敵北附。

至於後發的魏延如何先至南谷口，個人推測因為魏延督守過漢中十餘年，可能會知道更多南返漢中的捷徑暗道。再加上若依據《魏略》的描述，魏延為了自清楊儀的不實謠言，除了僅率少量輕兵與諸子想要抄捷徑更快南返外，還有就是為了避戰以免蜀兵白白犧牲，這會是「惜兵愛卒」的魏延，極力想要避免的憾事。而其率領諸子南返，個人推測是想趕快返回漢中，一來出現在南方漢中，楊儀所放其北附投敵的謠言不攻自破；再者就是漢中為其所最熟悉的據點，既督守過十餘年，又為蜀漢的第一任漢中太守，其影響力想必在那時仍是非常強大。最後就是必須還原想像當時的情景，雖然我們都知道司馬懿被「死諸葛」嚇走後，即便司馬懿後來知道真相，也沒有再舉大兵追擊。但對當時的蜀軍來說，一邊急撤又一邊壟罩在司馬懿可能趁機統領大軍進攻漢中的恐怖氛圍，可以想像整個蜀漢三軍，雖然已經被楊儀及魏延各自領軍而一分為二，但必然全都抱有魏軍還是會來追擊，甚至進攻漢中的極端恐懼。所以個人想像至此，反倒覺得魏延沿路疾行漢中，還有一個目的就是想趕快進入漢中，一方面攻破楊儀的流言，盡可能迅速奪回才是具備合法性的兵權；另一方面藉由坐鎮漢中這個老據點，趕緊籌謀規劃，以及重整已經規度大亂的蜀漢三軍。若能據漢中城而以整備後的蜀兵，實行兵力更多的加強版「重門之計」，屆時便能好好安穩提防司馬懿率大軍來犯。

再來就是關於吳懿的部分，吳懿在《三國志》中並沒有本傳，其事蹟是散見在其他人的傳記中，另因為吳懿與司馬懿同名，故在《三國志》為了晉宣帝司馬懿的名諱，都改為「壹」。如在《三國志・蜀書・先主穆皇后傳》中，關於吳懿有記載著這麼兩句，分別為：「先主穆皇后，陳留人也。兄吳壹，少孤，壹父素與劉焉有舊，是以舉家隨焉入蜀。」以及：「壹官至車騎將軍，封縣侯。延熙八年，后薨，合葬惠陵。」從此傳記中可以知道吳懿的妹妹為先帝劉備的皇后，故在後主劉禪即位後，吳懿的妹妹即成為了皇太后。可以想見吳懿屬於國戚，自然有其一定程度的影響力，或至少朝臣眾將因其背景雄厚，還是會有所顧忌。再來就是出現在《三國志・蜀書・馬良傳》，其中關於馬良之弟，也就是馬謖失守街亭的記載，其略為：「建興六年，亮出軍向祁山，時有宿將魏延、吳壹等，論者皆言以為宜令為先鋒，而亮違眾拔謖，統大眾在前，與魏將張郃戰于街亭，為郃所破，士卒離散。」可以看出在諸葛亮第一次北伐的街亭之戰時，吳懿已經是與魏延相當齊名的宿將，更可以推測吳懿不僅僅是國戚，還是一名良將。

另外還有前面提到在《三國志・蜀書・楊戲傳》中的〈季漢輔臣贊〉，裴松之的加注，是相對來說關於吳懿的最多記載：「子遠名壹，陳留人也。隨劉焉入蜀。劉璋時，為中郎將，將兵拒先主於涪，詣降。先主定益州，以壹為護軍討逆將軍，納壹妹為夫人。章武元年，為關中都督。建興八年，與魏延入南安界，破魏將費瑤，徙亭侯，進封高陽鄉侯，遷左將軍。十二年，丞相亮卒，以壹督漢中，車騎將軍，假節，領雍州刺史，進封濟陽侯。十五年卒。失其行事，故不為傳。壹族弟班，字元雄，大將軍何進官屬吳匡之子也。以豪俠稱，官位常與壹相亞。先主時，為領軍。後主世，稍遷至驃騎將軍，假節，封綿竹侯。」

可以再從這段記錄中，看到建興八年吳懿與魏延大破魏軍，看起來吳懿有可能是魏延的副將。另外在五丈原之戰中，完全沒有關於吳懿的記載，以其身分地位，無論身處前、中、後軍，在諸葛亮病危時，不大可能沒在諸葛亮交辦後事的名單中而不見記載。但如果吳懿當時是像建興八年大破郭淮的戰役中一樣，在前軍擔任類似魏延副將之位，若是有這樣的國戚在魏延陣中，楊儀必然會有所顧忌，不可能做出棄置的決定。而在魏延受楊儀陷害，而身處絕境之時，若陣中有吳懿，一定可以發揮破除謠言的極大影響力。因此可以推斷，吳懿應該不在五丈原之戰的蜀漢三軍之中。

至於以吳懿的能力來說，追求精銳盡出的諸葛亮，理應也會想將吳懿納入北伐陣容，所以也許當時吳懿因掛病號或其他原因而沒有跟著北伐。若再以《三國志・蜀書・王平傳》作為參考，其記載略為：

「十二年，亮卒於武功，軍退還，魏延作亂，一戰而敗，平之功也。遷後典軍、安漢將軍，副車騎將軍吳壹住漢中，又領漢中太守。十五年，進封安漢侯，代壹督漢中。延熙元年，大將軍蔣琬住沔陽，平更為前護軍，署琬府事。六年，琬還住涪，拜平前監軍、鎮北大將軍，統漢中。」

可以發現王平在建興十二年，五丈原之戰結束後，雖領漢中太守，但在軍事方面是擔任吳懿的副手，與吳懿一同督守漢中。建興十五年吳懿過世後，王平開始代理吳懿遺缺。一直到延熙六年，王平才正式統領漢中。

若參考王平的職位安排，再回看有關吳懿的記載：「十二年，丞相亮卒，以壹督漢中，車騎將軍，假節，領雍州刺史，進封濟陽侯。」所以自己才會在《石馬坡》的劇情中，因為史書上吳懿於諸葛亮病逝後接任督守漢中，若依照王平的履歷，自己才在故事中推測設定，五丈原之戰時，吳懿應是人在漢中城留守，或是先擔任了督守漢中的代理職。若真是如此，因為魏延從史書記錄上看起來，和吳懿搭配打過大勝仗，兩人應有良好默契，也互有深識，以及吳懿算是魏延督守漢中的後手，兩人關係匪淺。若當時吳懿是在漢中，更能合理解釋為何魏延一心想要攜帶諸子輕裝直奔漢中。一來是為了破除楊儀的流言，二來吳懿除了是國戚以外，更與魏延有革命情感，是可以信賴及託付的好夥伴。

這樣一來，在《三國志》中所記載的「延獨與其子數人逃亡，奔漢中」，更應並非敗逃，而是魏延原本就是要攜帶「諸子」趕往漢中，應是想藉由「諸子」為質，以取得老夥伴吳懿的放心信任，好相信自己絕非楊儀謠言中的背叛之徒。而吳懿既是那時的皇太后之兄，在朝中說話必有一定分量，故魏延若能將諸子交與吳懿為質，取得吳懿作保，必然能對洗清冤屈有極大的幫助，尤其是針對後主劉禪。

再來就是關於王平一語大義，即遣散魏延所有士卒的記載。若前述的劇情編排及設定成立，則一路避戰尋求自清的魏延，本就決不可能與任何蜀軍交戰。由於後發撤兵，為求能先趕往漢中澄清楊儀的不實謠言，魏延僅挑選了少數的疾行精兵，便攜帶諸子走捷徑暗道趕往漢中。在《三國志》中的記載：「儀等槎山通道，晝夜兼行，亦繼延後。延先至，據南谷口，遣兵逆擊儀等，儀等令何平在前禦延。」此處所載，魏延先到而據守南谷口，初讀之時確實讓人非常疑惑。如果說魏延能夠後發先至，是因為其暗曉難走的疾行捷徑，如此推測都還算合理。但若魏延都已經先到南谷口，先不提自己的前述推論，單就《三國志》的記載，還是令人相當不解。因為已經遙遙領先楊儀等人，只要繼續百尺竿頭，更進一步，就能抵達自己的老本營漢中，何故需要特別在南谷口逗留，讓自己陷於險境，更何況還浪費時間沿路燒毀棧道。

回到自己《石馬坡》的劇情安排，魏延因為一路走捷徑趕路，雖然希望能比楊儀更早趕到漢中。但因為魏延後發，又走不同暗道追趕，趕到後來應該也不知道自己到底身在楊儀前頭還是後方。在《石馬坡》中是安排魏延也遇到棧道被人燒毀而繞路，自己倒是覺得魏延有無遇到棧道被人燒毀並非重點，而是《三國志》中記載魏延一路燒絕棧道的事很詭異，與陳壽最後的評斷分析，魏延是想殺害楊儀才南返，確實會有相互矛盾之處。

因為燒絕棧道並非沒有前例，在諸葛亮第一次北伐中，由於馬謖失守街亭，全軍必須南撤，而殿後的趙雲，為阻止魏軍的全力追擊，在親自斷後時，燒毀棧道以阻擾魏軍的進軍速度。故在《水經注》的卷二十七〈沔水〉篇有載：「漢水又東合褒水，水西北出衙嶺山，東南逕大石門，歷故棧道下谷，俗謂千梁無柱也。諸葛亮〈與兄瑾書〉云：『前趙子龍退軍，燒壞赤崖以北閣道，緣谷百餘里，其閣梁一頭入山腹，其一頭立柱于水中。今水大而急，不得安柱，此其窮極，不可強也。』又云：『頃大水暴出，赤崖以南橋閣悉壞，時趙子龍與鄧伯苗，一戍赤崖屯田，一戍赤崖口，但得緣崖與伯苗相聞而已。』後諸葛亮死于五丈原，魏延先退而焚之，謂是道也。」。

因此再回到五丈原撤退戰，無論是楊儀以丞相「遺命」派親信先行，再發號施令給守衛棧閣的蜀兵，或是以五丈原蜀軍大敗走其他路徑後撤，司馬懿大軍即將趁勝進攻漢中，必須如同先前的趙雲一樣，燒毀棧道阻擋魏軍。若是守兵聽到這種名目，又有先前趙雲的事蹟，再加上有相關證明文件或軍令，守兵真的可能會不疑有他，為爭取速度，甚至還會幫忙燒毀。姑且先不論《水經注》的記載與

《三國志》相同，都指稱燒毀棧道是魏延所為，但實際上能做出這種偽命的人，魏延可以，楊儀也可以，甚至誇張一點，就是如同自己《石馬坡》的劇情，第三方的司馬懿也有機會。

無論如何，燒絕棧道的人，從史書記載的前後文邏輯，再加上前面提過的一個重點，就是所有魏延的人馬因為政爭失敗，全部都被楊儀滅口，這段記錄單就邏輯而論，讀起來頗為詭異。若魏延真的要殺楊儀，為何前頭那麼多機會，偏偏要先神不知、鬼不覺「超車」楊儀大軍，再跑到南谷口堵人。況且如果是魏延自己燒絕棧道，若不是楊儀等人另外開山闢路，搞不好根本就堵死在棧道前回不來，魏延要在南谷口據守到天荒地老？他要如何確定楊儀他們失去棧道後還出得來？況且南谷口都已經距離漢中不算遠了，魏延對漢中的影響力，絕對遠比楊儀還大，怎麼不乾脆先回老據點說服「洗腦」全漢中軍民，楊儀已經叛變。所有漢中的眾兵群將，因為和魏延這個老長官有長年相處過，說話不出誑語，必然有很高的機率都會相信。因此只要再靜待楊儀等人入漢中後，或先回漢中取得指揮權，如果時間也還來得及，再多派漢中重兵據守南谷口，提早執行實戰中的「重門之計」剿賊，這樣不是籌謀殺害楊儀的更好良策？所以個人一直隱約感覺《三國志》這部分的說法，很像是記載到事後被勝利者楊儀所修飾過的版本，這當然也會影響後來《水經注》的記載。另外就是若燒毀棧閣真的是第三方所為，而楊儀及魏延都先後看到棧道被燒絕，一定至死都會相信是對方所幹的好事。

所以依此劇情安排，當魏延來到南谷口，看起來是因為不知道楊儀在前或在後，再加上連日趕路兵馬疲憊，隨行士卒又少，因為南谷口的地勢，進可攻退可守，或許魏延才會選擇暫駐南谷口。說到這裡，要補充說明一下楊儀等人因為遇到棧道被燒毀，所以改以蜀兵自行「槎山通道」，即用人力削山通路。但若從《三國志》的記載是「槎山通道」，個人解讀是用人力開山闢路，但在《三國演義》的創作中，直接取「槎山」為一座山名，在楊儀等人發現棧道被燒絕，而眾人極度絕望時，姜維激勵大家說著：「此間有一小徑，名槎山，雖崎嶇險峻，可以抄出棧道之後。」因為個人覺得《三國演義》這樣的改編創作一目了然，可能也比《三國志》原意中，看起來要自己人力開路更容易讓人理解。所以在自己的《石馬坡》也採取和經典名作一樣的改編方式，直接將「槎山」視為一個能繞過棧道的暗路。

因為在《三國志》的記載為：「延先至，據南谷口，遣兵逆擊儀等，儀等令何平在前禦延。」所以自己在劇情的編排上，也依據這段記載設定，楊儀先遣王平先行。於此同時，自己也引用另一段史料記載，編進小說的劇情設定。在史實上王平所領的軍隊中，有一支稱作「無當飛軍」的部隊，是諸葛亮召集南中原住民所建立，非常驍勇善戰，更善於山林作戰。依據《華陽國志》卷四，諸葛亮於平定南中後的配置，其略為：「分建寧越巂，置雲南郡，以呂凱為太守；又分建寧牂柯，置興古郡，以馬忠為牂柯太守，移南中勁卒青羌萬餘家於蜀，為五部，所當無前，軍號飛。」這段記載，說明了「無當飛軍」的組成與稱號的由來。其後對於「無當飛軍」的配置及成軍過程又載：「分其羸弱，配大姓焦、雍、婁、爨、孟、量、毛、李為部曲，置五部都尉，號五子，故南人言四姓五子也。以夷多剛很，不賓大姓，富豪乃勸令出金帛，聘策惡夷為家部曲，得多者弈世襲官。於是夷人貪貨物，以漸服屬於漢，成夷漢部曲。」而王平之所以會和「無當飛軍」有關連，則是在《三國志・蜀書・王平傳》，有王平「統五部」的記載，其略為：「丞相亮既誅馬謖及將軍張休、李盛，奪將軍黃襲等兵，平特見崇顯，加拜參軍，統五部兼當營事，進位討寇將軍，封亭侯。」

所以自己在看到五丈原撤退戰時，楊儀等人發現棧道被燒絕，需要另行闢路走山時，後頭又是王平與據南谷口的魏延先交鋒對峙，才會馬上聯想到王平轄下有這支著名的「無當飛軍」，所以也一併編入《石馬坡》的劇情。當然，依據故事劇情的推演，魏延當時已經趕路趕到不知道究竟楊儀是在前頭還是後方，所以在看到王平領「飛軍」出現後，才知道原來楊儀等人是在後頭。

再來就是個人反覆閱讀《三國志》〈魏延傳〉時，覺得充滿謎味的這段記載：「平叱延先登曰：『公亡，身尚未寒，汝輩何敢乃爾！』延士眾知曲在延，莫為用命，軍皆散。」若依據此前的記載，魏延是「善養士卒」者，個人更覺得有領兵帶到「心」的隱含之意。另外就是若《魏略》中魏延避戰南返的說法成立，那麼魏延應當僅攜帶「諸子」與及少量精兵抄捷徑南行。這麼一來少量士卒全部散去，可能性才比較高。若是一大群士卒，會因為王平喊一句話而全部散去，個人覺得不大可能，那個畫面光是用想像的就覺得恐怕很沒真實性。況且若是精挑細選的精兵，都會是魏延的「死士」，既是「死忠的」，就算魏延謀反或殺人放火，即便是再怎麼非屬正義之事，這些「死忠的」恐怕也會說服自己這一切都是對的，然後繼續聽令行事。所以個人覺得真實狀況不大可能出現這種王平喊出一句話，就散遍全軍，看起來不大合理的情景。

因此自己覺得就史書記載看來，王平在楊儀的影響下，不斷被「洗腦」及「威嚇」魏延已經謀反，會反過來攻擊蜀兵，所以在派遣王平所領的「飛軍」先行時，就有被楊儀「恐嚇」過。不過王平或許仍有諸多遲疑，我想魏延再怎麼孤高，王平與魏延也相處多年。大概除了馬岱以外，所有將領心中應該都有很大的疑惑，但若楊儀一再強調是丞相「遺命」，包含他自己統領三軍的合法性，也是諸葛亮的「遺命」，楊儀看似取得一切的合法權力，甚至握有兵符，我想其他人心裡再有疑惑，因為真假難辨，故也不敢明著質疑。

再看看王平與魏延的對峙，若是魏延有意相攻，還需要等王平講完這些大義凜然的話，應該要直接迅雷不及掩耳發動快攻，甚至依據《三國志》的分析，魏延是意在殺害楊儀，這樣的反應也有些違和。因為除了楊儀以外，魏延看不出來和其他同僚有深仇大恨，即便其他人因為「性矜高」而沒有好印象，也不至於因此想要舉兵自相殘殺。故魏延實在可以直取楊儀，其他人或許會因為早看慣兩人之爭及對楊儀說法多有疑慮，所以可能會袖手旁觀，也未必真會插手救援楊儀。

反過來觀察王平這頭，也是沒有直接進攻的意思，所呈現的更像是魏延及王平兩方都很遲疑。王平的個性在史書《三國志》本傳中記載為「性狹侵疑，為人自輕」，本就屬於「多疑」類型。或許本來在王平心中，就對楊儀說法存有極大疑慮，若又見到實際上魏延僅帶為數不多的精兵，看來起一點也不像楊儀一直四處放話的舉「兵」謀反，所以兩方才會先做喊話確認。或許王平一開始確實喊出了如史載的大義之語，但因為若是魏延所揀選的隨行精兵，都是「死忠的」，決不可能聽敵對者的一句話就全部散去，故就結果兵卒盡散逆推回去，應當是魏延自己下令遣散士卒。會有這樣的舉動，可能是基於對王平的信任感，下令士卒歸於和他一樣接近「基層」出身，相較會對士卒更為著想的王平。

因為魏延的目的地漢中已經非常接近，幾乎快要達成，此舉同時也能顯示其並未謀反的真心誠意，故王平也沒再追擊。不然王平若對魏延有所疑慮，也相信楊儀所言的謀反之說，若是看到魏延士卒全部散去，王平早就一馬當先衝向前去追擊，利用兵馬優勢直接把魏延宰了，如此還能拿下頭功，根本輪不到後頭馬岱的戲份。其餘將領看到魏延自己遣散士卒自清謠言的情景，不可能不對楊儀說法產生更大疑慮，所以不只王平，其餘將領都沒有群情激憤「主動」追殺，那個已經完全沒有任何士卒而又近在前方，還是禍國殃民的可惡「叛賊」。

最後就是關於史載斬殺魏延的馬岱，其在史書《三國志》中沒有立傳，相關記載是散見在他人傳記，分別為〈馬超傳〉的記錄：「（馬超）臨沒上疏曰：『臣門宗二百餘口，為孟德所誅略盡，惟有從弟岱，當為微宗血食之繼，深託陛下，余無復言。』」以及〈魏延傳〉中的記錄：「儀遣馬岱追斬之，致首於儀，儀起自踏之，曰：『庸奴！復能作惡不？』遂夷延三族。」從前者可以看到，馬岱的族兄馬超，在臨死前都還很惦記這位唯一的血親馬岱，因此請求劉備能好好照顧，後者記錄則是魏延最後是被馬岱斬殺。另外有關馬岱剩下的其他記載，就是在《晉書・宣帝紀》中的這段：「（青龍三年）蜀將馬岱入寇，帝遣將軍牛金擊走之，斬千餘級。」魏國的青龍三年，相當於蜀漢的建興十三年，也就是諸葛亮病逝五丈原的隔年。

其實關於馬岱的史書記載，與其族兄馬超相比之下少之又少，雖然斬殺屬於當時蜀國第一猛將的魏延，理論上是立下極大的功勞，而且武勇可能超越魏延。甚至朝廷應該也會因此事件結果而抱有期待，馬岱能有替補蜀國失去大將魏延的軍事才能。若朝廷真有如此想法，也能與隔年派出馬岱征伐魏國的記錄相為呼應。不過馬岱看起來與魏延的將才相差甚遠，可能經過一次獨力領兵大敗後，朝廷也發現難以重用。因為後頭所有史書再無馬岱的相關記載，所以確實有可能因為不好用或能力落差太大，就此被朝廷「冷凍」。

依此反推回來，個人才會在《石馬坡》中將馬岱設定為，因族兄馬超而貴，實際上屬於才能「平庸」，無法臨場判斷各項事物，僅能死守命令又無法變通，屬於「狀況外」的類型。如此才比較能解釋，為何蜀漢三軍將領眾多，就連與魏延有實際對峙記錄，如此近距離交鋒的王平，可能都因發現諸多疑慮，所以不願意「主動」趁勝追擊，而最後才是由馬岱受楊儀之命追殺。故此處在劇情編排的需要上，會將馬岱設定為才能平庸，但會死守指示聽命行事者。簡言之，就是馬岱被楊儀「騙」了。所以馬岱最後達成任務後，將魏延遺首交給楊儀，卻親眼看到楊儀踩踏魏延遺首的憤恨面目，馬岱才突然察覺事情似乎並非楊儀所言。因此整個人極為茫然及傻眼不已，雖然不願意承認，卻還是隱約感覺到自己做錯了什麼事。

十一、撤退歸蜀後何以無人敢為魏延說話

在蜀國曾經有一名深富謀略的重臣法正，在受劉備重用得勢後，因其性格上的偏激，故蜀國曾有一段極為恐怖的政治時期，在《三國志・蜀書・法正傳》有著這樣的記載：「（劉備）以正為蜀郡太守、揚武將軍，外統都畿，內為謀主。一飡之德，睚眦之怨，無不報復，擅殺毀傷己者數人。」於是有人終於忍受不住，向諸葛亮告狀：「法正於蜀郡太縱橫，將軍宜啟主公，抑其威福。」不過諸葛亮則回以：「當斯之時，進退狼跋，法孝直（法正）為之輔翼，令翻然翱翔，不可復制，如何禁止法正使不得行其意邪！」在〈法正傳〉中後頭則是如此記載：「亮又知先主雅愛信正，故言如此。」以法正尚在之時，劉備雖然深信也重用法正，但諸葛亮的地位並不會相差太遠，甚至可說是具備一定的影響力。然而諸葛亮尚且因為劉備「雅愛信正」，也不敢將法正作威作福之事，上報勸戒劉備。

其實從這段史書記載可以得知，蜀國在法正得勢之時，曾經有段「恐怖政治」。這樣血淋淋的故事，史書上直接記載「擅殺」數人，劉備及諸葛亮均沒有特別處置，蜀國人若有親自經歷過這段時期，不可能輕易忘記。而即便沒有親歷，也必然聽聞過這段往事，這些「恐怖記憶」，一定會傳承下去，故若一日又有類似個性的人秉政，恐怕又會人人自危。

會提起法正的這段記載，是因為個人在翻閱〈法正傳〉時，一下就聯想到其「睚眥必報」的個性，恐怕與楊儀有某種程度的高度相似。因為就楊儀的諸多事蹟看來，楊儀可能為「尖酸刻薄」及「妒賢嫉能」的小心眼者，再來就是其與魏延政爭的結果而論，楊儀不但派馬岱斬殺魏延，甚至越權擴大到夷其三族。整個蜀國的記錄中，從頭到尾被「夷三族」的只有魏延，而且還不是經過公正程序後所得到的處置。所以個人依據這些記載，才會推斷楊儀可能與法正有其性格上，雖然法正可能並非「妒賢嫉能」者，但在面對結仇之人的「尖酸刻薄」與小心眼方面，則有極為相似之處。

如果試圖想像還原當時眾人的處境與心態，前有劉備寵信法正，而使其大肆報復與其有過節者，致使「擅殺毀傷己者數人」，甚至就連崇尚法家思想的諸葛亮尚在，又都已有人向諸葛亮求救，諸葛亮也對這種情形沒輒。若不是法正算是相對死得早，恐怕會有更多與其相處不愉快的人，被法正藉故損害，朝中或前線的死傷，恐怕會更為慘重。而如今若劉備之子劉禪，也重演這段歷史，改以有類似個性的楊儀居最高之位輔政，人們對於法正的恐怖記憶尚在，如此當然會出現人人自危的情景。

另外依據《三國志・蜀書・楊儀傳》記載：「亮卒于敵場。儀既領軍還，又誅討延，自以為功勳至大，宜當代亮秉政，呼都尉趙正以周易筮之，卦得家人，默然不悅。而亮平生密指，以儀性狷狹，意在蔣琬，琬遂為尚書令、益州刺史。儀至，拜為中軍師，無所統領，從容而已。」可以看出楊儀率領大軍歸蜀以後，還有再找趙直替自己占卜。另外因為魏延與楊儀政爭這件事，整個過程太多疑點，再從最後的結果逆推，應當是在劉禪的指示下，有嘗試詳細調查案情，才會作出最後針對楊儀的處置。可以想像這之間應該有經過特定的時日，不是一天、兩天就能查明清楚，或是直接作出最後的安排，故可以合理推論整個過程中，應當經過一段不短的時間。

還有就是事發當時，當一切混沌未明時，蜀中成都收到楊儀及魏延雙方上表「互指叛逆」的反應，在《三國志》的記載為：「後主以問侍中董允、留府長史蔣琬，琬、允咸保儀疑延。」乍看之下，好像朝廷中是「保儀疑延」，但如果細細思考，因為「一日之中，羽檄交至」，朝廷應當可以從雙方上表內容判斷出來，魏延雖然也握有一部分兵力，但主要兵力掌握在楊儀手中。在狀況未明下，也很難直接判斷究竟是誰叛逆，否則都尚未查證就直接斷言孰是孰非，才是真的會激怒受到不利判定的一方，因受逼迫或承受汙名而舉兵謀反。個人推測當時董允和蔣琬的實際說法，應該對兩方都有所懷疑，因此會說得非常模稜兩可。所以實際上的狀況，恐怕並非會是在狀況未明前，就出現一面倒的情形，故自己在《石馬坡》的劇情也是這麼設定。

另外就是在《三國志》中這句「保儀疑延」，個人認為蠻有可能是人們依據事後結果，憑模糊印象回憶而流傳下來的說法，所以陳壽在編纂時也是依所探訪到的回憶或聽聞記下。否則更後面的記載為：「初，蔣琬率宿衛諸營赴難北行，行數十里，延死問至，乃旋。」這段記錄看起來是後主劉禪派蔣琬領宿衛營的軍隊北行，但並非去征討或馳援任何一方，更有派蔣琬去查明及調解兩方的意思。因此當蔣琬發現其中一方已被殺害，已無調停任務，而其餘事件經過，則因為一方已被完全消滅，也只能等待事後調查，所以就直接率軍而歸。

《三國演義》對此段歷史，雖然採用「保儀疑延」的對話劇情，但針對「蔣琬率宿衛諸營赴難北行」的史料記載，則與個人的想法接近，是受命前往查案與調停。故在故事中也是如此改編，只不過把受劉禪之命北行調解者，改為「令董允假節釋勸，用好言撫慰。」所以從《三國志》的這段記載看起來，個人認為事發之時朝廷應當並未斷言誰對誰錯。況且即便魏延已被殺害，此案還有諸多疑點，所以劉禪應當還是會再派人詳加調查。《三國志》這部分的記錄，可與前述楊儀歸蜀後，應有經過案件調查，才有事後虛位處置的推測相為呼應。

除此之外，當初楊儀派馬岱斬殺魏延後，楊儀又藉機越權夷了魏延三族，相當於把和魏延有關，或敢幫魏延出頭說話的人，全部一併滅口。自己曾經想像，楊儀也算聰明人，為何一定要做出如此明顯越權，任誰都看得出來帶有「滅口」意味的夷三族。個人推想可能和楊儀對外昭告獲得丞相「遺命」後，以及放言魏延謀反北附時，當有人提出質疑或是疑問，或是讓楊儀感受到態度有所不服，楊儀就會以叛賊同黨的罪名，必須「夷三族」加以恐嚇。如果是這樣的話，似乎和楊儀依相關資料所推斷的威壓個性可以相符，還有趙直解夢改口事件，以及費禕前往試探魏延，即使依費禕推斷出來「志慮忠純」的個性，就算想要幫助魏延，也會因為曾被威脅過而不敢留下手書聯名。因為這些事件的轉折，看起來就像當事人可能都被楊儀以「叛賊同黨須論同罪，夷三族之大罪也」所恐嚇過。

楊儀為能在諸葛亮死後，迅速穩穩掌握三軍兵權的合法性，應當會將這句恐嚇的話語，時時掛在嘴邊威壓顯露質疑或不服氣者。因此最後楊儀就實現他的「恐嚇」諾言給大家看，以免被大家當作是只會「嘴砲」的病貓，所以就算越權也要夷了魏延三族，藉以昭示全天下他的雷厲風行與說到做到。另外之所以會這麼做，一方面可以將魏延相關之人或敢幫魏延出頭者通通滅口，另一方面則是，如此實現「諾言」，此後必然再無敢幫魏延說話者。

若依此推演，與楊儀一同撤退的蜀漢三軍，不但深知楊儀性格上的可怕，又親眼見證過所有和魏延相關的人，都被楊儀越權誅殺滅口的血淋淋場面。再加上當時除了後主劉禪，只有極少數人知道諸葛亮推薦繼任者並非楊儀，所以時論很高機率都以為楊儀會繼任輔國大位。所有人只要再想起法正得勢後的恐怖政治時期，在後主派人調查此案的期間，儘管針對案情及楊儀說法，我想不可能全部的人心中都沒有疑點，或完全沒有察覺魏延必然有受冤之處。但也絕對沒有人敢說出真話，或表明自己的心裡疑惑，以至於事後這群一同歸蜀的主要重臣與將領，包含「志慮忠純」的費禕在內，由於關係自己和家人的生命安危，還有日後楊儀若繼相位，必定會如法正往事般被事後報復，所以完全沒人敢幫魏延出聲。如果真是因為這樣的前因後果，也算是相當符合人性。

至於後主劉禪，即便派人詳加調查，因為沒人敢說真話或道出疑點，讓案子根本無從查明。不過這點可以看出後主劉禪的頭腦應該相當清晰，就算沒人敢說實情，還是認為本案疑點重重，所以最後既沒有明著拍板魏延謀反，先不論諸葛亮推薦蔣琬擔任後繼者之事，劉禪也不給楊儀任何論功，更是給了虛位暗貶處分。

然而即便最後是蔣琬繼任大位，大家所最懼怕的楊儀還因此失勢，但我想先前劉禪派人調查案件，每個人的說詞，應當都留有正式記錄。所以即便後來楊儀被虛位，甚至最後自殺身亡，也沒有人想要再去否定自己曾經留下的官方案關證詞。更何況，如果情況真是如此，正常人在面對可能冤案，當時沒有挺身而出幫忙申冤，還留下因自身安危考量，而不敢說出真相和疑點的官方證詞文書，應該會對受冤者懷有愧疚之意。畢竟某種程度上，這些人也算是在魏延之死這件事，推了一把的人，若良心道德感極高的人，恐怕會覺得自己也是楊儀陷害魏延的共犯之一，會是心中的大痛。也因此對於這些人來說，魏延案會是他們極度不想碰觸的禁忌話題，更會希望隨著時間過去，不要有人再提起此案，最好能藉此以心照不宣的方式，當作什麼事都沒發生過。

所以依據個人比較偏向費禕是「志慮忠純」的人物個性設定，在後來費禕之所以會去對後主劉禪

「打小報告」，也是因為考量楊儀即將以玉石俱焚的方式「自爆」，很可能到後來會自行抖出更多當年的恐怖內幕及真相。在楊儀見不得別人好的心態下，也會想要拖累全部的人，放出更多實虛相參的誑語，這會讓所有當初有參與五丈原撤退戰的群臣，在後來都已經是蜀國位階更高的重臣，全都蒙上嚴重的名譽陰影。當然，還有一種可能，就是自己在《石馬坡》所編排的劇情，楊儀握有那種「腦洞大開」，有關諸葛亮之死的秘密，或其他對蜀國來說是相當不勘入目的醜事。這很有可能會讓對於時政不滿或對主政重臣有意見的群臣眾將，一同趁機作亂，而使蜀國陷入政治風暴。

為了蜀國好不容易得來的安定，當然費禕也會考量自己也在被楊儀攻擊的可能名單中，故為求自保，也不得不如此處理。另外楊儀「自爆」自己才是懷有叛逆之心者，費禕舉報此事，多多少少也帶有稍為魏延平反的用意。但在楊儀被貶為庶人後，確實開始一路「自爆」到底，不斷上書誹謗眾人，可能很多都是實虛相參，但或許難以公開的難堪內容，再度觸怒朝廷而被下獄，其後在獄中自殺，當然也有可能是被「滅口」，所以史書沒有詳載，只略載為：「（建興）十三年，廢儀為民，徙漢嘉郡。儀至徙所，復上書誹謗，辭指激切，遂下郡收儀。儀自殺，其妻子還蜀。」不過，這些都是個人胡扯很遠的推測，及小說所編入的部分劇情。

再回歸魏延一案，雖然明顯有著極大冤屈，更何況又被楊儀因私忿而越權夷其三族，但因為後主劉禪派人調查也查不下去，所以最後的處置，就變得至少從史書上看不出有明言魏延謀反，但也並未公開幫魏延平反的模糊結果。反倒是蔣琬繼任大位後，或許當初也是魏延案「真相調查小組」的成員之一，深知魏延必有受冤，而私下遣人替魏延以厚禮改建其墓，並未大張旗鼓為其爭取來自朝廷的官方平反。或許因為朝廷對魏延案的正式處置如此模糊，卻也已經定案，蔣琬即便擁有大權，也不敢公開打臉官方的模糊處置與評斷，而去挑戰皇權。

這部份也是自己當初在閱讀魏延案的相關資料時，會想起臺灣霧峰林家林文明案的原因。林文明在此案中明顯受有冤屈，即便事後霧峰林家極力透過清代「京控」的司法途徑，嘗試替明顯沒有謀反的林文明翻案，但朝廷的態度也非常模稜兩可。既未認定林文明真的謀反，否則謀反屬實的話，不會只有林文明「受誅」，而另外針對霧峰林家多年的「京控」，也未曾得到官方的正式平反，最後一直停留在官方「冷處理」的模糊狀態。所以自己才會覺得魏延案與霧峰林家林文明案，有某種程度的相似之處。因為自己在這此次翻閱魏延案相關資料前，有先撰寫過嘗試給予林文察及林文明不同形象的小說《阿罩霧戰記》，所以在這之後閱讀到魏延案的相關史料，才會感觸特別深刻。

最後則是關於費禕遇刺案的部份，在《三國志・蜀書・費禕傳》有載：「延熙十五年，命禕開府。十六年歲首大會，魏降人郭循在坐，禕歡飲沉醉，為循手刃所害，謚曰敬侯。」而在《三國志・蜀書・後主傳》則是：「十六年春正月，大將軍費禕為魏降人郭循所殺於漢壽。」另在《三國志・蜀書・張嶷傳》則是：「（張嶷）嶷初見費禕為大將軍，恣性汎愛，待信新附太過，嶷書戒之曰：『昔岑彭率師，來歙杖節，咸見害於刺客，今明將軍位尊權重，宜鑒前事，少以為警。』後禕果為魏降人郭脩所害。」

此外，在《三國志・吳書・諸葛恪傳》中，裴松之引用《志林》內容有載：「且蜀為蕞爾之國，而方向大敵，所規所圖，唯守與戰，何可矜己有餘，晏然無戚？斯乃性之寬簡，不防細微，卒為降人郭脩所害，豈非兆見於彼而禍成於此哉？」在《三國志・魏書・三少帝紀》則有曹芳下詔的內容：「故中郎西平郭脩，砥節厲行，秉心不回。乃者蜀將姜維寇鈔脩郡，為所執略。往歲偽大將軍費禕驅率群眾，陰圖鬩鬭，道經漢壽，請會眾賓，脩於廣坐之中手刃擊禕，勇過聶政，功逾介子，可謂殺身成仁，釋生取義者矣。夫追加褒寵，所以表揚忠義；祚及後胤，所以獎勸將來。其追封脩為長樂鄉侯，食邑千戶，謚曰威侯；子襲爵，加拜奉車都尉；賜銀千鉼，絹千匹，以光寵存亡，永垂來世焉。」

其後又有裴松之引《魏氏春秋》內容加注：「脩字孝先，素有業行，著名西州。姜維劫之，脩不為屈。劉禪以為左將軍，脩欲刺禪而不得親近，每因慶賀，且拜且前，為禪左右所遏，事輒不克，故殺禕焉。」而裴松之對此事則評斷：「臣松之以為古之舍生取義者，必有理存焉，或感恩懷德，投命無悔，或利害有機，奮發以應會，詔所稱聶政、介子是也。事非斯類，則陷乎妄作矣。魏之與蜀，雖為敵國，非有趙襄滅智之仇，燕丹危亡之急；且劉禪凡下之主，費禕中才之相，二人存亡，固無關於興喪。郭脩在魏，西州之男子耳，始獲於蜀，既不能抗節不辱，於魏又無食祿之責，不為時主所使，而無故規規然糜身於非所，義無所加，功無所立，可謂『折柳樊圃』，其狂也且，此之謂也。」

先是可以看出史書上對於郭脩的相關記載，《三國志》〈張嶷傳〉內容，以及出現於三少帝紀中的《志林》，還有就是《魏氏春秋》，再加上裴松之自己的評論，共至少四處是用郭「脩」之名，只有在《三國志》〈後主傳〉及〈費禕傳〉用了郭「循」。從記載的內容看得出來都在講同一人事，「脩」、「循」字形相似，不知是否為經過千百年轉抄的筆誤，或是郭脩原就有兩個名，或曾經改過名。不過在自己的《石馬坡》中，個人是採用「郭脩」之名。

另外這些記載的大意就是，在延熙十六年，大將軍費禕於漢壽舉辦歲首大會，在酒酣耳熱之際，來自魏國的降將郭脩，突然拿出預藏的凶刀，刺殺了費禕。依據魏國皇帝曹芳下詔褒揚的說法，郭脩此義舉可謂殺身成仁、釋生取義，因此追封郭脩為長樂鄉侯外，也同時讓其子襲爵位，再加贈賞銀。而《魏氏春秋》則直接記載，郭脩是被姜維在戰事中所俘擄，後投降蜀國，更被後主劉禪封為官位不低的左將軍。不過郭脩就好比臥底般，一直找機會要行刺劉禪，但因為防備甚密，始終沒機會下手，只好轉而行刺大將軍費禕。

不過裴松之的評論，則明確說出了幾個疑點，郭脩應該只是平民，並非曹芳事後加冕所提到的「中郎將」。而蜀魏之間雖為敵對，魏國並沒有像過去史上那種其他兩國之間的深仇大恨，如殘忍屠殺或宗族被滅，甚至時有被亡國的威脅，所以也沒有一定得派出刺客復仇行刺的必要性。最後則是劉禪算是平庸的君主，而費禕只是普通的輔政者，就算成功刺殺兩者，對蜀國的興亡，並沒有太大的影響。

裴松之的觀點，個人閱讀下來覺得很有道理。大概就是關於費禕能力的部分，個人覺得其能力，在軍政方面都算非常突出及優秀，又是能迅速處理政務的「天才」，所以費禕被刺殺，當然會是蜀國的一大損失。不過裴松之的評論，確實也點出了本案的諸多疑點。況且個人認為，以費禕的個性，應當不至於與人結下深仇大恨，尤其是會惹上殺身大禍的仇恨。而個人認為當初楊儀派費禕去試探魏延，費禕並非欺騙魏延，而是事後被楊儀脅迫。還有就是後來「舉發」楊儀其實才是懷有叛逆之心，除了自保與安定蜀國外，更有稍為魏延平反之意，故在這兩件很容易會被解讀為「腹黑」的事件中，恐怕也都是事出有因。

如果依照這樣的人物設定，確實很難想像會有人想用「刺殺」的方式，來結束這位人緣應當算是相當好的大將軍生命。雖然費禕被刺一案，如同魏延案，一樣成為千古歷史之謎，不過因為個人認為費禕案，依據自己翻閱相關記載的感覺，費禕是人緣和心性都很好的和事佬類型，會這麼被人刺殺，恐怕不是針對其人其事，而是帶有別的特殊目的。所以個人在《石馬坡》的劇情設計上，才會將兩件歷史懸案一起結合。

十二、石馬明月映冰清

清乾隆時期所編製的《南鄭縣志》，其纂輯編者為王行儉，即當時的南鄭知縣，故其版本又被稱為《王志》，在卷之十〈古蹟〉的「冢墓」篇有載：「府志在南鄭縣按：蜀漢南鄭侯魏延墓，相傳在北門外四里石馬堰，有石馬立田間，云是墓前故物。延固宿將，有戰功，雖末路猖獗，身死族誅，蔣琬原其本意，但欲除殺楊儀，不便背叛。當日追訟前勞，必有以禮收葬之事。石馬遺蹟，傳之故老，未必無因。」而在卷之十六〈雜識〉也有記載：「摭遺錄：漢中府城北門外里許，有虎頭橋，平地列數石，其下並無溝渠，殊不成橋，而流傳久遠，且立碑焉。詢之居人云，是三國時魏延死處。攷《蜀志》，延奔漢中，楊儀遺馬岱追斬之。延固死于漢中者，土俗之言與史有合。橋距石馬堰二里有餘，以此知延墓在彼之說，未為盡妄云。」

在《南鄭縣志》的這兩段記載，其實就是先前所提到，蔣琬繼任大位後，覺得魏延受冤，但並非大張旗鼓為其申冤，而看起來可能是低調以厚禮改建其墓的出處來源。雖然從這段記載看不到詳細情形，或許魏延應該早有人於事發後幫忙收葬於石馬坡，但個人認為能在墓前立上代表具有一定身份地位的石馬，應當是蔣琬所為。還有就是此段記載透露：「蔣琬原其本意，但欲除殺楊儀，不便背叛。」所以或許在《三國志》中的類似觀點，並非陳壽的分析，而是來自於當時蔣琬的想法。另因為蔣琬位居高位，具有極大的影響力，或至少可說這是某種程度帶有些許官方性質的對外說法。

在搜尋關於石馬坡的相關資料，也在中國歷史報導相關文章中，找到有關石馬的傳說。大意是魏延墓前的石馬，因為知道主人受冤，怨氣極深，故化為馬妖，以真實馬匹的樣貌出現，會去破壞農家的田地。當人們追趕以後，馬匹跑到石馬坡後，又會變回石馬原型，人們才知道原來這匹馬妖，是魏延墓前的石馬所變的。雖然這段鄉野傳聞，網路上有很多類似報導，但都沒有引出來源，自己也沒有找到更源頭的相關文書記載。不過有件相當有趣的事，便是在臺灣臺南的赤崁樓前，也曾有一對石馬，更有相當類似的傳說。所以這則關於石馬坡的民間傳聞，確實也可能是漢中當地居民千百年來口耳相傳下來，更因具有申冤及浪漫色彩，自己也參考此則傳說編入了《石馬坡》的故事中。

而在現今位於中國漢中的古虎頭橋遺跡，仍留有一副楹聯刻著：「虎橋往事明月知，漢水長流太守名。」雖然在自己《石馬坡》的故事中，因為編劇的考量，而將這對楹聯改至魏延墓前，但現今留存在虎頭橋遺跡的石刻楹聯，恐怕千百年來已歷經多次毀損與重製。其實當初自己會這樣改編，還有一個原因，則是魏延墓如今已不存在，但虎頭橋遺跡尚在，故推測當時魏延墓可能也刻有同樣的楹聯文字。甚至若虎頭橋遺跡的紀念碑，個人推測應先建墓而後有案發地點的紀念碑，所以碑文可能是立在魏延墓構建之後，如此這對文句，可能反過來才是從魏延墓，搬抄刻製在虎頭橋遺址而流傳至今。然而無論先後順序如何，這對楹聯上的字字句句，若能傳載千年，更能突顯其文字內容的重要性，所以才會引用作為《石馬坡》除了結尾詩外的最終結論。

當初自己在閱讀石馬坡的相關資料，對於這對楹聯文字甚有感觸。再加上好在清朝乾隆期間的南鄭知縣王行儉，有鑑於此前當地記載都很龐雜凌亂，所以在公餘之暇，瀏覽群書，自行花了很多心力，將這些在過去極為雜亂的資料，與其他留存的文書記載考察比對，重新編制成《南鄭縣志》。這部縣志，由王行儉纂輯，更動用一組超過二十人的團隊，其分工包含考訂、編次、監修及採訪等，在其〈南鄭縣志序〉即提到編纂方式為：「掇其有關于志者，類聚族分，次第纂輯，并屬紳士相互諏訪，彙為徵實、摭遺二錄，以資采取，於是近事益備。」這也才能讓後人有機會知道，這些留存下來的文字，有關魏延墓的部分，除了是歷代流傳《府志》的舊有記錄外，在「摭遺錄」所探訪到的內容，也是直到清朝乾隆時期的漢中居人都還知道的軼事。在當時沒有方便的網路可以隨意查詢，資訊取得並不容易，能夠經過千年還能留有軼聞傳載，包含這對楹聯文字及當地相關記載，必定是經過一代傳承一代的口耳相傳，並非現今可能是從網路世界中所冒出來的後人創作。

因此這對楹聯，更能讓人感受到魏延在擔任漢中太守時，對於軍民應當是極度愛民如子，也與其「善養士卒」及可能延伸的「惜兵愛卒」相為呼應，才會如此受到軍民愛戴，而傳載千年。從這對楹聯更能看出當地居人對其受冤之事大抱不平，但官方又不曾正式平反，故也能感受到知情的居人既有不平，又不敢明目張膽直接說出的壓抑感。每次一想到此，總有無限感慨，是什麼樣的情況，讓一個應當是愛民如子，又惜兵愛卒的忠臣良將，一生馳騁沙場為國奉獻，最後落得這樣的悲慘結局。就像在楊戲所作的〈季漢輔臣贊〉，其中對於魏延所贊內容為：「文長剛粗，臨難受命，折衝外禦，鎮保國境。不協不和，忘節言亂，疾終惜始，實惟厥性。」即便真如《三國志》〈魏延傳〉所載，魏延「性矜高」，但應該是針對特定對象或事件，因「性情耿直」而展現了不悅及不屑的直接情緒。然而其又對下屬、士卒及漢中軍民格外照護，而使漢中居人永懷感念，傳於後世。如此忠於蜀漢，又「臨難受命，折衝外禦，鎮保國境」，到底最後在五丈原撤退戰發生了什麼事，而導致最後的「忘節言亂」？

其實反覆翻閱魏延案的相關資料，雖不知道實際上到底受冤到什麼程度，但很能確認其中必有冤情。甚至蔣琬繼大位後，看起來都像是在暗中進行了非官方的低調平反，更何況是漢中當地居民所流傳的楹聯：「虎橋往事明月知，漢水長流太守名。」完全就把魏延明顯受冤的狀況，透過這十四個字明明白白表達出來。故自己有時候會想到，魏延是否真實的狀況和宋朝名將岳飛相當接近？其實際上是否會是一名被奸人陷害的大忠臣？而現今流傳的《三國志》，因為蜀漢沒有置史，使得有關蜀國的記載，多靠口耳流傳大事，及有限的遺留文書加以編纂，難道都不會出現儘管被人刻意修飾過，但與事實有所落差，卻是在蜀中流傳於後人的唯一說法版本？難道這對楹聯的內容，不正也反映《魏略》可能就是向漢中居人探訪事件經過，故才會記載諸葛亮交棒魏延領軍，卻反遭楊儀構陷其北附投敵的受冤感嘆？或許《三國志》的記載源於「蜀地」，而《魏略》則來自「漢中」，其中「蜀地」是勝利者帶回去的說法，而「漢中」則是案發現場居人親眼見證的歷程，卻因某些考量不敢大張旗鼓明講其事，僅敢以隱諱之詞傳世，最後才由沒有包袱的敵對魏國探訪蒐羅，後載於史冊。故究竟哪個版本內容更接近事實，這對楹聯難道不也提供了一些暗示？

在岳飛的案例上，岳飛被構陷擁重兵意圖謀反，雖無具體事證，最後還是被宋高宗賜死。因為皇帝具有最絕對的權威，所以岳飛在當時，即便很多人都知道有冤，背後多有議論與不平，但應當也不敢明講，而去挑戰打臉至高無上的皇權，故岳飛必然成為宋高宗時代的絕對「奸人」，其時文書必也如此記載。一直到多年以後的宋孝宗，也以皇帝的絕對權威為其正式平反，故後人才能看到接近真實面貌的「忠臣」岳飛。但若魏延也是類似的狀況，後主劉禪不管基於何種考量，看起來最後是定調為既無明講魏延謀反，也未為其以官方名義正式平反，無論如何，這就是來自皇權的決定。不過若參考岳飛的案例，恐怕得等到後主劉禪的下一任皇帝以後，魏延才有機會得到官方正式的平反。然而在此之前，蜀漢在劉禪這一任便已滅亡，魏延即便狀況類似岳飛，也失去在蜀漢當朝被後世皇帝稍作平反的機會。

另外在《晉書》中卷八十二〈列傳〉第五十二的〈陳壽傳〉，對撰寫史書《三國志》的陳壽評價為：「時人稱其善敘事，有良史之才。」不過在後頭又記載了一段陳壽因私怨而偏頗撰史的部分，其略為：「或云丁儀、丁廙有盛名於魏，壽謂其子曰：『可覓千斛米見與，當為尊公作佳傳。』丁不與之，竟不為立傳。壽父為馬謖參軍，謖為諸葛亮所誅，壽父亦坐被髡，諸葛瞻又輕壽。壽為亮立傳，謂亮將略非長，無應敵之才，言瞻惟工書，名過其實。議者以此少之。」這段記載，尤其關於丁儀、丁廙的部分，因屬於傳聞，雖不知真實性，但可以看到有一說想表達陳壽在撰史時，曾尋求被立傳者或其後代，要求贈予好處，但對方不答應，陳壽因此不立傳；另外則是陳壽之父曾為馬謖參軍，因此被牽連受罰，再加上諸葛亮之子諸葛瞻又很輕視陳壽，因此陳壽對諸葛亮及諸葛瞻的評價均有所貶損。而陳壽對於晉朝皇室相關人物的撰寫及論述，多有偏斜及修飾，這部分其實因為人在當朝，很能理解其所承受的無形壓力。

但綜合以上的這些事蹟，後世有評論者覺得陳壽有失史家「秉筆直書」的風範，如清朝史學家錢大昕曾批判《三國志》中，因為何宴與司馬懿有嫌隙，故對於何宴多有記載不實之處。當然，這段《晉書》關於〈陳壽傳〉的記載內容，也可以用一樣的邏輯懷疑是否完全正確。因此後世也有不同朝代評論者，認為陳壽有關為丁儀立傳的傳聞軼事，以相關歷史時序與事實，證明是被人惡意誹謗。無論真相如何，撰寫《三國志》的陳壽，就算真有部分私心，或是被人惡意抹黑，都無法以此證明《三國志》中關於魏延的部分，是否會有非屬事實之處。不過會提到這些相關記載與評論，反倒是因為和自己《石馬坡》小說的開場語，撰史無論有心或無意，都很難完全沒有偏頗、遺漏或修飾，有著相為巧妙呼應的真實情況。

在魯迅的《中國小說史略》，有引用到清朝的章學誠，曾在其《丙辰箚記》中，病《三國演義》為「七實三虛惑亂觀者」。不過個人讀到這段文字，反而覺得《三國演義》不愧是最為經典的古典章回小說，其渲染人心的功力實在太過強大，才能夠「七實三虛惑亂觀者」。由於現代的資訊已經非常發達，大家上上網都能輕易查到一堆相關資訊，再者自己也完全沒有古典文學大師們那麼厲害的文字功力，所以自己所創作的《石馬坡》，當然不可能「惑亂觀者」。只想藉由這「落落長」，或更該稱為「文長慎入」的後記，詳細解說一下自己故事的各種編排邏輯源於何處。但因為個人才疏學淺，所能蒐集到的資料，以及閱讀過的史書記錄真的相當有限，只能說盡自己所能，不希望所有「幻想式」的誇張劇情，都完全沒有史料記載的框架限制及逐步推演的參考依據。

故自己再怎麼反覆閱讀與思考，一路就所知及所思，雖然經由逐步推演，只能說是非常主觀及非常偏頗的「唬爛」，也可稱為「發神經」或「胡說八道」。但即使都是「唬爛」，因為也算查閱很多相關資料，應該可以算是比較認真一點的「唬爛」吧！因為純屬創作目的資料研讀與心得分享，所以其中必有諸多理解、引用或解讀等錯誤之處，還請敬愛的三國專家前輩們多多包涵，當笑話看待笑笑即可，千萬別跟創作者的「天馬行空」及「腦洞大開」太過認真。不過藉由這篇後記，也是想分享個人創作思維，給有興趣的讀者朋友或創作朋友作為簡單參考。順帶整理自己在整個創作過程中，翻閱過的相關史料，再依自己《石馬坡》的劇情順序，一路將這些有趣的史料記載，一同分享給也對三國故事有興趣的讀者朋友。

這次《石馬坡》的創作緣由，源自於參加法國坎城影展的參訪之旅，如同自序所述，算是非常巧妙的緣分。因為自己不是歷史大師，以上的資料整理及閱讀心得，是整個創作構思過程與相關史料分享。當然，自己翻閱這些記載，以及蒐集到的諸多資料，均顯示魏延明顯受冤，只是當時在五丈原撤退戰中的蜀漢三軍，究竟發生了什麼事，至今已經無人能知其中詳情，故也留下了千古歷史之謎。不過因為最為經典的古典章回小說《三國演義》，其創作內容真的太過成功，讓魏延成為許多人印象中的反派，基於自己對於魏延案的深深同情，故自己才會想以相反的人物設定，重新詮釋這段驚心動魄的蜀漢內鬨歷史之謎。

正如在自序中所提到的，這部《石馬坡》的創作靈感起源非常巧妙，更可說是近乎奇幻的緣份，甚至連結了幾乎看似完全無關的中國漢中石馬坡與法國尼斯尼采之路。所以整個創作過程中，也才會讓自己深深感受到，或許冥冥之中就註定需要有部作品，來為因《三國演義》成功渲染的「叛將」魏延，同樣藉由小說創作，再給予魏延一個不同的文學樣貌與形象而稍作平反！

枉屈之事，必得平反，受冤之人，終將申雪。希望世界各地所有明顯受冤的歷史人物或歷史事件，即便經過五十年、一百年、五百年，甚至是千年以後，都終能撥雲見日、重見光明，而有沉冤昭雪、重獲清名的一日！

要推理126　PG3146

要有光
FIAT LUX

石馬坡

作　　者　秀　霖
責任編輯　劉芮瑜、鄭伊庭
圖文排版　陳彥妏
封面設計　嚴若綾

出版策劃　要有光
發 行 人　宋政坤
法律顧問　毛國樑　律師
印製發行　秀威資訊科技股份有限公司
114台北市內湖區瑞光路76巷65號1樓
電話：+886-2-2796-3638　傳真：+886-2-2796-1377
http://www.showwe.com.tw
劃撥帳號　19563868　戶名：秀威資訊科技股份有限公司
讀者服務信箱：service@showwe.com.tw
展售門市　國家書店（松江門市）
104台北市中山區松江路209號1樓
電話：+886-2-2518-0207　傳真：+886-2-2518-0778
網路訂購　秀威網路書店：https://store.showwe.tw
國家網路書店：https://www.govbooks.com.tw
總 經 銷　聯合發行股份有限公司
231新北市新店區寶橋路235巷6弄6號4F
電話：+886-2-2917-8022　傳真：+886-2-2915-6275

出版日期　2025年5月　BOD一版
定　　價　320元

Printed in Taiwan

讀者回函卡

國家圖書館出版品預行編目

石馬坡 / 秀霖著. -- 一版. -- 臺北市 : 要有光, 2025.05
面 ;　公分. -- (要推理 ; 126)
BOD版
ISBN 978-626-7515-45-7(平裝))

863.57　114002007